수사반장 2
1958

수사반장
1958 김영신 대본집

2

니들북

1971년 3월 6일 첫 회부터 1989년 10월 12일 마지막 회까지 19년 동안 경찰과 국민을 잇는 다리 역할을 한 전설 같은 드라마 〈수사반장〉이 다시 돌아온다는 소식을 듣고 너무나 기뻤습니다. 저에게 〈수사반장〉은 발로 뛰며 광고주를 직접 찾아 다닐 만큼 애정이 깊은 작품이었습니다. 드라마를 위해 과학 수사 연구소, 경찰대학교 등지에서 공부했던 일, 실제 형사님들과 현장을 동행했던 일 등이 주마등처럼 지나갑니다.

〈수사반장 1958〉은 시대 고증 때문에 작업에 어려움이 많았을 겁니다. 그러면서도 한편으로는 그만큼 정성을 들인 작품이기에 시간을 거슬러 시청자들의 사랑을 받은 게 아닌가 싶습니다. 이 작품을 통해 아무리 시대가 변해도 정의는 반드시 지켜져야 하며 그 정의를 지키는 데 공권력의 존재 이유가 있음을 다시 한 번 되새길 수 있길 바랍니다.

"죄를 지으면 반드시 찾아내게 되어 있어!"

영원한 수사반장
배우 최불암

작가의 말

MBC 인턴 작가로서 〈수사반장〉 IP를 개발하던 때가 엊그제 같은데 방송이 끝나고 대본집이 나온다니, 사실은 아직도 잘 믿기지 않습니다. 아주 긴 꿈을 꾸는 것 같기도 하고, 평행 우주 속 또 다른 나와 몸이 바뀌어 살아보는 듯한 기분도 듭니다. 그 정도로 〈수사반장 1958〉은 제게 기적 같은 작품이었습니다. 이 자리를 빌려 기적을 함께해주신 분들께 감사의 인사를 전하고 싶습니다.

신인 작가인 저를 발탁해주신 MBC 방송국, 〈수사반장 1958〉의 의미를 누구보다 깊이 있게 해석해주신 김성훈 감독님, 정말 감동 그 자체였던 최불암 선생님, 대체 불가의 멋짐과 진정성으로 박영한 역을 열연해주신 이제훈 배우님, 누구든 김상순이란 캐릭터를 사랑할 수밖에 없도록 완벽하게 구현해주신 이동휘 배우님, 처음부터 끝까지 늘 강직하고 열정이 흘러넘쳤던 최우성 배우님, 작품에 대한 애정과 열의로 항상 반짝반짝 빛났던 윤현수 배우님, 영한의 안식처가 돼주신 서은수 배우님, 당차고 사랑스러운 봉순경이었던 정수빈 배우님, 박영한의 0번째 동료이자 울타리가 돼주신 유대천 역의 최덕문 배우님, 평상시에도 황수만으로 보일 정도로 배역을 삼켜버리신 조한준 배우님, 수사반에 없어서는 안 될 웃수저 감초 남현우 배우님, 최고로 얄미운 역할을 소화해 시청자들을 몰입시켜주신 최서장 역의 오용 배우님, 남다른 해석으로 가장 비열하고 공포스러운 백도석을 보여주신 김민재 배우님, 그리고 급박한 일정 속에도 공들여 작업해주신 제작팀, 연출팀, 미술팀, 소품팀, 의상팀, 조명팀, 촬영팀, 음향팀, 분장팀, CG팀, 그 외에 열거하지 못한 모든 스태프와 배우님들께 진심으로 감사드립니다.

항상 격려를 아끼지 않으며 유쾌하고 명쾌한 조언을 주셨던 윤홍미 PD

님, 김지하 PD님 덕분에 어려운 순간을 버텨낼 수 있었습니다. 긴 시간 동안 작품을 위해 쉬지 않고 애써주신 홍석우 EP님, 장재훈 EP님 덕분에 이 드라마가 세상에 나올 수 있었습니다. 함께 울고 웃으며 작업하는 동안 큰 힘을 주신 보조 작가 고혜영 작가님, 작품에 대해 함께 고민해주신 NEG63 작가님들께 깊은 감사를 드립니다.

그리고 누구보다 든든한 저의 캡틴이자 존경하는 선배님이신 크리에이터 박재범 작가님! 작가로서 자신감이 바닥이던 제가 작가님의 가르침으로 커다란 위로와 희망을 얻었습니다. 앞으로도 작가로서 난관에 부딪힐 때마다 작가님께서 해주신 말씀들을 떠올리며 잘 헤쳐나갈 수 있을 것 같습니다. 작가님 덕분에 글 쓰는 재미를 알았고, 일하는 것이 행복한 작가가 됐습니다. 작가님과 함께 일할 수 있어 진심으로 영광이었습니다.

존경하는 부모님, 아무것도 없을 때부터 온전히 믿어주고 지지해준 동생 성민이, 존재 자체로 마음에 안정을 주는 사랑스러운 친구들, 늘 관심으로 챙겨주는 친척들, 기도와 응원으로 힘을 더해준 대한교회 식구분들께 특별한 감사를 드립니다. 그 어떤 상황에도 제 멘탈을 붙잡아주신 하나님 사랑합니다.

마지막으로, 그동안 〈수사반장 1958〉을 사랑해주신 시청자 여러분께 고개 숙여 감사드립니다. 여러분의 삶에도 이 작품이 말하는 용기와 희망이 회복되기를 소망합니다.

2024년 8월
작가 김영신

일러두기

• 이 책의 편집은 김영신 작가의 집필 방식을 따랐습니다.

• 대사는 글말이 아닌 입말임을 감안해 한글 맞춤법과 어긋나더라도 표현을 살렸습니다. 지문은 한글 맞춤법을 따르되 어감을 살리기 위해 고치지 않고 그대로 둔 경우도 있습니다.

• 대사에 은어나 비속어, 표준어가 아닌 말이 포함되어 있습니다.

• 대사와 지문에 등장하는 말줄임표, 쉼표, 느낌표, 마침표 같은 문장 부호는 작가의 집필 의도를 살리기 위해 그대로 실었습니다.

• 이 책은 작가의 최종 대본으로서 방영된 내용과 다를 수 있습니다.

차례

추천사

작가의 말   005

일러두기   006

기획 의도   008

인물 관계도   010

등장인물   012

용어 정리   014

     024

     027

6 회   085

7 회   155

8 회   213

9 회   275

10 회

     324

작가가 직접 고른 명장면과 명대사 2   329

사진과 함께하는 세트 투어 2   342

만든 사람들

기획 의도

2024년, 공권력에 대한 불신이 극에 달한 지금. 경찰은 칼부림 현장에서 피해자를 두고 도망치는가 하면, 16개월 영아가 아동 학대로 사망에 이르도록 방관한다. 하찮은 스토커에게 공격당하는 사람조차도 구하지 못한다. 이런 경찰의 무능과 비리, 조작·은폐·부실 수사는 예나 지금이나 똑같다. 아니, 과거에는 더했다.

아직 전쟁의 흔적이 고스란히 남아 있는 극빈국. 정부의 감시와 통제, 고문이 일상이던, 눈먼 폭력이 위에서 아래로 약자들을 향해 끊임없이 흐르던 그 시절. 경찰은 그때도 민중을 수호하지 못했다. 억울한 이들은 더 억울해지고, 나쁜 놈들은 더욱 뻔뻔하게 날뛰었다.

60년도 더 된 〈수사반장〉의 과거를 다루려는 이유가 바로 여기 있다. 〈수사반장〉의 박반장은 대한민국 공권력의 역사를 태동부터 목격해온 상징적인 인물이며, 그의 탄생기를 통해 현재를 돌아볼 수 있기 때문이다.

〈수사반장 1958〉의 주인공인 박형사는 어느 때보다 암울한 시대를 관통하면서도 '인간의 존엄성'을 지키려 발버둥 친다. 인간을 인간으로 대하지 않는 극악무도한 범죄를 직시하고, 분노하고, 처단한다.

예나 지금이나 똑같다고? 물론 악한 인간은 여전히 세상에 널리고 깔렸다. 그러나 2024년 현재의 우리는 인간의 존엄성이 얼마나 귀한 것인지 안다. 그 존엄성을 지키기 위해 수많은 법과 제도를 갈아 끼우고, 사회 곳곳에 안전장치를 달고, 인간의 존엄성이 훼손됐을 때 너 나 할 것 없이 분노하며 목소리를 높인다. 아무리 불가능해 보여도 범인을 잡기 위해 밤낮, 물불 가리지 않고 사건의 진상을 파헤쳤던 이들과 민중의 협조가 있었기 때문이다.

이 작품을 통해 공권력이 존재의 이유를 되찾고 국민을 온전히 지킬 수 있기를, 그리하여 우리 사회 곳곳에서 진정한 정의가 실현되고 서로에 대한 신뢰가 회복되기를 희망해본다.

인물 관계도

종남경찰서

최달식 서장

수사1반

유대천 반장
영원한 멘토

수사2반

변대식 반장

박영한 형사
소도둑 검거율 1위
촌놈, 눈썰미, 단단

김상순 형사
미친개
근성, 맷집

송재덕 형사

황수만 형사
밉상, 비아냥 갑

조경환 특채 신입
여주 팔씨름 대회 장사 출신
덩치, 괴력

서호정 특채 신입
한주대 엘리트, 영어 특기자
프랭크 해머 팬

오지섭 형사

종남서림

이혜주
종남서림 주인
용감, 따뜻함, 친화력

봉난실
종남여고 재학 중
추리 소설 마니아

국과수

문국철
실력파 부검의

동대문파

이정재
동대문파 1인자
자유당 당원

살모사
동대문파 2인자

방울뱀
동대문파 건달

종남시장

성칠
떡집 호할매의
양손자

호할매
종남시장
떡집 주인

금옥
종남시장
채소 가게 딸

하숙집

파주댁
하숙집 주인

금은동
은행원
하숙집 청년

정국진
고시 준비생
하숙집 청년

그리고…

백도석
종남서 신임 서장

박영한 (남/27세)
서울시 종남구 종남경찰서 강력계 수사1반 형사

'경기도 소도둑 검거율 1위'에 빛나는 경기도 황천시의 촌놈 형사. 한 번도 아니고 세 번이나 경기신문에 대문짝만하게 기사가 난 황천서의 자랑이다. 사필귀정과 인과응보를 절대 신봉하는 강철 꼰대이자 난공불락 촌놈! 어떤 외압에도 흔들리지 않는 쇠뿔 같은 단단함, 날카로운 눈썰미, 두세 수 앞을 내다보는 혜안, 대책 있는 깡을 겸비한 천생 형사이자 스마트한 촌놈이다. 나쁜 놈들에게는 세상 무서운 천하대장군이자 포도대장이지만 푸근하고 인자한 성품으로 동네 고아들과 거지들까지 품어주는 모두의 '큰형님'이다.

대한민국 경찰로서 두 가지를 가장 중요한 사명이자 의무라고 믿는다. '나쁜 새끼들이 빳빳하게 고개 쳐들고 살지 못하게 하는 것!' 그리고 '죄 없는 사람이 애먼 죽음을 당하게 하지 않는 것!'이다. 이런 영한에게 당연한 것을 당연하게 하지 못하는 서울은 이상한 곳이다. 황천에서는 모든 일이 상식적이고 단순했다. 나쁜 짓 한 놈들은 잡으면 그만이고, 죄지은 놈들은 벌을 받으면 그만이었다. 가뜩이나 작은 땅덩어리, 그마저도 반 토막이 난 이 좁은 대한민국에서 사람 사는 게 다 거기서 거기지 서울이라고 별반 다를 게 있을까 싶었는데, 종남서에서는 다들 뭐가 그리 복잡하고 까다로운지 도무지 알다가도 모를 일이다. 그러다 보니 영한은 으레 "우리 황천에서는~"으로 시작하는 말이 입에 붙어버렸다. 정의니 신념이니, 늘 심각하고 진지한 유반장도 이해가 잘 안 간다. 그런 뜬구름 같은 소린 다 모르겠고 영한은 그저 제 할 일에 충실할 뿐이다. 생사고락을 함께할 동료들도 꼭 저 같은 놈들로만 골라놓더니 그게 또 기가 막히게 합이 맞아떨어진다. 약자는 괴롭히고 나쁜 놈들은 보호하는 돈벌레 불량 형사들 틈에서 영한과 동료들은 제어 불가능한 뚝심과 독특한 광기(?)로 고난을 헤쳐나간다. 더불어 촌놈의 사랑법으로 아름답고 똑 부러지는 서점 주인 혜주와 사랑의 결실을 맺는다.

김상순 (남/25세)
종남경찰서 수사2반 형사

종남서 '미친개'. 수틀리면 사람도 물고 개도 문다. 매사에 삐딱하고 냉소적이며 세상이 엿 같다. 일단 들이받고 보는 앞뒤 없는 성격 탓에 2반 형사들에게 욕먹기 일쑤. 혼자 겉돌고 회의실 캐비닛에 틀어박혀 쪽잠이나 자는 것도 그래서다. 깡패놈들 하수인 같은 동료들을 보면 멱살 잡고 패고 싶으니까. 덕분에 친구라곤 단골 대폿집에서 키우는 강아지 순남이뿐이다.

어린 시절엔 찢어지게 가난한 집에서 태어나 가진 거라곤 근성과 맷집뿐이었다. 부모님이 돌아가신 뒤에는 형과 함께 거리를 떠돌았다. 거지 동냥부터 구두닦이, 연탄 배달 뒤밀이까지 안 해본 일이 없었다. 고아원에 들어간 뒤로는 온갖 서러운 일도 많이 당했다. 그 비참한 세월을 버틸 수 있었던 건 부모님처럼 자상한 형이 함께였기 때문이다. 그런데 어느 날, 형이 깡패들에게 맞아 죽었다. 상순은 깡패새끼들을 다 때려잡겠다는 일념으로 형사가 됐다. 그런데 정치 깡패에게 뒷돈 받아 처먹은 종남서놈들은 상순이 잡아온 깡패들을 죄다 풀어주다 못해 병원비까지 쥐여주는 꼴이었다. 그렇게 나날이 울화통 터지던 중, 옆 반에 새로 온 영한을 만난 것이다. 깡패한테 뺨 풀고, 돈벌레 불량 형사들을 웃으면서 들이받는 희한한 별종. 맨날 황천, 황천 들먹이며 순 뻥 같은 말만 늘어놓는 게 촌놈 허세 같긴 하지만 어쩐지 그 촌놈을 점점 믿고 싶어진다. '경찰은 나쁜 놈 때려잡고, 나쁜 놈들은 경찰 앞에서 발발 떠는 게 정상'이라는 영한의 주장에 꽉 막혔던 속이 뻥 뚫리고 십 년 묵은 체증이 내려간다. 영한과 함께라면 적어도 깡패 앞에서 무릎 꿇을 일은 없으리라. 결국 상순은 수사2반을 떠나 영한과 손을 잡고, 더는 캐비닛에 자신을 가두지 않는 자유롭고 자존감 높은 미친개로 거듭난다.

조경환 (남/24세)
종남시장 쌀집 일꾼

훗날 종남서 '불곰 팔뚝'. 등장만으로도 극강의 포스를 뽐내는 장대한 체구의 소유자. 경기 여주의 명물이자 종남시장 쌀가게의 복덩이 일꾼이다. 몸집에 비해 굉장히 날쌔며 사람을 오재미처럼 던지는 괴력을 발휘한다. 건실하고 예의 바른 총각이지만 깡패놈들한텐 예의 따위 안 차린다. 평소 무뚝뚝한 성격이나 여성에게 반했을 때는 제법 느끼해지는 반존대 직진남.

홀어머니 손에 자라 효심이 지극한 아들이기도 하다. 없는 형편에 중학교까지 보내주신 어머니를 위해 나랏일 하는 떳떳하고 자랑스러운 아들이 되기로 마음먹고 상경했다. 시장에서 돈 벌며 고등학교 검정고시를 칠 생각이었으나, 눈에 띄는 덩치와 괴력으로 인해 건달계의 러브 콜이 끊이지 않는다. 어릴 적부터 남다른 외모 탓에 지긋지긋하게 싸움에 휘말렸던 경환은 한 식구 되자며 찾아오는 깡패놈들을 혼쭐내서 돌려보낸다. 그런데 이제는 웬 형사들까지 한솥밥 먹자고 찾아온다. 요즘 깡패랑 경찰이 뭐가 다른가? 깡패랑 편먹고 시장 사람들 쌈짓돈 뜯는 경찰만큼은 되고 싶지 않았다. 그런데 같이 경찰 하자고 찾아온 형사가 깡패한테 뱀 풀었다는 그 미친놈이라니! 그 미친놈이 직접 데리러 올 정도로 내가 탐난다니! 경환은 영한처럼 떳떳하고 자랑스러운 나라의 일꾼이 되기로 결심한다. 영한과 한 조가 된 뒤로 암만 서장에게 불려 다니고 구박 받아도 후회하지 않는다. 돈보다, 당장 자신의 안위보다 남의 목숨에 진심인 영한을 옆에서 지켜볼 때면 이렇게 올곧은 형님과 함께인 자신이 대견하고 자랑스럽다.

서호정 (남/22세)
유학 준비 중인 대학생

훗날 종남서 '제갈량'. 교수 집안에서 반듯하게 자랐으나 경찰이 되고자 난생처음 부모님의 뜻을 거스른다. 미국의 전설적인 레인저 '프랭크 해머'처럼 명수사관이 되는 것이 목표다. 자신의 형사적 천재성을 발휘하고 싶은 의욕 충만한 청년. 서점 주인인 혜주에게 호감이 있으나 수줍어 티도 못 내는 단골손님이다.

처음 형사가 되고 싶었던 건 〈건 크레이지(1949년)〉라는 영화를 본 뒤였다. 그 영화로 보니 앤 클라이드라는 악명 높은 강도 커플을 알게 됐고, 그들을 검거한 전설적인 명수사관 프랭크 해머에 매료됐다. 당시 사건 자료를 수집하며 광적인 형사 판타지에 빠진 호정은 유학을 앞둔 상황에서 경찰 특채 모집에 덜컥 지원해버린다. 아버지는 아들이 교수나 판검사가 되길 바랐지만, 호정은 정권에 붙어 간신배 노릇이나 하는 판검사 따위보다 현장에서 나쁜 놈 두들겨 패는 형사가 백 배는 더 멋지다. 대한민국 1등 명문대 스펙으로 경찰 특채에 합격한 호정은 결국 집에서 쫓겨난다. 유창한 영어 실력을 뽐내다 폭발 사건에 휘말리기도 하고, 구두닦이 신세로까지 전락한다. 태어나 처음으로 모자란 놈 취급을 받으며 무력감에 빠질 때쯤 옆 반 선배 영한이 한 줄기 빛처럼 다가와 손을 내민다. 호정은 영한의 혜안과 대책 있는 깡, 따뜻한 카리스마에 점차 감긴다. 그리고 영한을 프랭크 해머에 준하는 명수사관으로 인정하며 따르게 된다.

이혜주 (여/23세)
서점 주인

훗날 영한의 아내. 종남시장 인근에서 종남서림이라는 서점을 운영한다. 돋보이는 미모에 똑 부러지는 성격. 가녀리게 생겼으나 정신력이 강한, 그야말로 외유내강 그 자체다. 오죽하면 태몽도 호랑이를 물어 죽이는 강아지였다. 가게 안의 책을 전부 꿰고 있어 안 보고 꺼내줄 만큼 프로페셔널하고, 일본 서점과 거래를 트는 등 사업 수완도 좋다. 손님들과 언니 동생 할 정도로 친화력이 좋으며, 글을 모르는 시장 사람들에게 신문을 읽어주는 따뜻한 심성을 지녔다.

부모님의 서점을 물려받아 일하고 있으며, 함께 서점을 꾸려나갈 기품 있고 세련된 남자가 이상형이다. 아니, 이상형이라고 생각했다. 그런데 영한을 만난 뒤로는 헷갈리기 시작한다. 깡패에게 쫓겨 다니고, 깡패 소굴에 쳐들어가 독사를 푸는 미친놈에게 자꾸만 끌린다. 그러다 올곧고 따뜻한 영한의 진심을 깨닫고 영한의 청혼을 받아들인다. 영한의 아픈 과거까지 보듬어주는 어른스럽고 현명한 여자. 극단 출신 연기력과 뛰어난 위기 대처 능력의 소유자로 영한의 사건 해결에 도움을 주기도 한다.

유대천 (남/40대 초반)
종남경찰서 수사1반 반장

사명감으로 똘똘 뭉친 '베테랑 경찰'. 정치 깡패의 하수인들로 변해버린 종남서에서 유일하게 청렴하고 대쪽 같은 형사다. 서장의 눈 밖에 날 줄 알면서도 불의를 넘기지 못하고 뒤집어엎는다. 과거 대천의 반 형사들이 못 해먹겠다며 줄행랑을 친 이유도 그거다. 그런데 황천에서 올라온 박영한이란 놈은 좀 다르다. 싹수가 누런 종남서놈들과 달리 '진짜 경찰'이 뭔지 아는 놈이다. 남들은 백 번 마음먹고 한 번 할까 말까 한 일들을 황당할 정도로 당연하게 여기고 해내는 모습을 보면 대견하기 그지없다. 정신 멀쩡한 놈들만 골라 식구를 꾸리는 것도, 윗대가리 눈치 안 보고 사건을 파헤치는 점도 기특하다. '이런 놈이 내 뒤를 이어야지!' 뿌듯하게 반장 자리를 물려주는 상상도 해본다.

봉난실 (여/17세)
종남여고 재학생

훗날 종남서 6개월 차 햇병아리 '봉순경'. 몽실몽실! 봉실봉실! 퐁실퐁실! 세상의 온갖 깜찍한 의태어를 끌어다 몰빵한 듯 사랑스러운 외모의 소유자. 나이답게 앙증맞은 짱구 볼살을 자랑한다. 해맑고 씩씩한 성격이며, 보기보다 강단 있고 단호하다. 동서양의 탐정 소설을 두루 섭렵한 추리 소설 마니아. 커서 소설 속 탐정들처럼 멋진 경찰관이 되는 것이 꿈이다. 종남서점의 단골이라 연애 상담도 해줄 만큼 혜주와 친하다. 그러다 보니 얼떨결에 영한의 수사를 돕는 일도 생기고, 장차 대한민국 최초의 여형사가 되리라는 꿈을 갖게 된다.

황수만 (남/27세)
종남경찰서 수사2반 형사

종남서 최고의 밉상이자 비아냥 갑. 기수로 따지면 영한과 동기다. 어린 시절 친일 순사들이 호가호위하던 모습을 보고 경찰이 되기로 마음먹었으며, 형사가 된 후 정치 깡패와 정권에 빌붙어 자신의 꿈을 꾸준히 실현하고 있다. 소도둑이나 잡던 촌놈 주제에 남의 일에 훼방 놓는 영한이 눈엣가시다.

올곧고 출중한 경찰인 영한을 보면 속에서 질투가 들끓기도 한다.

송재덕 (남/32세)
종남경찰서 수사2반 형사

전형적인 생계형 형사. 2반 형사 중 최연장자다. 경찰로서 사명도, 야망도 없다. 따박따박 성과급(뒷돈) 챙기고, 가족과 친구들 앞에서 적당히 허세 부릴 수 있는 딱 그 정도 위치로 만족한다. 팍팍하게 이것저것 따지고 싸우고 예민하게 구는 건 질색이다. 좋은 게 좋은 거지. 느긋하고 둥글둥글한 성격으로 어딜 가도 적이 없는 편이다.

변대식 (남/40대 초반)
종남경찰서 수사2반 반장

별명은 '똥반장'. 노모와 동생들, 자식들, 처가 식구들까지 책임지는 대가족의 가장이다. 주렁주렁 딸린 식구들을 먹여 살리려면 똥 묻은 돈, 겨 묻은 돈을 가릴 여유가 없다. 정치 깡패 이정재와 결탁하면서 생계 걱정은 덜었으나, 골칫거리 상순에다 웬 시골 광인 영한까지 합세하자 험난한 하루하루가 펼쳐진다.

오지섭 (남/23세)
종남경찰서 수사2반 막내 형사

종남서 1년 차 형사. 일머리가 없고 행동이 굼떠 선배들 눈치를 많이 본

다. 거짓말도 잘 못 하고, 당황하면 곧잘 고장 난다. 반면 순경들에게는 쓸데없이 훈수를 두고 실없는 장난을 치는 젊은 꼰대.

최서장 (남/50대 초반)
1958년 종남경찰서 서장

기회주의자이며 자존심 빼면 시체다.

백도석 (남/30대 중반)
육군 중령

훗날 종남경찰서 신임 서장. 권력을 위해서라면 사람도 파리 목숨처럼 죽이는 포악한 뱀 같은 인물이다. 6·25가 터지자 살인이 곧 권력이 된다는 사실을 깨닫고 양민을 학살했다. 힘이 있는 자든, 없는 자든 전부 자신의 앞길을 위한 도구로 여기는 비열한 인간.

그 외 등장인물

성칠(남/10대 후반) _ 떡집 호할매의 양손자

전쟁 때 가족을 잃고 함경도에서 내려왔다. 어리지만 호기롭고 대찬 성격. 새벽같이 일어나 떡집 일을 돕고 틈틈이 할머니 어깨도 주물러준다. 공부 욕심이 있어 난실에게 글도 배우기 시작한다. 종남서 돈벌레 형사들과 달리 진짜 경찰다운 영한을 멋지게 생각하고 따른다.

호할매(여/60대 초반) _ 떡집 주인

거친 경상도 사투리를 구사하지만 듣고 보면 다 애정 어린 잔소리다.

영한父(남/50대 초반) _ 불암양조장 사장

엄한 아버지이며 황천시의 명망 높은 어른.

살모사(남/30대 중반) _ 자칭 동대문파 2인자

포스트 이정재를 꿈꾸는 저열한 깡패.

방울뱀(남/20대 후반) _ 살모사의 오른팔

사이비 종교에 심취한 껄렁하고 경박한 깡패.

백사(남/20대 초반) _ 살모사의 왼팔

흰 피부에 빡빡머리. 앳되고 고독한 깡패.

파주댁(여/50대 초반)

수다스럽고 음식 솜씨 좋은 하숙집 주인.

금은동(남/20대 중반)

뿔테 안경을 쓴 하숙집 청년, 겁이 많지만 직업의식은 투철한 은행원.

정국진(남/20대 중반)

항상 러닝 차림인 하숙집 청년, 얼빵해 보이는 고시 준비생.

문국철(남/30대 후반)

사명감과 학구열로 똘똘 뭉친 실력파 부검의.

종남서 형사들

뒷돈 챙겨 먹고살기에 급급한 된장 섞인 생계형 형사들.

황천서 형사들

법과 상식이 통하는 황천시의 정의롭고 인정 넘치는 형사들.

용어 정리

S#	장면(Scene). 같은 장소와 시간 안에서 이뤄지는 일련의 행동이나 대사가 한 '씬'을 구성한다.
D	낮(Day).
CA	카메라(Camera).
N	밤(Night).
INS	인서트(Insert). 특정 동작이나 상황을 강조하기 위해 삽입된 화면. 인서트가 없어도 장면을 이해하는 데 큰 지장은 없지만, 인서트가 들어가면 상황이 명확해지고 스토리가 강조된다.
FT	필터(Filter). 라디오, 전화기 너머 목소리 등의 효과를 나타내는 것.
V.O	보이스 오버(Voice Over). 인물이 화면에 보이지 않고 대사만 들릴 때 입혀지는 목소리.
프레임 아웃	인물이나 피사체가 화면 밖으로 나가는 것.
프레임 인	인물이나 피사체가 화면 안으로 들어오는 것.
F.O	페이드 아웃(Fade Out). 화면이 차츰 어두워지는 효과.
VISION	비전. 카메라의 시선을 따라가며 따로따로 편집한 장면들을 짧게 끊어 붙인 것.
슬로우	극적인 효과를 주기 위해 영상을 느리게 처리하는 것.
오버랩	현재 화면에 다음 화면이 겹쳐지면서 장면이 바뀌는 기법. 혹은 한 인물의 대사가 끝나기 전에 다른 인물의 대사가 맞물리는 것.
클로즈업	특정 인물이나 대상을 확대해 강조하는 것.

수사반장
1958

6회

겨울의
시작

S#1.   어느 골목길 안 (N)

5회에 이어,
거리를 좁혀 다가오는 검은 사내들. 도석, 품에서 단도를 빼 든다.
벽에 비친 그림자들.
유반장이 칼에 찔리고 비명이 울려 퍼지며, 암전.
이 위로 천둥소리와 함께 세찬 빗소리.

S#2.   영한의 거실 (N): 현재

INS ▶ 화면 밝아지면, 세찬 비가 몰아치는 영한의 집 외경.
TV에 흐르는 보도 화면. 앵커의 뒤로 도망치는 범인의 삽화와
함께 '일가족 연쇄살인범 정호철 또 도주' 단신.

앵커   (FT) '일가족 연쇄살인' 사건의 용의자 정호철이 경찰 포위망을
           뚫고 도주했습니다. 벌써 두 번쨉니다.

           옆에 마른빨래 쌓아둔 채 TV 앞에 앉은 영한, 빨래 개던 손을 멈
           추고 안타까운 얼굴로 뉴스를 본다.
           다시 뉴스 화면. 바닥으로 떨어진 집기들과 깨진 모니터 등으로
           엉망이 된 피씨방 내부/ 경찰에 진술 중인 피씨방 알바생/ 정호
           철 자택 시신 발견 현장/ 은신처 모텔 방 시신 발견 현장이 자료
           화면으로 흐른다. 이 위로,

보도기자   (FT) 정호철이 다시 모습을 드러낸 건 4개월 만. 낙선동 모 피씨
           방에 있다는 신고를 받고 출동한 경찰은 정씨가 한발 앞서 도주

하는 바람에 검거에 또 실패했습니다. 지난 9월 서울 종남구 자택에서 아내와 딸을 죽인 정씨는 그로부터 한 달 뒤 자신의 부모까지 살해하고 종적을 감춰왔습니다.

뉴스 이어지는 가운데 초인종이 울린다.

영한   누구쇼?

준서   (V.O) (술 취해서) 저예요, 할아버지.

영한   (TV 끄고 일어나며) 어 그래.

S#3.   영한의 현관 안 (N): 현재

영한, 문 앞으로 다가가 문 열면! 잔뜩 취한 상태로 비를 쫄딱 맞은 준서, 편의점 봉지와 영한이 좋아하는 떡 봉투(쇼핑백) 들고 배시시 웃고 있다.

S#4.   영한의 거실 (N): 현재

탁자에 마주 앉은 영한, 준서.
탁자 위에는 영한이 좋아하는 떡들이 펼쳐져 놓여 있다.
준서, 아까보다 더 취해서 벽에 걸린 혜주 사진을 본다.

준서   우리 할머니 젊었을 때도 진~짜 이뻤겠다. 그쵸?

영한   그럼. 세상에서 제일 이뻤지.

준서   (장난스레) 근데 왜 할아버지랑 결혼하셨는지 몰라.

영한	그러게. (웃고)
준서	(웃다가 웃음 잦아들고) 할아버지. 근데 저 어떡하죠?
영한	(준서가 안쓰럽고)
준서	다 잡았었는데. 또 코앞에서 놓쳤어요.
영한	다음에 잡으면 되지.
준서	(답답함에 울컥 화나고) 언제 또 나타날지 알구요?
영한	나타나게 돼 있어. 지도 사람인데 별수 없지.
준서	그딴 새끼가 사람이에요? 지 부모, 처자식도 모자라서 길 가던 사람들까지 죽인 새낀데. (하다가) 죄송해요, 욕해서.
영한	욕먹어도 싼 놈이지 뭐. (속상하고)
준서	전요, 하루 종일 그놈 생각 때문에 미칠 거 같아요. 밥 먹을 때도 생각나고, 똥 쌀 때도 생각나고, 오죽하면 꿈에서도 그놈 쫓아다니느라 토할 지경이라니까요. 할아버지는 이런 적 없죠?
영한	없긴. 그런 놈들 트럭으로 대여섯 대는 있었지. (떡 먹고)
준서	그럼 그놈들을 어떻게 다 잡으셨어요?
영한	후회하기 싫어서 죽어라 더 뛰어댕겼지. (웃고)
준서	(보면)
영한	준서야. 집요한 놈을 이길 수 있는 사람은 더 집요한 사람이야.
준서	(존경스러운 눈빛으로 영한을 바라보고)

이 위로 흐르는 문화영화 음악.

S#5.   VISION

문화영화 스크린에 5·16 이후 군사정권의 행보와 희망찬 사회에 대해 한껏 부푼 시민들의 모습 펼쳐진다.

더불어 이정재, 임화수 등 정치 깡패들의 공판 뉴스까지!

S#6.   종남구 도심 거리 (D)

종남구 거리 전경. 이 위로 자막, '1961년 12월'.
거리에는 군인들이 여기저기 보이고, 혁명 정부의 선전 문구들
이 군데군데 걸려 있다. 여기저기서 들려오는 선전 구호들.
이때 군인들 옆을 지나가는 소형트럭 한 대.

S#7.   서울 외곽 어느 비포장도로 (D)

어느새 인적 드문 비포장도로를 달리는 소형트럭. 이 위로,

영한   (V.O) 돈 없으면 집에 가서~♬ 배추전이나 (하다가) 아니다! (개
사해서) 똥그랑땡이나 부쳐 먹지~♬

짐칸에는 잔뜩 쌓인 포대자루 위로 하얀 천이 덮여 있다.
CA, 천천히 다가가 운전석을 비추면 낡은 인부 복장으로 운전
하는 상순, 조수석에는 늘어지게 앉아 노래를 흥얼대는 영한.

S#8.   어느 창고 앞 (D)

후미진 골목 어귀. 어느 허름한 창고 앞으로 소형트럭이 다가와
서고.

영한, 차에서 내려 창고 문 앞으로 가면 문지기, 위협하듯 가로
막고.

영한   아부지 원수 왔냐? 인상을 디리 쓰구… 물건 갖고 왔어.
문지기 (낯설고) 너 뭐야, 이 새끼야?
영한   아니 새로운 세상이 왔는데 초면에 욕지거릴? 김씨가 보내서
     왔지.

문지기, 트럭으로 가며 운전석을 보면,
껄렁하게 문지기를 바라보는 상순.
문지기, 짐칸 덮은 천을 약간 젖히고 묶인 포대자루 하나를 열어
본다.
자루들에 가득 든 톱밥을 확인하고 영한에게 고개를 끄덕이는
문지기.

영한   뭘 고갤 끄덕여. 욕할 땐 언제고. (창고로 들어가고)

S#9.   어느 창고 안 (D)

한쪽 벽으로 옥수숫가루 포대들이 가득 들어찬 창고 안.
안으로 들어오는 영한과 따라 들어오는 문지기.
사기꾼1은 바닥에 풀어놓은 옥수숫가루 위로 큰 포대자루에 담
긴 톱밥을 붓고 있고, 그 옆에 사기꾼2가 삽으로 옥수숫가루와
톱밥을 섞고 있다.
다른 한쪽에는 사기꾼3, 4가 톱밥과 섞인 옥수숫가루를 새 포대
자루에 담아 나른다. 작업을 지켜보는 우두머리.

영한	(우두머리에게 다가가며) 어유~ 많기도 많다. 온 국민이 다 먹구 뒤지겠네.
우두머리	(날카롭게 보고) 뭐야, 이 새끼?
영한	여긴 초면에 욕 날리는 게 미풍양속인가? 김씨 대신 톱밥 갖고 왔다니까.
우두머리	김씨는?
영한	말두 말어. 투전판에서 싸움이 붙어서 대가리가 깨졌잖어. 각두기 국물이 마빡에서 막 흘르구… 피로 그냥 세수를 하고, (하는데)
우두머리	김씨 도박 안 하는데?
영한	(잉? 하는 표정)
우두머리	김씨 아부지가 도박으로 집안 말아먹어서 도박이면 치를 떠는데.
영한	(눈 굴리며 잠시 생각) 그 피가 어디 가나? 느닷없이 이어받은 거지. (급히 말 돌리고) 근데 여긴 비율을 몇 대 몇으로 섞나? 6 : 4?
우두머리	씨잘데기 없는 소리 하지 말고 톱밥이나 안으로 옮겨.
영한	그럼. 친절하게 옮겨드려야지. (뒤에다 외친다) 배달 시작~~~!!!

부웅-! 영한의 트럭이 거칠게 안으로 들어선다.
놀란 우두머리, 문지기, 사기꾼들, 트럭을 피해 도망치거나 자빠진다.
트럭이 쌓여 있는 포대자루를 쾅 박고 멈춰 서면, 운전석에서 내리는 상순.

상순	톱밥 배달 왔다, 이 톱밥 같은 새끼야! 아이 씨, 혀 꼬여.
우두머리	너 이 새끼들… 지금 뭐 하는 거야?
영한	톱밥 빨리 옮기라며? 이 이상 어떻게 더 빨리 옮겨?

영한, 트럭 짐칸을 덮은 천을 확- 젖히면 포대자루들 틈에 흰 러

닝 차림으로 손발 꽁꽁 묶인 운반책 김씨가 양말로 재갈까지 물린 채 바둥대고 있다.

우두머리   (놀라고) 김씨?

이때, 김씨 옆에 유난히 큰 포대자루 한 개가 격렬하게 꿈틀거리고.
경환이 포대자루를 찢고 밖으로 나온다.

경환   (참았던 숨 몰아쉬듯 헉헉거리며) 어우 숨 막혀 죽는 줄 알았네.

영한   (경환에게) 자루가 생각보다 공기가 안 통하는구나. (이때)

상순   (피곤하고) 아 이런 것 좀 그만합시다, 형님. 맨날 이래.

영한   맨날이 아니라 퇴직할 때까지 해야지.

우두머리   (뒷걸음치며) 뭐야 씨… 경찰들이야?

상순   (내려서 다가오며) 일루 와. 다치지 말구 따라가자.

우두머리   에이 씨… (톱밥 자루를 확- 휘두르면)

경환   (눈에 맞고) 아오!!!!!

영한 역시 톱밥 가루 때문에 주춤하는 사이 도망치는 우두머리.
영한, 그 와중에도 우두머리 옷을 잡아채 바닥에 메다꽂는다.
이를 시작으로 저마다 도망치는 사기꾼들.
영한팀, 일사불란하게 움직여 사기꾼들 때려잡고!

상순   이 새끼들 사람이야, 쥐새끼야. 참 아기자기하게 도망들 친다.
상순, 잽싸게 달려들어 사기꾼1 등을 팍 치자 고꾸라지는 사기꾼1.
경환, 포대자루를 양손에 하나씩 들고 허공에 붕붕 돌리다가 던지면 자루에 맞고 쓰러지는 문지기와 사기꾼2.

모두 뒤엉켜 싸우고. 톱밥 위에서 구르던 사기꾼3, 4, 온몸에 톱밥이 묻은 채 뒷문으로 달려가 몰래 문을 연다. 문을 열면! 그 앞을 지키고 선 멋진 재킷을 입은 호정, 그리고 왕빈대, 거지1, 2.

호정   (가오 있게 칼라 만지며) 쥐새끼들은 뒷문을 못 참지.

사기꾼3 소리 지르며 달려들자, 호정 능숙한 엎어치기로 쓰러뜨리고, 왕빈대는 도망가는 사기꾼4를 몽둥이로 쳐서 기절시킨다.

호정   (옷에 톱밥 묻자) 아~ 이거 비싼 가다마인데. 아이~! (마구 털고)

S#10. 불법 창고 안 (D)

영한이 지켜보는 가운데, 사기꾼 일당을 한데 모아 끈으로 돌돌 묶는 경환.

경환   팔뚝에 힘 빼 이 씨. 이 새끼들이 먹는 걸로 장난을 쳐?
호정   아주 근본이 안 되먹은 놈들이야.
영한   (우두머리에게) 야! 너는 식구들한테 톱밥 들어간 옥수숫가루 먹이냐?
우두머리   그걸 왜 먹입니까?
상순   (머리 후려치며) 장하다, 이 새끼야. 식구들한테 안 멕여서.
영한   천하에 나쁜 새끼들. 집 없고 사정 어려운 사람들 먹는 옥수숫가루에 톱밥을 타서 팔아? 하루하루 연명하는 사람들한테? 먹고 빨리 죽으라고?
범인들   (고개 숙이고)

상순	니들은 깜빵 가도 굶어, 이 새끼들아!!
영한	야. 착한 사람은 못 된다 쳐도, 적어도 짐승은 되지 말자, 응?

시간 경과 ▶ 거지들에게 옥수숫가루를 자루에 퍼담아주는 경환과 호정.

영한	(왕빈대에게) 고맙다, 왕빈대. 덕분에 여기 위치도 알아내고, 고생들 했어.
왕빈대	(손에 자루 꼭 쥐고) 아닙니다. 우리는 형님의 눈깔! 언제든 불러만 주십쇼.
영한	빨리 갖고 가서 애들 좀 먹여. 어제 보니까 바싹 말랐더라.
왕빈대	감사합니다, 형님. (거지들에게) 인사드려.
거지들	(힘없고) 감사합니다, 형님! (꾸벅 인사하고)
상순	야 야 큰 소리들 내지 마, 배 더 고파져.
영한	(웃고)

S#11. 치안국 어느 간부의 방 안 (D)

INS ▶ 치안국 외경.
화난 표정으로 앉아 있는 치안국 고위 간부1, 2, 3.
고개를 조아린 채 바닥에 무릎을 꿇고 있는 최서장.

간부1	어제 또 투서가 들어왔어! 도대체 처리 안 하고 뭐 하고 있는 거야?
간부2	그 작자 하나 때문에 우리 '신광회' 전체가 욕을 보고 있어.
간부3	재건회의 쪽과 신광회 관계에도 찬물을 끼얹고 있다고!!

최서장	죄송합니다. 처리를 잘못하면 혹시나 화가 될까 봐 방법을 고심 중입니다.
간부3	고심이고 뭐고, 당장 처리해.
간부1	빨리 처리하지 않으면 자네 부국장 임명도 재고할 수밖에 없어.
최서장	(놀라고) 예?
간부2	더불어 신광회에서도 제명될 수 있고.
최서장	(정신 번뜩 들어) 그간의 안일함을 용서하십쇼. 심기일전해서 최대한 빠르게, 확실히 처리하겠습니다.

S#12. 종남 도심 거리 (D)

혁명 세력의 대대적인 홍보 방송이 들리는 도심 거리.
러닝 차림의 김씨와 사기꾼 일당을 줄줄이 묶어 끌고 가는 영한팀.
행인들, 킥킥대며 지나가면 창피한 듯 고개 피하는 사기꾼들.
이때,

상순	(방송 소리에 짜증 나고) 아 시끄러 정말. 알았다고!! (영한에게) 세상은 변했는데, 우린 왜 변하는 게 없어요? 맨날 똑같어.
영한	뭐 똑같어? 다 변했구만. 경환이는 갑빠가 더 단단해졌고,
경환	(킹콩처럼 양 주먹으로 콩콩 가슴 치고)
영한	우리 막내는 멋쟁이 가다마이 사나이가 됐고,
호정	(멋지게 칼라 만져 보이고)
영한	우리 김상순형사님은… (보면)
상순	(슬쩍 영한을 보고)
영한	(상순의 콧볼 건들며) 콧볼이 커졌네. 복 많이 들어오겠다.

상순	아 그게 뭐야? 콧볼은 무슨. 물어본 내가 팔푼이다.
성훈	(V.O) 선배님!

영한팀, 멈춰 서서 소리 나는 쪽을 돌아보면!
기마경찰 남성훈순경이 애마 '종남이'를 타고 달려온다.

성훈	종남아, 제발 워워~! (겨우 멈추자 나폴레옹 포즈 되고)
상순	나폴레옹이야 뭐야?
성훈	(각 잡고 경례하고) 서로 가십니까?
영한	어 남순경. 순찰 끝났어?
성훈	예. 저도 지금 교대하러 서로 들어가는 길입니다.
영한	잘됐네. 그럼 같이 가자. (가고)
성훈	예, 가시죠. (고삐 당기자)
종남	(반대로 가고)
성훈	(말에게 사정하듯) 종남아 돌아, 돌아! 워워. (고삐 당기지만 멈추지 않고)
상순	(큰 소리) 야, 남순경, 어디 가? 종남서 그쪽 아니야.
성훈	압니다. (멀어지며 큰 소리) 금방 따라가겠습니다! 먼저 가십쇼-!
상순	말이 말을 안 듣네.

S#13. 종남경찰서 복도 (D)

오가는 경찰들, 복도 한쪽을 보고 수군거리며 지나간다.
이 위로 울리는 카랑카랑한 목소리.

난실	(V.O) 제가 뭘 잘못했는데요?

난실과 오형사가 복도 한편에서 언쟁을 벌이고 있다.

난실   형사님이 시킨 건 다 했잖아요. 서류 편철도 하고, 증거품 분류도 하고. 제가 정리해놓은 문서들 덕분에 금은방 털이범도 잡으셨잖아요?

오형사   문제는 그게 아니야, 봉순경! 도대체 구두는 왜 안 닦는 거지?

난실   (황당하고) 제가 슈샨보이에요?

오형사   종남서 쫄다구는 다 슈샨보이, 슈샨걸로 시작하는 거야.

난실   그런 게 규정에 있는 거예요?

오형사   규정에 있, (하다가) 없지. 없는데, 이런 건 다 관례로~ (하는데)

난실   관례 때문에 구두 닦다가 중요한 신고 못 받으면요? 오형사님이 책임지실 거예요?

오형사   (헙- 말문 막히고)

난실   (당당하게 바라보고)

오형사   그럼… 구두는 닦지 마. (살짝 비굴) 대신 휴지통만 비워주면 안될까?

영한   (V.O) 니 휴지통은 니가 비워야지.

봉/오   (소리 나는 쪽 보면)

영한팀   (사기꾼 일당 끌고 다가오고)

오형사   아니 그게 제가 시간이 많이 없어서….

상순   야 넌 똥오줌 눌 시간, 밥 먹을 시간도 없냐?

오형사   그건 있죠.

상순   그럼 그때 짬 내서 버리면 되겠네.

오형사   (정말 더 할 말 없고) 아, 그런 방법이 있었구나? (쓰윽 사라지고)

난실   (통쾌하고) 고생하셨습니다!

영한   또 엄한 일 시키면 바로 나한테 말해.

난실   예, 감사합니다.

영한	(들어가려 하면)
난실	잠시만….
영한	왜?
난실	지금 안에 분위기가 좀 그렇습니다.
상순	(옆에서) 뭐가 그런데?

S#14. 종남경찰서 수사반 안 (D)

영한팀, 난실과 함께 사기꾼 일당을 끌고 들어서면
사람들로 인산인해를 이루는 수사반 안. 아수라장이다.
수사2반 자리에는 멀끔한 대학생 한 명과 두루마기를 깔끔하
게 차려입은 노인, 양복 차림의 단호한 인상의 老교수 등이 앉
아 있다.

영한	뭐야 또?

이제는 계장이 된 변반장. 수사를 진두지휘하다가 영한팀을 본다.

변계장	(급히 다가오며) 야!! 유반장 어딨어?
영한	(둘러보며) 안 계세요?
변계장	또 어딜 간 거야? 니들은 어디 갔다 와?
영한	옥수숫가루에 톱밥 섞어서 판 놈들 잡으려요.
변계장	(어이없고) 옥수숫가루… (버럭) 지금 그게 문제야?
영한	(태연하게) 많이 문제죠.
변계장	지금 서울 전 경찰이, 혁명에 반대하는 불순세력 색출에 나서고 있어. 근데 한가롭게 이런 놈들을 잡아?

상순	한가하면 다방에서 쌍화차나 때리지 이 새끼들을 잡겠어요?
영한	이 새끼들이 만든 가짜 옥수숫가루, 사람들이 먹으면 큰일 난다구요.
변계장	큰일은 새로운 세상에 반대하는 놈들이 큰일이지! 빨리들 불순분자 색출해. 알았어?
상순	이 사기꾼새끼들은요?
변계장	지금 유치장 만석이니까 어디 구석에 갖다 박아놔. (가고)
경환	왜 저런답니까?
상순	계장 되더니 독이 바짝 오른 거지.
호정	근데 새 서장은 언제 오시는 겁니까? 벌써 2주째 공석입니다.
영한	위에서 입맛에 맞는 사람 고르기 힘든가 부지.
경환	아 치안국으로 가신 서장님은요? 치안 부국장 될지도 모른다면서요?
상순	아직 대기 중이라 그러던데. 아우 그냥 확 미끄러졌음 좋겠다.
老교수	(V.O) 내 말이 틀렸습니까?
일동	(보면)

황반장(舊황형사)이 취조하던 老교수가 벌떡 일어서 있다.

황반장	일단 좀 앉으시고.
老교수	총칼은 한 번 쓰면 익숙하게 돼 있습니다. 총칼로 나쁜 놈들을 몰아냈다면, 언젠가 그 총구와 칼날은 힘없는 우리를 향할 겁니다. 그게 총칼로 이룬 권력의 속성입니다.
황반장	아유 우리 교수님, 아주 골수시네. (오형사에게) 빨리 집어넣어.
오형사	(老교수를 데리고 가고)
老교수	놔 이 사람아, 내 발로 갈 테니까.
유반장	(V.O) 박형사.

일동	(돌아보면)
영한	어디 다녀오세요?
유반장	(약간 씁쓸한 표정) 서대문형무소에.
상순	거긴 왜요?
유반장	조금 전에 곽영주, 최인규, 임화수 다 사형 집행됐다.
일동	(아… 하는 표정)
영한	(뭔가 모르게 씁쓸하고)

S#15. 어느 한식집 안 (D)

독대하는 최서장과 백도석. 건배한 뒤 술을 들이켜는 두 사람.

도석	치안 부국장으로 영전 축하드립니다.
최서장	아이고 뭘 또. 아직 정식 발령도 안 났는데 뭐.
도석	지인의 전언으로는, 제일 유력하시다고 들었습니다.
최서장	내 얘긴 그만하자고. 천지신명께서 다~ 알아서 해주시겠지. 그나저나 자네 같은 인재가 큰 자리에 올라야 하는데.
도석	과찬이십니다, 부국장님. 허물이 많은 사람입니다.
최서장	아니야, 아니야! (괜히 흥분) 군도 그래. 전쟁 영웅이자 최고의 장교를, 꼴랑 군납 비리 하나로 밀어내?
도석	제 부덕의 소칩니다. 그래도 서장님께서 거둬주셔서, 육본 말단에 있던 놈이 경찰밥 먹게 되지 않았습니까. 구담경찰서에서도 계장까지 달고 말입니다.
최서장	구담서에 넣은 건 나지만, 최단기간에 계장까지 단 건 자네 능력이지. 이승만각하의 핵심 골칫거리들, 쥐도 새도 모르게 다 정리한 게 누군데? 이 정도 능력이면 이제 서장 달아야지.

도석	별말씀을요. 전 지금 직책만으로도 만족합니다.
최서장	이 와중에 종남서 서장 자리는 공석이란 말이지.
도석	(번뜩 최서장을 바라보고)
최서장	새 시대의 종남서는 강한 군인정신을 가진 수장이 필요해. 자네처럼!
도석	(웃으며) 아닙니다. 제게 과분한 자리라 언감생심입니다.
최서장	내가 부국장만 되면 종남서장 임명권 정돈 일도 아니야.
도석	(뭔가 마음이 움직이고) 제가… 그릇이 되겠습니까?
최서장	되다마다. 이미 넘쳐. (손으로 표현) 이만한 그릇이야.
도석	기회만 주시면 의장각하 그리고 부국장님께 충성을 다하겠습니다.
최서장	(표정 어두워지며) 그런데 말이야…, (넌지시) 자네 신광회라고 들어봤나?
도석	예. 잘 알고 있습니다. 부국장님께서도 신광회라고 들었습니다.
최서장	이 사람 정보 하나는. (웃고) 아무튼 신광회 웃어른들과 나의 골칫거리가 하나 있어. 그 골칫거리를 없애야 내가 빨리 국장이 되고 자네 임명권을 손에 쥐게 되거든.
도석	(의중을 읽고) 제가 뭘 하면 되겠습니까?

S#16. 대폿집 안 (N)

막걸리를 마시는 영한, 상순, 경환, 호정 그리고 취기 오른 유반장.

유반장	(씁쓸히 웃고) 그렇게 세상모르고 날뛰더니 이렇게 다들 가네.
영한	(왠지 씁쓸) 그때야 지들 인생이 형장에서 끝날 줄 몰랐겠죠.
상순	아니 뭐 갈 놈들 간 건데 뭘 그렇게 불쌍하게 생각하세요?

경환	맞습니다. 생전에 나쁜 짓 한 거 생각하면 저는 당연하다고 생각합니다.
호정	저희도 얼마나 고생이 많았습니까? 잡으면 풀려나고, 잡으면 풀려나고.
유반장	그놈들 불쌍해서 이러는 거 아니야. 인생이 허망해서 그런 거지.
영한	아무리 생각해도 권선징악이 분명히 있다니까요.
상순	무병장수, 호의호식하는 나쁜 놈들도 많아요.
유반장	그래 보이지? 나중에 잘 봐라. 그놈들은 멀쩡할 수 있어. 근데 그 죄, 지 부모가 받든 지 자식이 받든 반드시 받는다. 어떻게든 꼭!
영한	반장님 말씀 들었지? 죄는 언제든 어떤 식으로 돌려받게 돼 있어!!
경환	근데 새 서장님은 언제 오시는 겁니까?
유반장	몰라. 근데 서장이 부국장이 되면, 그 인간이 서장을 임명할지 모른다네.
호정	예? 서장님이 다음 서장을 골라요? 그럼 그 나물에 그 밥⋯. (짜증 나고)
유반장	치안국 쪽 소문이 그래. 아이 씨 그 자식, 미끄러져야 하는데.
상순	아이구 조선 최고 아부꾼이 미끄러지겠어요?
유반장	아니야! 미끄러지게 할 수 있어. 행여나 부국장 돼도, 내가 내려앉힌다!
영한	(취한 유반장, 맞장구쳐주고) 예, 내려앉혀야죠. 저도 거들겠습니다.
유반장	(일어나며) 먼저 간다. 마시고들 가.
일동	(일어서며) 들어가십쇼.
유반장	이모, 여기 얼마?

S#17.   어느 골목길 (N)

술에 취한 유반장 걸어가고,
검은 복면을 쓴 도석, 강형사, 사내2, 이를 뒤따른다.

S#18. 영한의 집 밖 (N)

종남구 안, 아담한 한옥집 외경. 바로 영한의 집이다.

S#19. 영한의 집 안방 (N)

세수하고 들어와 수건으로 목을 닦으며 앉는 영한.
잠자리를 펴놓고 한편 교자상에서 책을 읽던 혜주, 책을 덮는다.

혜주   취기는 괜찮으세요?
영한   생각보다 술이 먹히질 않더라구요.
혜주   (옆으로 다가와 앉고) 사형 소식 때문에 마음이 안 좋았어요?
영한   뭐 불쌍하고 안됐고, 그런 거 아니에요. 다 자업자득이고 사필귀
      정이죠. 근데 답답해서요.
혜주   뭐가 그렇게 답답한데요?
영한   아니 깡패새끼들… 꼭 이렇게 탱크 타고 총부리를 겨눠야 말을
      듣냐구요? 경찰이 하지 마랄 때 안 하고 죗값 치렀으면, 이렇게
      허망한 꼴은 안 당했을 거 아니야? (화나고) 왜 경찰을 만만하게
      보냐고?!
혜주   (이제야 자존심이 상했음을 알고) 깡패들요, 경찰을 만만하게 봤을
      진 모르겠지만, 당신을 만만하게 보진 않았어요. 그건 제가 제일
      잘 알아요.

영한	(혜주를 바라보고) 아니요. 난 절대 센 놈이 아니었어요. 내가 더 독해지고 나빠져야 센 놈이 되는 건데.
혜주	센 놈의 조건이 뭐라고 생각하세요?
영한	(잠시 생각) 나쁜 놈보다 더 나쁜 놈이 되는 거?
혜주	제가 생각하는 센 놈의 조건은요, 심하게 착한 거예요.
영한	착하면 약해지는데.
혜주	아니에요. 아버지가 예전에 그런 말씀을 하셨거든요. 세상에서 제일 무서운 사람은 악에 받친 착한 사람이라구요.
영한	왜 그럴까요?
혜주	착한 사람은 나쁜 짓들이 뭔지 잘 모른대요. 그래서 악에 받치면 닥치는 대로 다 저지른대요. '적당히'란 게 하나도 없이요.
영한	에이~ 그런 사람이 어딨어요?
혜주	있던데~. 깡패들한테 뱀 풀고, 부하 얼굴 똥간에 처박고, 은행강도 차에 태우고 차에 그냥 박아버리고… 아 맞다! 소도둑 고자 만들고.
영한	그거는 내가 고자를 만들라 그런 게 아니라… 지가 막 소리를 지르다가 소가 놀래가지고, (하는데)
혜주	당신은 이미 강하고 무서운 사람이에요. 그러니까 지금처럼만 하세요.
영한	(마음 따뜻해지고) 알았어요, 지금처럼만….

혜주, 자신의 말이 위로가 되었음을 알고 미소 짓는다.
이때 쾅쾅쾅-! 마구 문을 두드리는 소리.
영한과 혜주, 번뜩 놀라고!

호정	(V.O) (다급하게) 형님! 호정입니다. 형님!!! (문 두드리고)
영한	호정이가 갑자기 웬일이지? (일어서고)

S#20. 영한의 집 대문 (N)

대문을 여는 영한, 그 옆에 혜주가 걱정스러운 표정으로 서 있다.
눈물을 흘리며 서 있는 호정.

영한   (놀라고) 무슨 일이야?
호정   (눈물 그렁해) 형님, 반장님께서….
영한   (뭔가 불길하고)

S#21. 종남 거리 (N) → 어느 병원 건물 (N)

한밤이 된 종남 거리를 미친 듯이 뛰어가는 영한과 호정.
악을 쓰며 뛰어가는 영한, 얼굴은 이미 땀으로 범벅이 되어 있다.

S#22. 어느 병원 치료실 밖 (N)

INS ▶ 병원 외경.
병원 안, 치료실 쪽으로 다가오는 영한과 호정.
이미 도착해 망연자실 앉아 있던 상순과 경환, 영한을 보자 일어
난다.

영한   반장님은?
상순   지금 안에서 치료 중이세요.

영한, 다짜고짜 치료실 쪽으로 다가가 들어가려 한다.

상순   (말리려 하고) 아직 들어가면 안 돼요, 형님.

S#23. 치료실 안 (N)

영한, 안으로 들어가자마자 너무나 참담해 바로 울컥한다.
온몸이 완전히 피투성이가 된 채 치료를 받고 있는 유반장.

영한   반장님⋯!
상순   (따라 들어와 또다시 참담해하고)
간호사   (보고) 아직 들어오시면 안 됩니다.
영한   우리 반장님 괜찮으신 거죠? 숨 아직 붙어 있는 거죠?
간호사   (영한 나가게 유도하며) 밖에서 잠시만 기다리세요.
영한   (차마 나가지 못하고)
상순   형님⋯. (밖으로 데리고 나가고)

S#24. 치료실 밖 (N)

영한   (밖으로 나오자마자 경환에게) 어떻게 된 거야?
경환   종남과자점 옆 골목에서 행인이 발견해 신고했습니다.
영한   (미치겠고) 대폿집이랑 멀지도 않은 곳이잖아?
호정   나가시고 나서 얼마 안 있어 당하신 것 같습니다.
영한   발견 당시에 이미 저렇게 된 상태였어?
경환   예. 이미 저렇게⋯.
영한   상처 정도는?
경환   일단 심하게 폭행당하셨고⋯ 칼을 맞으셨는데, 무릎에 세 방, 그리고 발뒤꿈치에 크게 하납니다.

영한   (미치겠고) 아니 어떤 새끼가!

상순   (녹 산뜩 올라) 이거 분명히 동대문파 따까리새끼들 짓이에요. 지네 오야붕들 죄다 사형당하니까 분풀이로 반장님 저렇게 만든 거라고!

영한   (상순의 말이 일리 있고)

이때 밖으로 나오는 의사. 영한, 돌아서 바라본다.

영한   선생님! 좀 어떻습니까?

의사   과다출혈 때문에 현재 위중한 상황입니다.

일동   (망연자실하고)

영한   그래도 희망은 있는 거죠? 그렇죠, 의사 선생님?

의사   아직 숨은 붙어 있지만 깨어날지는 더 두고 봐야 할 것 같습니다.

상순   칼 맞은 상처는요?

의사   봉합은 급히 했습니다만 자상들이 전부 심한 상탭니다. 특히 발뒤꿈치 절창은, 힘줄이 완전히 끊어져서, 깨어나도 평생 제대로 걷지 못할 겁니다.

상순   아니 그럼 불구가 된단 말이에요?

일동   (더 망연자실하고)

영한   (절실하게) 제발… 우리 반장님, 살려주십쇼. 부탁드립니다.

잠시 시간 경과 ▶ 의자에서 서로 엉겨 붙어 자고 있는 경환과 호정. 벽에 머리를 기대고 멍하니 앉아 있는 영한과 상순.

상순   반장님, 그냥 저렇게는 안 가시겠죠?

영한   그럼 저 양반이 어떤 분인데. 저승사자도 포기할 양반이다.

상순	(속상하고) 아유 왜 혼자 칼을 맞고 씨… 저 불쌍한 홀애비….
영한	반장님 딸 은영이 서산 할머니 집에 있다 그랬지?
상순	예. 거기서 학교 다니잖아요.
영한	반장님 깨어나시기 전엔 연락하지 마. 엄마 보낸 지 3년도 안 됐어. 아버지까지 저리된 거 알면 상심이 너무 커서 안 돼.
상순	예. 아무튼 내일부터 싹 다 털어보죠.
영한	(눈빛 날카로워지고)

S#25. 종남경찰서 수사1반 (D)

결의에 찬 눈빛의 영한, 상순, 경환, 호정. 영한은 브리핑한다.

영한	용의자는 숨어 있는 이정재 부하들이다. 일단 숨어 있을 만한 곳 전부 찾아내고, 특히 칼잡이들은 바로 잡아들인다.
일동	예!
영한	감히 종남경찰서 수사반장에게 칼부림한 놈, 반드시 찾아낸다!
일동	예!
영한	모두 출동!!!

독이 올라 일사불란하게 출동하는 영한, 상순, 호정, 영한.
이를 아무 말 못 하고 바라보는 황반장과 송반장.
이때 안으로 들어오는 변계장. 영한과 마주치지만 영한은 인사조차 안 하고 지나쳐가고, 나머지도 마찬가지다.

변계장	야! 다들 또 어디 가? 유반장 사건 보고해야지?!
송반장	오늘 그냥 놔두시죠.

황반장	예, 쟤네들 오늘 독이 완전 올랐습니다.
변계장	안 그래도 독사 같은 놈들이 독이 더 올라?
송반장	진짜 이정재 꼬붕들이 그런 거 맞나?
황반장	정황상 그 새끼들밖에 없잖아요.
변계장	에휴 종남구 다 뒤집어지겠구만.

S#26. 종남경찰서 로비 (D)

결연한 표정으로 밖으로 나서는 영한, 상순, 경환, 호정.
이때 맞은편에서 마구 뛰어오는 오형사, 오다가 자빠지고.

경환	(한심하게 바라보고) 진짜 여러모로 부실합니다. (고개 절레절레)
오형사	(일어나 다가오며 꾸벅) 저기 말입니다. 큰 경사가 났습니다.
영한	무슨 경사?
오형사	저 지금, 심부름으로 치안국에 다녀오는 길인데 말입니다. (좋아서) 우리 최서장님께서 드디어 치안국 치안2 부국장에 임명되셨습니다!!
일동	(심드렁)
상순	좋냐?
오형사	(웃음기 가시며) 좋으시지… 않습니까?
영한	빨리 들어가서 경사나 알려라.
오형사	예. (후다닥 뛰어 들어가고)
호정	이게 무슨 경삽니까? 조사지. 아우 짜증 나.
영한	신경 쓰지 말고 일이나 하러 가자.

S#27. 종남구 거리 (D)

이를 앙다물고 걸어가는 영한, 상순, 경환, 호정.
기마 순찰 중에 이들을 본 남성훈순경. 얼른 다가간다.

성훈   어디 가십니까, 선배님.

영한   우리 반장님 소식 들었지?

성훈   예, 조회 시간에 들었습니다.

영한   그 범인들 잡으러 간다.

성훈   그럼 저도 같이 가겠습니다.

상순   넌 인마 순찰해야지, 어딜 따라와?

성훈   아닙니다. 오늘은 지원하게 해주십쇼. 감히 수사반장에게 칼부
       림한 놈, 좌시할 수 없습니다.

영한   (절도 있게) 따라와라.

상순   근데 기마 너 이름이 뭐랬더라? 종남이?

성훈   종남이는 말 이름이고 남성훈, 남성훈순경입니다. 종남아 가자!
       (고삐 당기며) 이리얏!

하지만 돌아서 반대로 가는 종남이.

성훈   종남아 제발 앞으로!! (거꾸로 가고) 곧 따라가겠습니다!

영한   그래~~!

경환   (호정 보고) 오늘 타작하는 날인데 딴 옷 입고 오지. 옷 상하면 어
       떡할라고.

호정   괜찮아요. 가다마이 다 찢어져도 범인만 잡으면 됩니다.

영한-경환/상순-호정 두 조로 나뉘어 양 갈래 길에서 헤어진다.

뒤늦게 나타난 성훈과 종남이, 상순-호정을 따라간다.

S#28. 어느 은신처 안 (D)

문을 팍 열면, 동대문파 꼬붕1~4가 투전판을 벌이고 있다.
놀라는 꼬붕들. 바라보는 상순과 호정.
뒤늦게 나타나 진압봉을 들고 인상을 쓰는 남순경.

호정	호떡이랑 청설모 니네 얼굴 좋아졌다.
상순	자, 묻는 말에 티끌만큼의 구라 없이 대답한다. 니들 어젯밤에 뭐 했어?

S#29. 허름한 사무실 안 (D)

모여서 낮술을 때리고 있는 또 다른 동대문 꼬붕5~8.
갑자기 쾅-하는 소리 나고 놀라 돌아보는 꼬붕들.
잠겨진 문을 가볍게 부수고 안으로 들어오는 경환.

경환	에이 새끼들, 문을 쓸데없이 왜 잠가놔?
꼬붕들	(경환을 보자 공포에 떨고)
영한	(뒤에 들어오며) 다들 기립!
일동	(기립)
영한	어? 오랜만이다, 방울뱀.
방울뱀	(애꾸 상태로 고개 돌리고)
영한	다들 지금부터 묻는 말에 대답한다. 불응 시에는, (경환 보면)

| 경환 | (포즈) 너흴 역기처럼 들어서 (꽉- 놓고) 바로 바닥과 인사시켜 |
| | 줄 거다. |

S#30. 다시 어느 은신처 안 (D)

억울한 표정들의 꼬붕들. 저마다 항변한다.

꼬붕1	몇 번을 말합니까? 저흰 진짜 여기 틀어박혀 있었어요, 정말이
	에요!
꼬붕2	그리고 유반장님 그렇게 된 거 우리도 맘이 안 좋아요. 맨날 잡
	아가긴 했어도 국밥도 사주고 풀빵도 사주고 그러셨거든요.
꼬붕1	막말로 딴 사람을 건드렸으면 건드렸지 유반장님은 아니에요.
상순/호정	(서로 바라보며, 거짓말 같지 않다는 눈치 주고받고)
상순	니들 중에 칼잽이 없어?
꼬붕2	그건 형사님이 더 잘 아시잖아요, 우린 짱돌파란 거?!
상순/호정	(얘네는 아니다 싶어 한숨 쉬며 바라보고)

S#31. 종남서 수사1반 안 (D)

저마다 결백하다고 떠드는 꼬붕들. "우린 아니에요.", "우리 이제
손 털었어요.", "미쳤다고 그런 짓을 해요?" 등등.
왠지 거짓말 같지 않다고 느끼는 영한과 경환.

| 영한 | 알았으니까 그만~! |
| 일동 | (멈추고) |

영한	야, 방울뱀. 남아 있는 동대문 찌꺼기 중에서 니가 제일 칼을 잘 쓰지?
방울뱀	생사람 잡지 마세요. 저 동대문 등지고 얌전하게 삽니다! 그때 살모사형님 범인으로 불고, 눈알까지 이렇게 뽑혔잖아요?
영한	그럼 누가 칼을 잘 써?
방울뱀	손 빠른 칼잽이들은 다 고향으로 도망갔어요. 그나마 잘 썼던 게 살모사형님인데 깜빵에 있잖아요.
영한	잘 생각해봐. 누가 또 칼을 잘 쓰는지?
방울뱀	(답답하고) 아 칼을 어떻게 썼길래 칼잽이까지 나와요?
영한	딱 안 죽을 만큼만, 무릎하고 발뒤꿈치 힘줄을 잘라버렸어.
방울뱀	에이 건달 칼잽이들은 그냥 배에 푹- 담그지, 그딴 식으로 칼 안 써요. 무슨 공수단도 아니고.
영한	공수단?
방울뱀	예. 걔넨 그런 훈련 한다던데요? (포즈) 막판 시마이~! 발뒤꿈치 따기!!
영한	(가만히 바라보고)
방울뱀	아 그리고 형사님, 동대문파한테요 원수는 유반장님이 아니에요. 혼자 살라고 이정재회장님 배신 때린 임화수죠.
영한	(듣고 보니 일리가 있고)

S#32. 종남서 회의실 안 (D)

모여서 심각하게 회의 중인 영한, 상순, 경환, 호정.

영한	(계속 고민에 빠져 있고)
상순	동대문놈들 정작 반장님을 원수로 생각하는 놈들이 없더라구요.

호정	잡혀왔을 때 반장님이 풀빵 사줬다고, 오히려 걱정하던데요.
경환	다들 임화수한테 이를 갈더라구요. 임화수가 제일 원수라구요.
영한	범행 동기도 애매하고 칼도 그렇잖아. 건달들은 그런 식으로 칼 안 쓴다는 거.
상순	그럼 진짜 범인이 공수단 그런 거 출신인가?
영한	단정 짓지 마. 군인 아닌, 정말 칼잡이가 그랬을 수도 있으니까. 일단 동대문파는 놔두고, 그간 반장님 행적을 조사해보자. 우리가 모르는 다른 일은 없으셨는지.
상순	정말 우리 모르게 무슨 일이라도 내셨나? (이때 노크 소리)
영한	어.
오형사	(문 열고) 모두 집합이시랍니다!

S#33. 종남경찰서 수사반 안 (D)

모두 모여 있고, 변계장이 한껏 부푼 표정으로 공지 사항을 발표한다.

변계장	드디어 우리 종남경찰서의 서장님이 결정되셨다!!
일동	(웅성대고)
상순	어떤 분입니까?
변계장	시대의 흐름에 따라 군 출신이시다.
호정	소문대로 서장이 임명한 거겠죠?
영한	소문대로라면 딱 자기 같은 인간을 임명했을 텐데.
변계장	장교 출신에 엄청난 공적을 세우신 전쟁 영웅이시고! 내일 10시, 새 서장님의 첫 출근에 맞춰 환영회를 할 예정이니까, 전원 참석하도록!!

영한	(손 들고)
변계장	왜?
영한	새 서장 오는 거는 대단한 거고, 유반장님 칼 맞고 쓰러져 있는 건 아무것도 아닙니까?
변계장	그게 아무것도 아닌 게 아니라….
영한	어떻게 아무도 관심 없습니까? 문병 오는 새끼 하나 없고!!
변계장	새, 새끼?
영한	뭐 하던 대로들 하세요. 괜히 관심 가지면 부담스러우니까. 우리 1반이 알아서 하겠습니다. (나가고)
상순	(영한을 따라 나가며) 관심들 끄세요. 안 그럼 귀 물어뜯을라니까.
경환/호정	(따라 나가고)
변계장	저, 저, 저….

S#34. 유반장의 병실 안 (N)

안으로 들어오는 영한.
아직 의식이 없는 유반장. 혜주가 옆에서 유반장의 땀을 닦아주고 있다.

혜주	오셨어요?
영한	여보, 아직까지 있었어요?
혜주	예. 식은땀을 계속 흘리셔서요.
영한	(유반장 보며) 그새 차도는 없었구요?
혜주	예.
영한	(한숨) 얼른 일어나 막걸리 한잔합시다, 형님.
혜주	반장님께서도 계속 싸우고 계실 거예요. 이겨내시려구요.

영한	(측은하게 혜주를 바라보고) 괜히 당신까지 고생이네요.
혜주	고생은요. 반장님, 제 아주버님이나 마찬가지세요.
영한	고마워요.
혜주	용의자는 아직이에요?
영한	예….
혜주	(미소) 언젠가 잡히겠죠. 그래왔잖아요.
영한	(미소로 화답하고)
혜주	반장님도 곧 일어나실 거예요. 제 느낌이 그래요.
영한	(힘이 되고)

S#35.   종남경찰서 앞 (D)

쫘악- 도열해 있는 종남경찰서의 전 경찰.
변계장, 송반장, 황반장 이하 형사들, 바짝 군기가 든 채 서 있다.
입구에는 남성 악단이 연주를 준비 중이다.
못마땅한 표정으로 서 있는 영한, 상순, 경환, 호정, 난실.

난실	얼마나 대단한 분이 오시길래 이래요?
상순	내 말이. 뭐 대통령이 오는 것도 아니고. 유난들 어지간히 떠네.
경환	대통령보다 무슨 장군이 오는 거 같은데요?
호정	자기도 의장각하가 되고 싶은 모양이죠.
영한	(미소 짓고) 그냥 봐주자. 감투 썼는데 얼마나 으스대고 싶겠냐?

드디어 안으로 들어오는 서장의 차.

변계장	일동 차렷!!

일동	(변/송/황 이외 군기 다 빠진 차렷)

경찰서 건물 앞에 서는 서장의 차.
변계장의 수신호와 함께 시작되는 연주.
군대에서나 나올 법한 우렁찬 음악.
영한, 상순, 경환, 호정, 어이없는 표정으로 바라본다.

상순	지랄도 우렁차게 한다.

조수석에서 내리는 강형사. 한눈에 봐도 탄탄하고 날카로운 인상.

호정	저 사람이 서장 아니죠?
상순	아니지. 근데 저 새끼 저거, 인상 더러운 게 남다르네.

강형사, 얼른 뒤쪽의 문을 열면, 툭- 내리는 발.
서서히 두 발 모두 내리고 천천히 걸어간다.
드디어 모습을 드러내는 백도석!
얼른 달려가 고개를 조아리는 변계장, 송반장, 황반장.
영한, 도석을 보자마자 표정이 굳는다.
웃으며 변계장, 송반장, 황반장과 악수를 나누는 도석.
자신도 모르게 미간이 찌푸려지며 심장이 뚝- 내려앉는 것 같
은 영한.
상순, 영한이 뭔가 이상해 보이고…
거만한 표정으로 종남서 건물을 바라보며 웃는 도석.
영한, 트라우마가 살아나는 듯 숨을 몰아쉰다. 이 위로,

지휘관	(V.O) 쏴!! 쏘라고, 이 머저리새끼야!!

S#36. 함평 산골짜기 (D): 영한의 회상

영한, 차마 쏘지 못하고 벌벌 떨고 있다.
성큼성큼 영한에게 다가오는 지휘관. 목 아래만 보인다.
갑자기 화면 확 빨라지며 지휘관, 개머리판으로 영한의 머리를
후려친다.
푹 쓰러지는 영한, 희미한 정신으로 보면!
만삭인 배를 감싸 쥐고 군인들에게 애원하는 어느 임신부의 모습.
영한, 도움을 주고 싶지만 무기력한 상태고….

지휘관   (V.O) 머저리 같은 새끼.

영한의 이마에 총구를 겨누는 지휘관. 여전히 얼굴 보이지 않고.
지휘관을 보며 공포에 떠는 영한. 이때,

임신부   (V.O) (울부짖으며) 배 속에 아이가 있어요! 살려주세요!
영한   (바라보고)
임신부   살려주세요… 제발 살려주세요!

지휘관, 영한의 머리에 겨누었던 총구를 임신부 쪽으로 이동시
킨다.

영한   안 돼!!

탕- 불꽃을 뿜는 총!
배에 총을 맞고 스르르 쓰러지는 임신부.
망연자실 임신부를 바라보는 영한.

임신부는 피가 솟는 배를 감싸 쥐고 절명해가고, 영한 쪽을 바라본다.
임신부와 시선이 마주치는 영한, 분노의 시선으로 지휘관을 바라보면!
시선, 연기 나는 총구를 따라서 팔을 쫙 타고 올라가면…
계급장 너머 웃고 있는 지휘관, 바로 백도석대위다!

S#37. 종남경찰서 안 (D)

위 씬의 웃는 모습, 현재 도석의 모습으로 오버랩된다.
경찰서 안에서 형사들에게 일장 훈시를 해대는 도석.
당시와 똑같이 분노가 끓어오르는 영한, 도석을 노려본다.

도석 우리 경찰의 임무는 명확합니다. 구악을 일소하고 법질서 체계를 확립하는 것입니다. 그리함으로써 우리 종남서는, 새로운 세상의 새 경찰이자 자랑스러운 혁명 정부의 첨병이 되는 것입니다.

위의 연설 중간에 펼쳐지는 장면.
도석, 누군가에게 신경이 쓰인다.
멀리서 도석을 노려보고 있는 영한.
도석, 집중해 그 누군가를 바라보면,
바로 영한의 모습. 뭔가 낯익은 듯, 계속 눈을 마주치는 도석.
보란 듯이 계속 쏘아보는 영한.
도석, 이제야 누군지 알겠다는 듯 미소를 머금는다.

도석   앞으로 우리 종남서는, 수단과 방법을 가리지 않고, 치안을 파괴
      하는 자들은 물론, 혁명 정부의 정통성을 부정하는 불순세력까
      지 전부 소탕할 것입니다! 우리 모두 새로운 세상을 위해 싸우
      고 또 싸워나갑시다!!

      변계장, 열렬히 박수 치자 따라 치는 모든 경찰.
      역시나 영한팀은 치는 둥 마는 둥이다.
      마지막으로 강하게 눈빛을 주고받는 영한과 도석.

S#38.   종남서 서장실 안 (D)

      책상 위에 놓인 명패. [署長 白饕蜥(서장 백도석)].
      명패를 쓰다듬는 도석의 손.
      이제 드디어 시작이라는 듯, 회심의 미소. 이 위로,

최서장 (V.O) 그놈만 좀 어떻게 하면, 신광회와 나의 앞날이 더 빛날 것
       같은데.

S#39.   어느 한식집 안 (D): S#15 연결

      S#15의 상황 이어지며,

최서장 더불어 자네 앞날까지.
도석   (의중을 읽고) 제가 뭘 하면 되겠습니까?
최서장 (기다렸다는 듯) 응, 종남서 수사1반장 유대천이란 놈이 있어.

도석	없애버리면 됩니까?
최서장	(놀라고) 왜 골치인지 이유도 안 물어보고?
도석	부국장님께서 골칫거리라고 하시면 골칫거리죠. 이유 필요 없습니다.
최서장	역시 내가 사람 보는 눈이 있어! 죽이진 말고 얼추 산송장 정도?
도석	뒤탈 생각하시면 아예 없애시는 게 나을 겁니다.
최서장	일단 숨은 붙여놔. 내가 생각이 좀 있어서.
도석	알겠습니다. 그럼 솜씨 좋은 놈들 뽑아서, (하는데)
최서장	자네가 직접 해주면 좋겠는데?
도석	(멈칫)
최서장	내가 낯선 인간들한테는 믿음이 안 가서.

도석, 자신의 약점을 잡아두기 위해 직접 실행하게 한다는 것을 간파하고.

도석	(흔쾌히) 예. 제가 직접 하겠습니다.

S#40. 어느 골목길 안 (N)

테러 후 혼절해 있는 유반장. 빠르게 돌아서 가는 사내들.

S#41. 어느 골목길 근처 (N)

테러 후 빠르게 걸어가는 도석, 강형사, 사내2. 모두 복면을 벗는다.

전부 얼굴이 드러난다.

S#42. 종남 시내 후미진 길가 (N)

어두운 길가에 서 있는 최서장의 차.
차 옆에서 초조하게 도석을 기다리는 최서장.
이때, 두리번거리며 최서장에게 다가가는 도석.

최서장   어떻게 됐어?
도석   잘 끝났습니다.
최서장   죽이진 않았지?
도석   예. 사람 구실 못 할 정도로만 해놨습니다.
최서장   (반색하고) 수고했네, (갑자기) 백도석서장!! (손 내밀고)
도석   (만면에 미소로 조아리며 악수) 감사합니다, 부국장님!
최서장   자네도 종남서에 멈추면 안 돼.

S#43. 다시 서장실 안 (D)

소파에 앉아 비릿한 미소를 짓는 도석. 이 위로,

최서장   (V.O) 더, 더 치고 올라가서 의장각하 곁으로 가야지? 내가 길 터
        줄게!
도석   (믿지 않고) 뭐 어디까지 터주실라고? (피식 웃고, 이때 노크 소리) 들
        어와.

안으로 들어오는 누군가. 바로 영한이다.

영한은 앞으로 절도 있게 다가와 경례한다.

도석   야 너 오랜만이다, 학도병.

영한   (학도병이란 말 듣기 싫고) 박영한경사입니다.

도석   박.영.한! 니 이름을 10년 만에 알게 되네. 나 눈썰미 좋지? 한눈에 딱- 알아보고. 하긴 니가 먼저 알아본 것 같던데.

영한   어떻게 못 알아볼 수 있겠습니까?

도석   하긴, 같은 전장에서 함께 싸운 전우니까.

영한   저는 싸운 기억이 없습니다.

도석   그럼 무슨 기억이 있는데?

영한   제 기억엔, 배에 총을 맞고 죽어가던… 만삭의 임신부뿐입니다.

도석   (웃고) 제법 형사 티가 난다 했는데 대가리는 아직까지 학도병이네?

영한   서장님께서도 아직까지 백도석대위십니다.

도석   (애써 화를 참고 웃으며) 이 새끼가.

영한   (더욱 힘주어 쏘아보고)

도석   학도병아, 이제 세상이 변했다. 옛 같았던 왜정시대, 전쟁 난리통! 이딴 거 잊고 새 시대를 살아야 발전이 있지.

영한   시대는 쉽게 변해도 사람은 쉽게 안 변합니다.

도석   옛정이 남달라서 잘 지내보려고 했더니, 너는 싫은 모양이다.

영한   싫은 게 아니라 굳이 그럴 필요를 못 느낄 뿐입니다.

도석   허- 그래. 니가 정~ 그렇다면 예전처럼 뻑뻑하게 지내야지.

영한   하실 말씀 더 없으시면 나가보겠습니다. (경례하고 나갈 찰나)

도석   니 반장 말이다.

영한   (멈칫 서고)

도석   동대문파 잔당들한테 칼 맞았다며?

영한	(도석이 유반장을 입에 올리자 기분 나쁘고)
도석	거봐라. 과거에 집착하니까 악연이 남고 탈을 당하는 거지. 안 그래?
영한	(꾹 참고, 나가고)
도석	그래. 너 보니까 사람은 안 변하는 거 맞다. (웃고)

S#44. 종남서 회의실 안 (D)

한편에 모여 격앙돼 대화를 나누는 영한, 상순, 경환, 호정.

상순	그러니까… 평생 형님 마음에 응어릴 남게 한 그 무도한 새끼가, 서장이란 말이죠?
영한	(화 참으며) 어.
호정	그럼 임신부한테 총 쏘고 마을 전체 학살 명령을 내렸던 그 사람….
경환	아니 그딴 인간이 어떻게 서장이 됩니까?
상순	최서장, 아니 최부~국장이 뽑았다잖아? 된똥과 설사가 만난 거지.
호정	근데 그렇게 하고 나오셔도 괜찮으시겠습니까?
영한	그 정도면 예의 차리고 나온 거야. 맘 같아선 죽빵 한 대 날리고 싶었는데.
상순	정말 죽빵 날리는 날엔 나한테 얘기해요. 형님이 하지 말구요. 내가 양쪽 귀때기를 아주 그냥 잘근잘근 씹어 먹어줄 테니까.
영한	최부국장이나 백서장이나 도낀개낀인 인간들이야. 그러니까 우린 하던 대로 우리 일 하면 돼. 알았어?
일동	예.

영한	참, 반장님 행적들은 다 알아봤어?
상순	이 양반 외톨이야. 친구도 없고, 친척도 없어요. 뭘 하면서 돌아다닌지 알 수가 없다니까요.
호정	저도 뭐 알아낸 게 없습니다.
경환	저도 마찬가집니다.

이때, 쿵- 문이 열리는 캐비닛! 안에는 예전의 상순처럼 난실이 쭈그리고 앉아 있다.

일동	(화들짝 놀라고)
영한	야 봉순경, 거기 왜 들어가 있어?
난실	가끔 쉴 때 들어와 있어요. 조용하고 아늑해서요.
상순	거기 원래 내 거야.
난실	지금은 제 건데요.
경환	생각보다 좋나 부다. 나도 함 들어가봐야겠다.
호정	형님은 그냥 계세요. 저거 다 뽀개져요.
난실	반장님께서 뭔가 다른 일을 하셨는지 아무것도 안 나온 거네요?
영한	너 이거 어떻게 알고 있었어?
난실	지난번 회의하실 때도 저 이 안에 있었어요.
상순	밤말은 쥐가 듣고 낮말은 난실이가 듣는구나.
난실	저도 곰곰이 생각해봤는데 뭐가 이상한 게 하나 있었어요.
영한	뭔데?
난실	여긴 듣는 귀가 많아서 (일어나며) 일단 나가시죠.

S#45. 경찰서 밖 한편 (D)

밀담을 나누는 영한, 상순, 경환, 호정, 난실.

난실   그땐 그러려니 했는데 매번 그러니까 이상했거든요.

S#46. 종남경찰서 수사1반 (D)

다 쓴 편지를 봉투에 담는 유반장.
잠시 후, 일어나 나가는 유반장.
그 모습을 유심히 보던 송반장. 스르르 일어나 따라간다.
일하며 이 모습을 유심히 지켜보는 난실. 이 위로,

난실   (V.O) 형사님들 안 계실 때마다 편지 같은 걸 열심히 쓰셨어요.
        그리고 바로 나가셨어요.
영한   (V.O) 어디 가시는지는 말씀 안 하시고?
난실   (V.O) 예, 아무 말씀 안 하시구요. 근데 이상한 건 그때마다 송반
        장님이 항상 쫓아 나갔어요.

S#47. 다시 경찰서 밖 한편 (D)

상순   항상?
난실   예, 항상요.
경환   우리 없을 때만 편지를 쓰셨다고?
난실   예.
호정   도대체 무슨 편지를 쓰신 거죠?
영한   (감 안 잡히고) 일단 송반장님께 친절하게 여쭤보자.

S#48. 종남경찰서 복도 한편 구석 (D)

송반장을 구석으로 끌고 오는 영한.
그러자 상순, 경환, 기다렸다가 에워싼다.

송반장 뭣들 하는 거야, 이 자식들아?

상순 뭐 좀 여쭤볼 게 있어서요. 가만히 이렇게 계세요.

영한 유반장님 왜 따라 나갔어요?

송반장 (시치미 떼고) 누가 유반장을 따라가?

상순 서신 갖고 나가실 때마다 따라 나갔잖아요?

송반장 도대체 무슨 소릴 하는 거야?

영한 자꾸 시치미 떼면 선배 대접 못 해드려요.

송반장 니들이 언젠 선배 대접했냐?

상순 하긴 유반장님도 반장님 사람 취급 안 했죠. 여기저기 하도 와이
루를 먹고 다녀서.

송반장 시끄러 인마, 애 듣는데.

경환 저 애 아닙니다.

송반장 난 아무것도 몰라, 생사람 잡지 마.

영한 말해주셔야 할 텐데….

호정 (장부 들고 급히 오며) 다녀왔습니다!

상순 어 그래, 갖고 왔지?

호정 예. '후라워 댄스홀'에서, 송반장님께 준 뇌물 기록 장부입니다.

송반장 (화들짝 놀라고) 야 인마!

영한 새로 오신 서장님께 갖다드릴까요?

상순 (경환에게) 니가 서장이라면 이런 장부 보면 어떡할 거 같냐?

경환 어떡하긴요? 감봉 6개월에 곤장 30대요.

송반장 얌마! 새로운 시대에 곤장은 무슨 곤장… 알았어, 얘기해줄게.

	근데 너희 모르고 있었냐?
영한	뭘요?
송반장	니들한텐 얘기 안 한 모양이구나. 여기선 좀 그렇고, 이따 밤에 다른 데서 얘기하자!!

S#49. 목련각 중정 (N)

INS▶ 화려한 요정, 목련각 외경과 함께 풍악 소리.
도석과 강형사, 변계장의 안내로 들어서면 보이는 이들.
상인조합장과 고려은행장, 그 외 지역유지들, 목련각 (미모의) 女
사장이다.

변계장	(도석에게 소개하고) 종남구 상인조합장입니다.
조합장	뵙게 되어 무한한 영광입니다.
도석	(악수하며) 반갑습니다. 자주 봅시다.
변계장	이쪽은 고려은행장이십니다.
도석	(손 내밀고) 어이구 종남의 돈줄 쥐고 계신 분이네.
은행장	(악수하며) 과찬이십니다. 앞으로 잘 부탁드립니다, 서장님.
도석	(女사장 보고 넌지시) 이쪽도 종남구 인사신가?
女사장	전 이곳 목련각사장입니다. 뵙게 돼서 영광입니다. (정중히 인사)
도석	사장님이 이렇게 아름다우시면 다른 아가씨들이 기를 펴겠나?
일동	(하하하- 웃고)

S#50. 종남서림 안 (N)

모여서 송반장의 얘기를 듣는 영한, 상순, 경환, 호정.

송반장   니들 유반장님이 특경대 출신인 거 알지?

호정   예. 반민특위에서 활약하신 거 다 들었습니다.

송반장   그때 수많은 친일파를 수사했는데, 그중 하나가 최서장이었어.

경환   그것도 알고 있습니다. 그것 때문에 서장님이 약점 잡히셔서 반
         장님 못 자른 것까지두요.

송반장   그래 이건 뭐 공공연한 비밀이지. 근데 그게 다가 아니야. 치안
         국에 신광회라는 조직이 있어. 간부들의 사조직. 최서장도 거기
         소속이고.

영한   혹시 그 신광회도….

송반장   어. 친일파 출신끼리 만든 조직이야. 역풍 안 맞고 떵떵거리며
         살라고 지들끼리 똘똘 뭉친 거지.

상순   아이 씨… 무슨 잡초도 아니고 친일파새끼들.

송반장   아무튼 유반장님은 서장이 치안국 부국장까지 되는 꼴을 못 보
         겠는 거야.

영한   종남서 서장까지는 어찌어찌 봐주겠는데, 치안국 부국장까지는
         안 된다!

경환   새로운 세상인데 계속 친일파가 승승장구하는 게 죽어도 싫다!

송반장   바로 그거지. 그리고 때가 온 거야. 5·16으로 세상이 바뀌었거
         든. 그래서,

S#51.   수사1반 유반장의 자리 (D)
_____

제목 [投書(투서)] 격렬한 문구와 함께 종이에 쓰이는 신광회와
최서장의 친일 행적. 분기탱천한 표정으로 투서를 작성하는 유

반장. 이 위로,

송반장   (V.O) '국가재건최고회의'에 매일 투서를 한 거야.

호정   (V.O) 서장이랑 신광회랑 다 싸잡아서 투서하셨겠죠?

송반장   (V.O) 당연히 그러셨겠지.

S#52.   국가재건최고회의 건물 입구 (D)

건물을 향해 투서를 들고 굳세게 걸어가는 유반장. 이 위로,

송반장   (V.O) 하루가 멀다 하고 투서를 하러 갔지. 들어줄 때까지!!

S#53.   어느 회의실 안 (D)

마구 손가락질을 해대며 대놓고 비난하는 혁명위원회 군장교들의 모습….
경찰 정복을 입은 채 어쩔 줄 몰라 하는 신광회 간부들 세 명.

송반장   (V.O) 나도 들은 얘긴데, 투서 때문에 신광회 간부들이 군인들 앞에 불려가서 온갖 모욕을 다 당했다네.

S#54.   다시 종남서림 안 (D)

상순   여기서 잠깐. 반장님은 왜 투서하는 유반장님을 쫓아갔어요?

송반장	그게… 서장이 유반장 감시하고 보고하라고 명령을 내려서.
영한	아니 아무리 명령이라도 그렇지 어떻게 선배를 감시하고 보고해요?
송반장	나도 첨엔 싫다 그랬지. 근데 서장이 날 거지 만든다는데 어떡하냐?
경환	아 진짜, 살쾡이 같은 인간. 아우 정말 싫다.
호정	(답답하고) 근데 반장님, 우리한테 왜 아무 말씀 안 하신 걸까요?
송반장	그건 나도 모르겠다. 유반장님 깨어나시면 물어봐.
영한	반장님이 애를 써도 소용없었네요. 부국장이 돼버렸으니까요.
송반장	돼버렸지? 왜 됐을까, 왜? 세상이 다 아는 친일판데?
일동	(잘 모르겠고)
혜주	(수정과 내와 송반장 앞에 놓으며 상냥하게) 드십쇼. 수정과예요.
송반장	아이구 감사합니다, 제수씨. 요새 유반장님 간병해주신다고 고초가 많으시, (하는데)
혜주	(대뜸 상냥하게) 친일파요.
송반장	(무슨 말인가 싶고) 예?
혜주	군사혁명위원회, 국가재건최고회의 높은 분들께서도 친일파라서요.
송반장	(놀랍고) 정답입니다.
영한	당신은 어떻게 알았어요?
혜주	당연하지 않나요? 만고불변의 진리. (귀여운 손짓) 끼리끼리.
영한	아 그렇죠. 끼리끼리.
호정	저는 교수님들과 학교 선배들한테 말만 들었지 이 정돈진 몰랐습니다.
송반장	누구라고 꼭 집어 얘기는 안 하겠다만, 저 위로 아주 드글드글하다.
상순	아이 씨 그럼 범인은 최부국장이네! 부국장 되는 데 뒤탈 없게

할라고 반장님 그렇게 만든 거잖아?!

송반장   (수정과 원샷하고) 요 말은 난 못 들은 걸로. 난 할 말 다 했다. 제

             수씨 수정과 잘 마셨습니다. 뇌물 장부 없애주고. (도망치듯 가고)

상순   아 어디 가요? 마저 얘기하고 가야지?!

경환   지금 당장 최부국장 잡아와서 조사하죠. 제가 취조하겠습니다.

상순   미쳤냐? 우리가 최부국장을 잡아와? 잡다가 우리가 사살당해.

영한   (고민에 빠지고)

호정   형님… 어떡해야 합니까?

상순/경환   (바라보고)

영한   일단 대기하자. 내 허락 없이 아무도 움직이지 마.

일동   (답답하고)

S#55.   목련각 도석의 방 안 (N)

부어라 마셔라 떠드는 도석과 지역유지들.

이때, 변계장이 빠르게 안으로 들어와 도석에게 뭔가 귓속말한다.

도석   (듣고 놀라) 그래?

변계장   예.

도석   (뭔가 번뜩)

S#56.   다른 방 안 (N)

전면을 향해 정중하게 꿇어앉는 도석, 인사한다.

도석	종남서에 서장으로 부임한 백도석이라고 합니다. (조아리고)

앞에는 거만해 보이는 젊은이 네 명과 기생들이 있다.
네 명은 정희성, 남정길, 권형근, 노윤학(모두 남/20대 중반)이다.
(→ 9, 10회 등장인물들인 4공자)

변계장	(소개하고) (희성 보여지며) 국가재건최고회의 정병필의장 기조실장의 자제 정희성도련님, (정길 보여지며) 중앙정보부 남철우대공부장님의 자제 남정길도련님, (형근 보여지며) 광호물산 권학수사장님 자제 권형근도련님, (윤학 보여지며) 육본 노기탁준장님의 자제 노윤학도련님이십니다.
정길	장교 출신이라면서요?
도석	예.
정길	혁명 정부에 못 들어간 거 보면 겉절이 장곤가 보네.
일동	(웃고)
도석	(애써 웃고) 맞습니다. 변방에서 빨갱이 때려잡는 일만 했습니다.
형근	나중에 공비 잡은 무용담이나 얘기해줘요. 재미지게.
도석	예, 알겠습니다. 그리고 언제든 필요하신 일 있으시면 하명하십쇼.
윤학	와서 한잔 받아요. 우리가 신세 질 일은 없겠지만.
도석	예. (윤학에게 잔 받아 마시고)

S#57. 종남 시내 전경 (D)

날이 밝은 종남 시내 전경. 전차들이 지나다닌다.
힘 있게 시내를 걸어가는 영한. 가다 서고 앞을 보면!
바로 [치안국] 건물이다! 바라보는 영한. 위 장면들 흐르며,

영한   (V.O) 반장님. 반장님께서 저희에게 말씀 안 하시고 홀로 싸우신 이유, 잘 압니다. 저희가 다칠까 봐 그러신 거죠? 사람은 배운 대로 행한다잖아요? 저도 제 부하들 다치게 하기 싫습니다. 죽어도 혼자 죽습니다! (자리 뜨고)

S#58. 종남서 수사반 안 (D)

두리번거리며 영한을 찾는 상순. 그러나 없고!

상순   조형사, 형님 어디 계시냐?
경환   모르겠습니다, 출근할 때부터 안 계셨습니다.
호정   저도 못 뵈었습니다.
상순   아이~ 불길 비스무리 해. 또 어딜 갔어?! (이때)
강형사   (V.O) 이런 건방진 년이!

일동, 보면! 난실을 몰아붙이고 있는 강형사.

강형사   쫄따구 주제에 구두 닦으라면 닦는 거지, 말이 많아?
난실   저 구두 닦으려고 경찰 된 거 아닙니다. 저도 엄연히 업무가 있습니다.
강형사   너 같은 기집애가 무슨 업무? 그냥 식모 일이나 하는 거지.
난실   (화나고) 제가 이 경찰서 사람들 구두를 다 닦는다 해도, 형사님 구두는 안 닦을 겁니다!
강형사   아니 이년이! (때리려 손을 들자)

붕- 날아차기로 강형사를 가격하는 상순.

푹- 넘어지는 강형사.

상순   야 이 개새끼야. 서장 가방 모찌 하니까 눈깔에 뵈는 게 없냐?

강형사   (가소로운 표정으로 일어나고)

황반장   (말리며) 야, 야! 왜들 이래?

상순   놔봐요. 똥오줌 못 가리는 새끼들은 피똥을 싸봐야 돼. 일루와 새끼야!

상순, 달려들면 가볍게 피하는 강형사. 사실, 엄청난 무술의 달인이다.
파바팍- 맞고 쓰러지는 상순. 매우 치명적이라 많이 아프다.

호정   (놀라 상순에게 다가가며) 형님, 괜찮으세요?

강형사   너도 내 앞에서 건방 떨지 마, 이 새끼야.

경환, 뚜벅뚜벅 강형사에게 다가간다.
먼저 선제공격을 하는 강형사. 그러나 경환, 아무렇지도 않다.
마구 때리지만 미동조차 하지 않는 경환.

경환   안마하냐? (하고 강형사 목을 움켜쥐고 확- 들고)

강형사   (들어 올려져 고통스러워하고)

송반장   야, 야, 놔~ 사람이 죽어.

경환   죽으라고 든 겁니다.

일동   (마구 말리고)

도석   (V.O) 덩치가 이겼다!

경환   (고개 돌리면)

도석   (다가오고) 내려놔, 힘자랑 다 했으면.

경환	(굴하지 않고)
도석	(나직이 힘 있게) 명령이다, 빨리 내려놔!

경환, 손 툭- 놓자 강형사 쓰러지며 캑캑대고.

일동	(긴장하고)
도석	어이 덩치. 한 번만 더 전우에게 총부리 겨눴다간 니가 총살이다.
경환	이 자식이 먼저 저 여경을 때리려고 했습니다. 연약한 여자를요!
도석	강형사, 여경을 왜 때리려고 했나?
강형사	명령에 불복종했습니다.
도석	명령 불복종에 대한 상관의 체벌은 그 누구도 상관해선 안 된다. 알았나?
경환	(가만히 있고)
도석	(강형사에게) 외출 준비해라. (가고)
강형사	예. (얼른 일어나 가고)
경환	(주먹 꽈악 쥐며 분을 삭이고)
상순	괜찮아, 봉순경?
난실	(매섭게) 개 같은 새끼.
상순	(난실이 매섭고) 어우… 괜찮네.

S#59. 최부국장의 방 안 (D)

앉아서 서류들을 보는 최부국장. 이때 노크 소리.

최부국장	들어와.
영한	(들어와 짧은 목례)

최부국장	야, 인사 많이 짧아졌다.
영한	(바라보고)
최부국장	약속이 꽉 찼는데, 미우나 고우나 예전 부하라고 접견해주는 거야.
영한	감사해 몸 둘 바를 모르겠네요.
최부국장	알면 됐고. 무슨 급한 일이야?
영한	서까지 같이 가주시죠.
최부국장	뭐?
영한	유대천반장 살인 교사 혐의로 조사할 것들이 있습니다. 가주시죠.
최부국장	(놀라고, 어이없고) 뭔… 뭐? 살인 교사? 야 이 새끼야!
영한	불응하면 (수갑 보여주며) 강제로 연행하겠습니다!
최부국장	뭐야, 이 새끼야? (벌떡 일어서며 밖에다) 야, 밖에 아무도 없냐?

S#60. 치안국 로비 (D)

최부국장을 수갑에 채워 나오는 영한.

최부국장	너 이 새끼 각오해. 경찰은 당연히 잘리는 거고, 깜빵에 보내버릴 테니까.
영한	좋을 대로 하시죠. (가다 서고, 보면)

본청 경찰들이 영한을 향해 총을 겨누고 있다.

최부국장	야 쏴! 그냥 쏴버려!!
영한	(경찰들 향해) 공무집행 중입니다. 비켜주십쇼.

경찰들	(무슨 일인가 싶고)
최부국장	빨리 쏴버리라니깐!

경찰들, 영한을 향해 정조준한다.
긴장하는 영한의 모습.

S#61. 유반장의 병실 안 (D)

오늘도 의식이 없는 채 조용히 누워 있는 유반장.
유반장을 내려다보고 있는 도석과 변계장.

도석	아이구 참 안타깝네. 얼른 일어나야 할 텐데.
변계장	이렇게 친히 문병을 오실 필요까지야….
도석	와봐야죠. 우리 종남서 부한데.
변계장	정말 아량이 넓으십니다, 서장님.
도석	나 문병 온 거, 사람들한테 많이 알려요. 그래야 많이들 오지.
변계장	(의중 알고) 예, 널리 널리 알리겠습니다.
도석	나 물 한잔만 갖다줄래요?
변계장	아 예. (나가고)
도석	차라리 완전히 보낼걸 그랬나? 이리 고생을 해서 어떡해? 덕분에 서장 달았다. 내가 나중에 조의금은 심심찮게 해줄게. (이때)
혜주	(V.O) 누구세요?
도석	(돌아보면)
혜주	(서 있고)
도석	아 예, 종남서 백도석서장입니다.
혜주	(이미지 완전 똥이라 표정에 티 나고) 아 예. 전 박영한형사의 아냅

니다.

도석	우리 박형사, 처복은 많네요. 이리 미인을 부인으로 두고.
혜주	(작게) 미친 새끼.
도석	(귀를 의심하고) 예?
혜주	아 예, 사랑에 미친 사람이었다구요, 박형사님요. (이때)
강형사	(급히 들어오며) 서장님, 급히 가보셔야 할 것 같습니다.
도석	무슨 일인데?
강형사	박영한형사가…. (하는데)
혜주	(놀라) 박영한형사가 왜요?

S#62. 종남서 수사반 안 (D)

도리어 종남서로 잡혀와 포박되어 있는 영한.
분에 겨워 서 있는 최부국장, 그 옆에 도석.
변계장, 송반장, 황반장, 형사들, 고개를 조아리고 서 있다.
영한 뒤에서 항의하는 상순, 경환, 호정. 그리고 화난 표정의 난실.

상순	아니 이런 법이 어딨습니까? 왜 포박을 해요? 죄졌어요?
최부국장	이 새끼들 이거 사리 분별이 안 돼? 이 박영한이란 새끼가 치안국 치안2 부국장을 협박 및 납치했어.
영한	협박, 납치가 아니라 용의자를 연행한 겁니다.
도석	도대체 무슨 혐의로?
영한	유대천반장님 살인 교사 혐의입니다.
일동	(놀라고)
최부국장	자꾸 헛소리할래?
영한	부국장님의 친일 행적에 대한 유반장님의 투서로 앙심을 품고,

	(하는데)
도석	(어이없다는 듯 웃고) 야. 피해자는 암말 못 하고 누워 있는데 혼자 용의자 특정하고, 혼자 동기를 부여해?
상순	그건 반장님 진술 없이도 수사로 얼마든지 알 수 있다구요.
최부국장	닥쳐! 이 새끼들이 반장을 빌미로 나를 물 멕일라 그래?
도석	어이 학도병, 이건 좀 심각한 하극상이다.
영한	하극상 아닙니다, 백도석대위님! (이때)
유반장	(V.O) 피해자 진술 필요합니까?
일동	(돌아보고)
영한	(보고 놀라고)

툭- 땅에 짚어지는 지팡이. 그리고 힘겨운 발걸음…
유반장이 지팡이를 짚고 힘겹게 걸어온다.
혜주는 유반장을 부축하며 함께 걷는다.

상/경/호	반장님!

서 안에 있던 모든 사람 놀란다. 최부국장과 백도석 역시!

유반장	비가 오려나… 발목이 쑤시네. (최부국장 보고) 아이고 부국장님, 영전을 경하드립니다.

놀라지만 너무나 기쁜 상순, 경환, 호정.

최부국장	아니 심봉사도 아니고… 갑자기 일어나고 그래?
황반장	심봉사는 눈입니다.
최부국장	그거나 그거나.

도석	(여유 있다가 뭔가 긴장되고)
유반장	박영한형사, 포박돼 있는 거 보니까 그새 나쁜 놈 된 거냐?
영한	저 나쁜 놈 아닙니다. 악에 받친 착한 놈입니다.
혜주	(미소 지어 보이고)

가슴 벅차하며 눈물이 확- 맺히는 영한의 얼굴에서…!

7회

대도의
창궐

S#1.   종남서 수사반 안 (D)

6회에 이어,

유반장   (V.O) 비가 오려나… 발목이 쑤시네. (최부국장 보고) 아이고 부국
          장님, 영전을 경하드립니다.

          상순, 경환, 호정, 난실, 귀신을 본 것처럼 너무 놀라고!

최부국장   아니 심봉사도 아니고… 갑자기 일어나고 그래?
황반장   심봉사는 눈입니다.
최부국장   그거나 그거나.
도석   (여유 있다가 뭔가 긴장되고)
유반장   박영한형사, 포박돼 있는 거 보니까 그새 나쁜 놈 된 거냐?
영한   (막상 유반장이 서 있는 모습 보니 가슴 벅차고) 저 나쁜 놈 아닙니다.
          악에 받친 착한 놈입니다.
혜주   (미소 지어 보이고)
영한   (활짝 웃고)

          상순, 경환, 호정, 난실, 얼른 달려가 "반장님!"하며 유반장을
          부여잡는다.

상순   (울컥하고) 반장님 맞는 거죠? (만져보며) 귀신 아니지?
호정   정말 괜찮으신 거예요?
경환   아우 정말… 전 못 일어나시는 줄 알고…. (울컥하고)
유반장   (웃으며 안심시키고) 괜찮아. 뭐 겨우 이 정도 가지고.
도석   깨어나서 다행이네, 유반장. 나 백도석서장이야.

유반장	예, 서장님. 처음 뵙겠, (하다가) 혹시 저랑 구면 아니신가요?
도석	(웃으며 태연하게) 난 초면인데.
유반장	아 예, 제가 잘못 본 모양입니다.
최부국장	일단 이 새끼부터 빨리 구속시켜. 아주 엄벌에 처할 줄 알아.
영한	(날카롭게 보며) 엄벌요? 누가 누굴요?
최부국장	어디 눈을 부릅뜨고?! 누가 누구긴 이 새끼야?
영한	(분노 오르며) 그전에 반장님하고 나눌 말씀이 있지 않나요?
최부국장	(뭔가 살짝 찔리고) 뭐?
도석	(뭔가 분위기 이상하고)

S#2.   서장실 안 (D)

상석에 앉은 최부국장.
한편에 도석, 맞은편에 유반장이 앉아 있고.
영한은 유반장 뒤에 서 있다.
최부국장, 뭔가 불편한 표정이고 도석, 계속 사태 파악 중이다.

유반장	(최부국장에게) 숨통 안 끊어주셔서 감사합니다. 아, (도석 보며) 서장님께 감사드려야 되나요?
도석	(시치미 뚝) 깨어나자마자 정신이 없는 모양이네. 왜 자꾸 헛소릴 하나?
유반장	그러게 말입니다. 며칠 누워 있었더니 기력이 딸려서요. 박형사!
영한	(공격적으로) 폭행 교사 용의자 최달식은 친일 행적 투서에 대해 앙심을 품고, 누군가에게 유반장님에 대한 무차별 폭행을 지시했습니다.
최부국장	아니 이 새끼가 또!

유반장   (도석을 뚫어져라 보며) 그 누군가는 저에게 자백 아닌 자백을 했
          구요.
도석   (아직 여유 있는 표정)

S#3.　유반장의 병실 안 (D): 6회 S#61 회상

도석   차라리 완전히 보낼걸 그랬나? 이리 고생을 해서 어띡해? 딕분
          에 서장 달았다. 내가 나중에 조의금은 심심찮게 해줄게.

S#4.　서장실 안 (D)

도석   (피식 웃고, 당했다는 생각 들고)
최부국장   너 이 새끼들, 감히 우릴 갖고 장난친 거냐?
영한   (단호하게) 장난이 아니라 정당한 수삽니다.
유반장   (최부국장에게) 왜 제 목숨줄은 붙여놓으라고 지시하셨을까요?
          충분히 숨통을 끊을 수도 있었는데 말입니다. (도석을 보고)
도석   (가만히 듣고)
영한   바로 이것 때문이죠.

          품 안 깊이 숨겨놓은 빛바랜 봉투(서류봉투 반 크기) 하나를 꺼내
          는 영한.
          그리고 그 안에서 무언가를 꺼내 보여주면!
          놀라는 최부국장과 뭔가 싶어 바라보는 도석.

S#5.   회의실 안 (D)

상순   예? 그럼 반장님 깨어나신 걸 형님, 형수님은 알고 계셨던 거네요?

모여서 뒷얘기를 나누는 상순, 경환, 호정, 난실 그리고 혜주.

S#5-1. 유반장의 병실 안 (N): 회상

까딱거리는 유반장의 손가락.
놀라 손가락을 가만히 바라보는 혜주.
스르르 실눈을 뜨는 유반장. 화들짝 놀라는 혜주.
잠시 후, 유반장에게 바짝 귀를 가져다 댄 혜주, 유반장은 말하고… 이 위로,

혜주   (V.O) 예. 정말 기적처럼 깨어나셨어요.

S#5-2. 종남서림 한 코너 (N): 회상

서점 책꽂이에서 책 한 권을 꺼내는 영한과 곁에서 지켜보는 혜주.

S#6.   다시 회의실 안 (D)

혜주   그걸 찾아서 잘 간수하고 계시라구요.
상순   (섭섭) 아니 왜 우리한테까지 숨기셨대요? 우리가 무슨 첩잔가?

난실	(섭섭) 언닌 어떻게 나한테도 얘길 안 해요?
경환	(섭섭) 미리 알았으면 치안국에 같이 밀고 들어갔을 거 아닙니까?!
혜주	죄송해요. 반장님과 박영한형사님 뜻이 그러셨어요.
호정	어쨌든 그거 하나면 끝난 거 아닙니까, 부국장?

S#7. 서장실 안 (D)

'일본 장교 옷을 입고 일장기 앞에서 충성 맹세를 하며 경례하는 과거 최부국장의 사진' 그리고 '천황에게 충성을 다짐한 최부국장의 혈서'.

영한	(힘 있게) 다나카 미나토. 조선 이름 최달식. 일본 천황에게 충성을 다짐한 혈서와 당시 사진!!
유반장	(노려보며) 얼마나 많은 피로 혈서를 썼는지 아직까지도 선명하네요.
최부국장	(노려보고)
영한	이 추악한 기록을 찾아내려고 백방으로 뒤졌겠죠. 반장님 집까지 엉망으로 만들어놓고! 그런데 어쩌죠?

S#8. 종남서림 한 코너 (N): 회상

S#5-2에서 이어진다.
영한, 책 사이 숨겨진 빛바랜 봉투를 발견한다.
봉투를 꺼내 보며 신기해하는 영한과 혜주.
유반장이 둘 몰래 숨겼던 것!

영한	(V.O) 진짜 엉뚱한 곳에 숨겨져 있었는데.

S#9. 서장실 안 (D)

영한	이것 때문에 반장님을 못 죽인 거죠. 친일 행적에 대한 결정적 단서.
유반장	제가 뭔가를 갖고 있단 정보는 익히 들으셨죠? 그 정보 제가 흘린 겁니다.
영한	(더 몰아붙이고) 반장님과 제가 추측한 용의자의 생각을 말해볼까요? '분명 유반장이 갖고 있는 것 같은데, 죽인다면 해결될까?'
유반장	'아니지. 다른 사람한테 맡겨놨다면 유반장이 죽어도 폭로될 수 있어.'
영한	'숨은 일단 붙여놓고, 동태를 살피자. 아무도 안 나선다면, 그때 죽이자!'
도석	(이제야 죽이지 말라는 이유에 대해 확실히 알겠고)
유반장	근데 하필 왜 내 발뒤꿈치를 그었을까? 그냥 여기저기 쑤시면 되는데? 공수단 출신 장교라면 그럴 수 있죠. 그렇게 배웠고 버릇이니까.
도석	(픽- 웃고)
영한	총만 막 쏘시는 게 아니라 칼도 잘 쓰시네요, 백도석대위님!
도석	(영한을 노려보고)
최부국장	진작에 재건위원회에 보내지 그랬나? 그럼 바로 끝낼 수 있었잖아? 근데 안 보냈다는 건, 다른 꿍꿍이가 있는 거지?
유반장	꿍꿍이 있었죠. 신광회 회원들 모두의 것을 모으자. 이걸로는 부족하다!
최부국장	(더 놀라고)

도석	그래… 다 그렇다 치고, 진짜 원하는 게 뭐야?
유반장	원하는 거요?

유반장, 영한이 들고 있던 사진과 혈서를 툭- 가져와 박박 찢어
버린다.

영한	(놀라) 반장님!
최/도	(놀라서 바라보고)
유반장	사진이랑 혈서는 없었고, (찢은 조각 앞으로 툭 던지고) 나 병신 만든 것도 넘어가주겠습니다. 대신 우리 1반 형사들 건들지 않는 걸루요.
도석	(순간 화나고) 뭘 어떻게 건들지 말라고?
유반장	그냥 놔두십쇼. 우리가 무슨 수사를 하든, 무슨 지랄을 하든!
영한	아니 반장님, 그렇다고 이걸 이렇게 없애버리면, (하는데)
유반장	(최부국장에게) 생각할 게 뭐 있습니까? 이미 찢어발겼는데?
도석	어이 유반장, 여긴 명령체계가 있는 곳이야. 근데 니들 맘대로, (하는데)
최부국장	조용히 좀 해봐.
도석	(멈칫)
영한	(답답한 표정으로 이 상황 바라보고)

S#10. 경찰서 복도 (D)

지팡이를 짚고 힘겹게 걸어가는 유반장. 부축하며 따르는 영한.

영한	(화가 잔뜩 나 있고) 그거면 충분히 부국장 짤리게 할 수 있잖아요?

유반장	(아무 말 없고)
영한	아니 저런 민족 반역자가 경찰 간부인 게 말이 되냐구요?
유반장	병원에 좀 데려다주라. 슬슬 발목이 쑤신다, 또.
영한	(그냥 이렇게 갈 순 없고) 반장님!!
유반장	(나직이) 어서 가자.

영한, 미치겠고…. 하지만 유반장을 꽈악 안는다.

영한	지금 진짜 화나고 미치겠는데… 그래도 돌아와줘서 감사해요, 반장님. (눈물 흐르고)
유반장	(울컥하며 다독여주고)

S#11. 서장실 안 (D)

기분 나쁘지만 애써 티를 안 내는 도석.
잔뜩 화가 치밀어 올라 있지만 애써 참는 최부국장.

도석	저렇게 놔두면 안 됩니다. 죄다 싹을 잘라야 후환이 없습니다.
최부국장	됐어. 일단 내 결정대로 가.
도석	부국장님!
최부국장	이게 끝일 줄 알아?!
도석	(바라보고)
최부국장	저것들 뭔가 다른 게 있으니까 이렇게 찢어발긴 거라고.
도석	있다 해도 이렇게 끌려가시면 안 되십니다. 더 강하게 밀어붙여서,
최부국장	뭐가 이렇게 말이 많아? 내 목에 칼 들어오는 꼴, 또 보고 싶

어? 응?

도석   (답답하지만 말 안 꺼내고)

최부국장   당분간은 그냥 지켜봐. 내 허락 없이 절대 허튼짓하지 말고!

도석   (부아가 마구 치밀고)

S#12.   유반장의 병실 안 (N)

INS ▶ 병원 외경.

경환과 호정이 힘들어하는 유반장을 부축해 침대에 기댈 수 있게 앉힌다.

따라서 앉는 영한, 상순. 경환과 호정도 이내 앉는다.

영한   아이 씨, 생각할수록 열 받네. 아니 그걸 왜 찢으셨어?

상순   아무리 그래도 친일파랑 거래를 하시면 어떡해요?

유반장   (부하들 보며 웃고)

영한   (더 화나) 아니 왜 웃고, (하다가, 설마 해서) 잠깐만… 패가 또 있는 거죠?

유반장   (웃고) 아이구 순진한 놈들. 이 유대천이를 숙맥으로 봤냐?

상순   그럼 진작에 말씀을 하시던가! 열 뻗쳐 죽는 줄 알았네. 아- 뒷목.

일동   (저마다 안도의 한숨)

호정   이번엔 어떤 팝니까, 반장님?

유반장   큰 패일수록 쪼아야 제맛이지. 때 되면 보여줄게. 개봉박두!

경환   그래도 반장님, 이참에 부국장 확- 내려버리는 게 좋지 않았을까요?

유반장   아니. 패 한 장보다 더 중요한 게 있어.

일동   (뭔가 싶고)

유반장	군, 경찰 할 것 없이, 최부국장 같은 인간들이 또- 드글대기 시작했어. 그럼 누가 제일 피해를 보는 줄 알아? 못 가진 사람들, 힘없는 사람들이야.
일동	(유심히 듣고)
유반장	그 사람들을 누가 지켜줄까? 경찰? 군인? 판검사? 아니! 죄다 힘 있는 것들 뒤에 붙어 있다고. 그래서 우리가 필요한 거야. 힘 없는 사람들 편먹어주게.
상순	(한숨) 편먹어주는 건 좋은데 우리만 그러면 무슨 소용이냐구요?
유반장	예전에 다른 것들 다 이정재한테 붙을 때, 니들은 왜 안 붙었어?
영한	(생각나고) 세상에 나 같은 경찰 하나쯤 있는 거, 나쁘지 않을 것 같아서요.
상순	(이제야 생각나고) 아… 나도 그랬었구나.
유반장	경환이랑 호정이도 똑같은 마음이었지?
경환/호정	(힘 있게) 예.
유반장	그 마음 그대로 밀어붙이면 돼. 우리가 언제부터 쪽수 믿고 일했다고.
일동	(유반장의 의중 이해하며 피식 웃고)
영한	후손한테 땅은 못 물려줘도 떳떳함은 물려줘야죠. 그게 우리 재산인데.
일동	(웃고)

S#13. 종남경찰서 앞 거리 (N)

나란히 걸어가는 영한, 상순, 경환, 호정.
지나가는 순경들은 경례를 붙인다. 답해주는 이들.

경환	형님, 그래도 저희한테 말씀 안 해주신 건 정말 섭섭합니다.
영한	그래, 미안하다. 니들 위한다고 그런 건데….
호정	그건 저흴 위한 게 아닙니다. 그러다 잘못되시면 저희 평생 한으로 남습니다.
영한	이제 안 그러마. 너희한테 다~ 말할게. (호정 어깨 툭 치고)
상순	진짜 반장님 잘못됐으면, 다 그냥 물어 죽일라 그랬어요.
영한	니가 무슨 백두산 호랑이냐, 다 물어 죽이게?
경환	만에 하나 또 무슨 일 생기면, 형님이 수사반장 하셔야 합니다.
영한	됐어, 인마. 난 그냥 수사부반장으로 남을 거야.
상순	그럼 난 수사줄반장.
경환	난 수사체육부장.
호정	난, 난… 음… 수사청소반장.

일동, 피식 웃고 그러다 푸하하- 웃기 시작한다.
이때 멀리서 들려오는 제야의 종소리. 모두 제자리에 서고….

호정	보신각 타종하는 모양입니다.
상순	타종이라… (한숨) 새해엔 인생 종 치는 인간, 많이 없었으면 좋겠다.

S#14. VISION

활기찬 음악과 함께… 박정희와 정부 동향/ 과거 서울의 연초
분위기(이상 자료화면) 흐르고, 이 위로 '1962'년 자막이 박힌다.
과거 60년대의 서울 연초(or 겨울) 풍경이 흐른다.

S#14-1. 명일증권 종남사무소 건물 앞 (D)

영한을 기다리고 있는 혜주. 이때, 영한이 뛰어온다.

영한	많이 기다렸어요?
혜주	저도 방금 왔어요.
영한	(혜주를 이끌며 가고) 자 그럼 소원 빌러 가볼까요?
혜주	(함께 가며) 예. (이때)
행인1	(V.O) (크게) 빨리 안 꺼져, 이것들아?!
영한/혜주	(놀라 소리 나는 쪽 바라보고)

한쪽 구석에 몰려 있는 얼굴과 온몸을 천으로 감싼 여인과 아이.
행인들은 죽일 기세로 아낙과 아이를 몰아붙이고 있고,
아낙과 아이들 필사적으로 보호하는 수녀.

행인1	나병환자들이 어딜 나다녀? 우리 다 옮겨 죽일라고 작정했어?
수녀	이분들 완쾌되신 분들입니다. 옮기거나 그러지 않습니다.
행인2	병도 병인데 저것들 애기도 잡아먹는다며? 세상 재수 없는 것들!
행인1	빨리 종남에서 안 꺼져? (돌 잡아 던지려는 순간, 꽉 잡히는 손)
영한	(손 꽉 잡고) 지금 뭐 하는 겁니까? (힘주어 돌 놓게 하고)
행인2	당신 뭐야?!

영한이 경찰증 보여주자 놀라는 행인들.
혜주, 얼른 신부, 나병 아낙과 아이에게 다가가고.

혜주	(수녀에게) 괜찮으세요?
수녀	예….

영한	수녀님이 말씀하셨잖아요? 다 나으신 분들이라고! 근데 왜들 이래요?
행인1	아니 저것들이 아기를 잡아먹고, (하는데)
영한	내가 종남서에 3년을 있었는데 그런 사건 한 번도 들은 적 없어요. (따끔하게) 어디서 유언비어를 듣고 와서 생사람을 잡아요? 예?
행인들	(조용하고)
영한	한 번만 더 저분들 위협하면, 협박죄로 연행합니다. 빨리 해산하세요.

행인들, 툴툴대며 해산한다. 영한 뒤를 돌아보면!
얼른 도망가는 나병 아낙과 아이.

수녀	감사합니다. (얼른 쫓아가고)
혜주	(마음 아프고) 한 명은 아이 같은데….
영한	(마음 좋지 않고)

S#15. 어느 사찰 대웅전 (D)

INS ▶ 고즈넉한 어느 사찰 외경.
인자한 자태의 부처상.
절을 하며 불공을 드리고 있는 영한과 혜주.
정성스럽게 부처님을 향해 절한다.

S#16. 어느 사찰 한편 (D)

처마 아래에 나란히 앉아 얘기 나누는 영한과 혜주.

혜주   새해 소망으로 뭘 비셨어요?

영한   나야 뭐 항상 똑같죠. 당신과 우리 모든 가족의 건강, 우리 수사
       1반 무탈하기, 그리고 나쁜 놈들 많이 잡게 해주십사. (웃고)

혜주   부처님은 매년 당신 소원을 잘 들어주시는 것 같아요.

영한   그렇죠? 아 당신은 뭘 빌었어요?

혜주   저도 뭐 당신과 우리 가족 건강, 경찰서분들 무탈, 아까 나병에
       서 나으신 분들 평안하시길 그리고…. (살짝 의기소침)

영한   (미소로) 올해도 그거 빌었어요?

혜주   (고개 살짝 숙이고) 연초만 비는 게 아니라 항상 빌어요.

영한   (안심시키려는 듯) 아이구 그렇게 안 빌어도 돼요. 삼신할머니가
       어련히 알아서 주실까.

혜주   삼신할머니가 2년 넘게 너무 아무 기별이 없으셔서요.

영한   (혜주 어깨에 손 올리며) 내 얼굴 좀 봐요.

혜주   (영한 보면)

영한   아이 늦게 생긴다고 죄짓는 것도 아닌데 왜 그래요?

혜주   그래도 우리가 더 행복하려면 아기가 있는 게 더 좋잖아요.

영한   여보. 행복은 뭘 채우는 게 아니에요. 진짜 행복은 뭐가 필요 없
       는 거예요. 지금 우리 둘이 보내고 있는 이 시간이, 그냥 행복이
       라고. 알겠어요?

혜주   (미소 지으며 마음 다잡고) 예, 여보.

금실 좋게 서로 마주 보고 앉은 둘의 모습, 멀리 보이고….

S#17.   종남서 수사1반 (D)

신문을 보며 연필을 들고 머리를 벅벅 긁고 있는 상순.
이때 다가와 넌지시 보는 경환과 호정.

경환   새해부터 뭘 그렇게 보십니까?

상순   요새 난리 난 거~! 도박 비스무리한데, 봐도 잘 모르겠네.

호정   (보고) 에이 도박이 아니라 주식 아닙니까?

경환   전 또 뭔가 했습니다. 이건 도박 아닙니다.

상순   이게 왜 도박이 아니야? 딱 봐서 될 만한 놈한테 획- 지르는 거
        잖아. 물방개 경주처럼? 그럼 몇 배로 먹거나, 쫄딱 망하거나.

호정   (살짝 열변) 이런 의식이 문젭니다. 도박은 불확실성에다 거는 거
        구요. 주식은 투자할 회사를 잘 분석해서, '성장'할 만한 회사에
        '정당'하게 투자하는 겁니다.

상순   성장할지 안 할지 우리가 어떻게 알아? 야바위처럼 딱 찍는 거지.

경환   생각해보면 나도 모를 것 같네. 형님처럼 찍을 것 같은데?

호정   (완전 답답) 아니 그러니까 투자자의 마음을 가지시라니까요. (화
        나고) 아 저도 몰라요. 알아서들 하세요. (확- 가고)

상순   (가는 호정을 보고 멍하게) 근데 쟤는 왜 역정을 내냐?

경환   그러게 말입니다. 우리가 뭘 많이 잘못했나?

S#18.   명일증권 종남지점 입구 (D)

INS 1▶ 종남 시내 전경.

INS 2▶ 시내 어느 건물 외경. 2층에 표시된 [명일증권 종남사
무소].

굳게 닫힌 입구에 붙은 안내문 [금일 임시휴업. 급한 용무가 있
을 시 본점을 이용 바랍니다. - 명일증권 종남사무소장].

S#19. 명일증권 종남사무소 안 (D)

서너 명 정도 근무할 수 있는 작은 규모의 사무소 안.
젊고 정직한 느낌의 홍인호(남/30대 초)가 시계를 보며 누군가를
초조하게 기다린다.

인호 왜 안 오는 거야? (이때 문 열리는 소리, 고개 돌리며) 오셨습, (멈추고)

한 사내가 안으로 들어와 있다(사내의 얼굴은 보이지 않는다).
사내의 시점으로 보이는 인호.

인호 죄송합니다, 손님. 오늘은 본점에서만 영업을 합니다. 밖에 안내
문 못 보셨나요? (뭔가 느낌이 좋지 않고, 뒷걸음질) 본점으로 가시
면… 됩니다….

뭔가 느낌이 좋지 않은 인호. 옆에 있는 주판을 잡고 무기 삼는다.

인호 (공포 엄습하고) 당신 뭐야? 누가 보내서 왔어?!

인호, 주판을 휘두르자 사내는 붕대가 감긴 오른손으로 주판을
팍- 잡고, 인호의 손목째로 주판을 패대기친다. 바닥에 떨어져
알알이 부서지는 주판.
힘을 주지만 역부족인 인호. 인호의 손목을 꽈악- 쥔 사내의 손.

S#20. 명일증권 종남사무소 건물 앞 (D)

건물 앞을 지나다니는 행인들.
건물 근처로 걸어오는 영한과 혜주.

혜주   나랑 사찰에 간다고 근무 시간 많이 빼먹은 거 아니에요?
영한   아니에요. 점심시간 내서 갔다 온 건데요, 뭐.
혜주   (둘러보고) 근데 아까 여기 나병 나으신 분들요, 어디 사시는 걸까요?
영한   아, 어딘가들 계실 것 같은데… 한번 알아볼게요. (생각하고, 이때)

이때, 건물 앞 바닥에 퍽- 떨어지는 검은 무언가.
행인들, 보고 비명을 지른다.
약간 떨어진 지점에서 놀라 바라보는 영한과 혜주.
영한은 얼른 혜주를 안아 보지 못하게 하고….

혜주   무슨 일이에요?
영한   사람이 떨어진 것 같아요. (위를 잠시 보고)
혜주   (놀라서) 예?

엎어져 눈을 뜬 채 절명한 인호. 땅에는 피가 퍼지기 시작한다.
얼른 시신으로 다가간 영한, 맥을 체크한다. 그러나 절명한 상태다.
한숨이 나오는 영한, 혜주를 향해 고개를 가로저으면.
혜주, 입을 가리며 참담해한다.
인호의 눈을 감겨주는 영한.
이때, 청년 한 명이 빠르게 건물 안으로 들어간다.
이를 바라보는 영한. 위쪽을 보면,
2층에 명일증권 종남사무소 유리창 그리고 저- 위에 옥상 난간이 보인다.

S#21.   서장실 안 (D)

상석에 앉은 최부국장과 얘기 나누는 도석.

도석   갑자기 어쩐 일이십니까?

최부국장   요새 이래저래 자주 보는구만. 아 다른 게 아니라, 중정에서 중
         요한 전갈이 하나 내려왔어. 종남구, 구담구, 흥천구 세 구에 말
         이야.

도석   (무슨 일인가 싶고) 예.

최부국장   혹시라도 주식 관련 범죄가 발생하면 서에서 처리하지 말고, 바
         로 치안국으로 이관 및 중정에 보고하라고.

도석   이유가 뭔지 알 수 있습니까?

최부국장   국가 경제가 국가 안보만큼 중요한 시기가 아니겠나? 이젠 바야
         흐로 중앙정보부의 시대야. 음지에서 양지를 뭐, 응? 잘 알지?

도석   하명하신 대로 하겠습니다. (뭔가 좀 이상하고)

S#22.   명일증권 종남사무소 건물 앞 (D)

경환과 호정은 각각 주위 사람들을 탐문하고 있다.
순경들이 시신을 가리고 있고…
남성훈은 사람들을 통제하고 있다.
국철은 시신을 감식 중이다.
청년과 얘기 나누는 영한과 상순.

영한	아깐 건물로 왜 들어갔어요?
청년	혹시나 위에서 누가 밀었나 해서요. 그런 경우도 있잖아요.
상순	뭘 좀 보셨어요?
청년	아니요. 옥상까지 가봤는데 아무도 없더라구요.
영한	사망자랑 아는 관계는 아니구요?
청년	예. 전혀 모르는 사람입니다.
영한	(의심의 여지 느껴지지 않고) 협조 감사합니다.
청년	(가고)
상순	아이구 의협심 강한 청년이네. 단순 자살 아닐까요? (위를 한 번 보고)
영한	일단 더 봐야지. (오는 경환에게) 특별한 상황은 없었대?
경환	목격자들 말로는 그냥 위에서 쿵- 떨어졌다고 합니다.
상순	떨어지기 전에 본 사람은 없고?
경환	예, 여기 모인 사람 중엔 없습니다.
상순	(오는 호정에게) 신원은?
호정	(시민증 있는 인호의 지갑 주며) 지갑에 시민증이 있었습니다. 이름은 홍인호, 여기 2층 증권회사 직원입니다.
영한	(시민증 슬쩍 보고 지갑 안 살펴보고)
국철	(V.O) 이거 한번 보십쇼.
일동	(이동하고)
상순	(국철에게 다가가) 이젠 현장에도 나오시는 거예요?
국철	예, 올해부터 현장에서 1차 검안을 해보려구요.
영한	그렇게 해주시면 우린 너무 좋죠. 시신 상태는요?
국철	자세한 건 부검을 해봐야 알겠지만, 일단 사인은 추락 충격으로 인한 두부 손상과 다발성 장기 부전입니다. 근데 요기 오른 손목 한번 보세요.

일동, 보면! 손목이 잡힌 자리에 나 있는 빨간 자국.

국정 오른쪽에만 나 있는 자국입니다. 세게 잡힌 자국 같습니다.

상순 먹살잡이했나? 양복 여기랑, 남방이랑 막 찢어져 있네.

경환 (자기 먹살 잡아보며) 그러게. 유도하듯이 잡아 던졌나?

영한 (점점 뭔가 이상하고)

S#23. 명일증권 종남사무소 건물 옥상 (D)

난간 너머로 보이는 저- 아래쪽 광경.
아래를 내려다보는 영한, 상순, 경환, 호정.
바닥을 훑어보는 영한.
바닥에는 검은 자국들이 군데군데 보이고 난간까지 이어져 있다.

영한 바닥에 뭐 같냐?

경환 뭐가 끌린 자국 같습니다.

영한, 뭔가 느낌이 이상하고… 자신의 구두 뒷굽을 세게 긁어본다.
그러자 고무가 마찰되며 나는 자국.

호정 (다가오며) 어? 비슷합니다.

상순 (뭔가 캐치하고 난간으로 가 아래에 크게) 남순경!

성훈 예, 선배님.

상순 사망자 구두 좀 벗겨서 갖고 올라와!

시간 경과 ▶ 스윽 내밀어지는 홍인호의 구두 한 켤레.

숨이 차 하는 성훈으로부터 호정이 구두 받으면, 매우 낡은 구두다.

오래 신어 전체적으로 엄청난 마모가 되어 있는 구두 뒷굽.

상순   뭐가 이렇게 많이 닳았어? 이건 거의 폐품인데?
영한   여기 자세히 봐봐. (구두 굽 아래쪽 가리키면)

눈에 띄게 파여 생고무가 드러나 보이는 구두 뒷굽.

영한   오래 신어 닳아빠진 거 말고, 요긴 생고무가 나와 있잖아.
경환   (자세히 보고) 그렇네요. 빡빡 긁힌 것 같습니다.

INS ▶ 누군가 홍인호를 잡아끌고, 안 가려고 버티다 바닥에 나는 자국.

영한   (V.O) 끌려가지 않으려고 버티다 생긴 자국인 거지.
상순   어떤 놈이 힘으로 세게 끌었네. 그리고 먹살을 잡고 확-!
호정   근데 사망자도 보통 이상 체격인데 남자 둘이 끌어도 힘들지 않겠습니까?
경환   나 같은 놈이 끌고 가면?
영한   충분히 가능하지. (구두를 재차 보며, 타살 쪽으로 판단되고)
상순   (영한 눈치 슬쩍 보고) 서형사랑 다른 출구 없나 보겠습니다.
영한   난 조형사랑 증권사 사무실 훑어볼게.
성훈   (상순에게) 다른 출구는 왜 찾습니까?
상순   맞바람 잘 통하나 볼라 그런다, 왜?
영한   아참, 남순경.
성훈   예, 선배님.

영한	사건 관련은 아니고, 이 앞에 나병환자였던 분들 다니시던데.
성훈	아 예. 그래서 가끔 난리 나고 그렇습니다.
영한	혹시 그분들 어디 모여 사시나 알아봐.

S#24. 명일증권 종남사무소 입구 (D)

입구에 붙은 안내문 [금일 임시휴업. 급한 용무가 있을 시 본점을 이용 바랍니다. - 명일증권 종남사무소장] 바라보는 영한과 경환.

영한	임시휴업인데 출근은 왜 했을까? (더욱 뭔가 이상하고)

S#25. 명일증권 종남사무소 안 (D)

경환, 문을 열고 들어오고 영한, 이어 따라 들어온다. 보면!
깨끗하게 정리된 사무소 안. 매우 깔끔하다.

영한	임시휴업이 아니라 폐업한 것 같은데? 뭐가 이렇게 휑해.

영한과 경환, 여기저기 위아래로 둘러본다.
이때, 영한의 시선에 꽂히는 무언가. 바로 한편에 있는 금고다.

영한	금고 살펴봐.
경환	(앉아서 금고 잡아당기면 툭- 열리고) 어? 그냥 열립니다.

열면, 안에는 아무것도 없다.

경환   텅텅 비었습니다.

영한   각 자리에, 서류나 장부 그런 거 있나 봐봐.

경환, 자리 하나 골라 꼼꼼히 살피고….

영한, 아무리 벽과 주위를 둘러봐도 심하게 깔끔하다.

이때, 한 책상을 보면 자가 하나 있고 작게 이름이 쓰여 있다.

[洪仁豪(홍인호)].

영한   (들어보며) 홍인호… 여기가 사망자 자린가 보네. 저쪽이 동료 직
        원 자리.

S#26.   명일증권 종남사무소 건물 안/ 뒷문 근처 (D)

한편에 나 있는 뒷문.

뒷문을 발견한 상순과 호정.

상순   그렇지. 요런 게 꼭– 있는 거지.

호정   이리 빠져나가서 들어와본 청년이 범인을 보지 못한 것 같습
        니다.

상순   일루 나가면 어디냐? (문을 열고 나가고)

S#27.   뒷문 쪽 건물 밖 (D)

밖으로 나오는 상순, 호정.
역시나 아무것도 없는 건물 뒤쪽. 길이 쭉 나 있고 인적이 없다.
길 한편에 신문지와 천으로 덮인 짐(!)들만 보일 뿐이다.

상순   이야~ 쥐새끼 한 마리 없고, 도망치기 딱 좋은 길이네.
호정   목격자도 없을 것 같습니다. 너무 휑합니다.
상순   이번엔 하늘이 잘 안 도와주시네.

S#28. 명일증권 종남사무소 안 (D)

여기저기 살펴보던 영한, 책상 아래쪽 무언가에 시선이 꽂힌다.
앉아서 무언가를 집어 보면, 바로 주판알이다.

영한   주판알은 있는데 주판이 없네?

자세 더 굽혀 책장 아래쪽 틈을 보면, 무언가 보인다.
책상 위에 있던 자를 집어 틈 안으로 넣고 밖으로 꺼내는 영한.
그러자 주판알들과 부서진 주판 틀이 먼지들과 함께 나온다.

영한   (뭔가 심상치 않고) 쓰레기통에 안 버리고 여기다 왜 밀어넣었을까?

어느 책상의 서랍을 열어보는 경환, 이내 놀란다.

경환   (심각한 표정으로) 형님, 뭐가 나온 것 같습니다.
영한   (돌아보면)

경환, 책상 안에서 꺼내서 들어 보이면! 하얀 봉투에 적힌 [遺書 (유서)].

S#29.   회의실 안 (N)

한문이 많이 섞여 있는 홍인호의 유서.
모여서 회의 중인 영한, 상순, 경환, 호정 그리고 유반장.
호정은 대표로 유서를 읽고 있다.

호정　　"…저의 공금횡령으로 말미암아 피해를 입으신 명일증권과 고
　　　　객들에게 심심한 사과의 말씀을 전하며, 죽음으로 죗값을 받으
　　　　려 합니다…."(끝내고)

유반장　다들 내 생각하고 같지?

경환　　유서는 맞지만 자살은 아닌 것 같습니다.

상순　　범인 이 새낀 형사를 쪼다로 아나? 이렇게 티 나는 타살 현장도
　　　　드물다.

　　　　INS ▶ 찢어진 셔츠 앞과 양복 어깨/ 강하게 손목을 잡혔던 멍 자
　　　　국/ 옥상 바닥에 있는 구두 뒷굽에 긁힌 자국.

상순　　(V.O) 옷은 엉망에, 손목엔 꽉 잡힌 멍 자국에, 옥상엔 구두 뒷굽
　　　　자국….

영한　　거기다 박살 난 주판까지. (가져온 부서진 주판 들어 보이고)

경환　　주판은 피살자가 사용했을까요? 범인이 사용했을까요?

상순　　범인이지. 딱 보니 힘 좀 쓰는 놈 같은데 저걸로 깔짝거렸겠냐?

호정　　이렇게 타살이 티 날 거란 걸, 범인은 몰랐을까요?

영한   알았다 해도 어쩔 수 없었을 거야. 마음이 엄청 급했을 테니까.

S#29-1. VISION

[1] 옥상 (D)
하체만 보이는 범인, 옥상 난간에 있다가 빠르게 뒤돌아 뛴다.
난간 아래로 보이는 시신과 행인들.
행인 한 명이 건물 안으로 들어가고!
옥상 층계를 빠르게 내려오는 발. 이상 흐르며,

영한   (V.O) 생각을 해봐. 위에서 누가 떨어져 죽었어! 그럼 현장에 있
         던 청년처럼 누구 하난 바로 올라와볼지 모르거든. 그전에 도망
         쳐야 하니 얼마나 마음이 급했겠어?

[2] 명일증권 종남사무소 안 (D)
사무소 안으로 빠르게 들어오는 범인의 발.
한쪽 구석에 놓여 있는 쓰레기통.
깨진 주판 쪽으로 빠르게 다가가는 발.
주판알과 주판 틀을 책장 아래로 다급하게 밀어넣는 발.
이상 흐르며,

영한   (V.O) 범인 마음이 급했다는 결정적 근거! 사무실 안에 쓰레기
         통이 있었지만 범인은 거기 주판을 버리지 않았어. 그럴 정신이
         없었거든.

S#29-2. 다시 회의실 안 (N)

유반장   범인이 이 정도로 마음이 급했다는 건, 살인에 능숙한 놈이 아니란 얘기야. 치밀한 계획도 아니었고.

호정   유서도 범인이 갖다놓은 거겠네요. 거기서 쓸 시간은 없으니까요.

유반장   타살로 수사 전환하려면, 유서부터 필적감정해야겠다.

경환   아 그래서 제가 국과수에 연락드렸었는데, 필적감정 담당자분들, 한 분도 안 계십니다. 다 부산으로 출장 가셨구요, 이틀 후에나 오신답니다.

상순   뭔 일인데 부산으로 다 가?

경환   무슨 해운회사에 대규모 회계 서류 위조 사건이 터졌답니다.

유반장   아이~ 딱 요럴 때. 급하니까 다른 사람한테 부탁해야겠네.

영한   적임자 있습니까?

유반장   (웃으며) 그럼. 최고가 한 분 계시지.

이때 노크 소리와 함께 들어오는 난실.

난실   사망자 홍인호씨 부인과 명일증권 관계자들 오셨습니다.

상순   사망자 부인은 시신 확인하고 온 거지?

난실   예. 그런데… (마음 아프고) 부인분 상태가….

일동   (뭔가 싶고)

S#30. 영한의 자리 (N)

안타깝고 무거운 마음으로 홍인호의 부인 이여심을 바라보는 영한과 경환.

이들 위로 훌쩍거리는 소리가 들리고….

만삭의 여심이 흐느끼고 있다.

안타까운 표정의 난실은 여심의 옆에 앉아 있다.

여심을 가만히 보는 영한.

전체적으로 검소한 옷차림, 팔꿈치 부분과 다른 곳을 기워 입은 흔적.

영한, 보고 있자니 마음이 더 아프다.

여심	우리 그이… 누구보다도 성실하고 정직한 사람이었습니다. 박봉이지만 어려운 이웃들 항상 도와왔구요. 근데 공금횡령이라뇨?
영한/경환	(여심의 말을 가만히 듣고)
여심	그리고 곧 아이가 태어나서 그이가 얼마나 좋아했는데요. 아이를 위해 부끄럽지 않게 살 거라고 다짐까지 하구요.
난실	(옆에서 여심을 도닥이고)
경환	혹시 회사에서 다른 분과 관계가 안 좋았다거나 그런 분은 없습니까?
여심	전혀 없습니다. 주위 사람들에게 항상 친절했고 다들 그이를 믿었습니다.
영한	부인께 별다른 말씀은 없었구요?
여신	(말하기 망설여지고)
영한	말씀하시고 싶을 때 말씀하십쇼. 강요하진 않을게요.

S#31. 회의실 안 (N)

명일증권 종남사무소장과 직원1이 나란히 앉아 있다.

이들과 얘기 나누는 상순과 호정.

상순	임시휴업 날인데 홍인호씨는 왜 그리로 출근했을까요?
소장	몸이 안 좋다고 병가를 냈습니다. 그런데 거기서 자살을 할 줄은….
호정	자살이라고 왜 확신하세요?
소장	홍인호 직원에 대한 내사가 진행 중이었습니다. 내부 기밀이지만 임시휴업도 내사의 일환으로 이루어진 겁니다.
상순	내사는 왜요?
소장	알고 계시지 않습니까? 공금횡령 때문이죠. 고객의 신탁자금을 조금씩 유용해왔다는 제보가 있어서요.
상순	제보는 누가 했어요?
직원1	(조용히 손들고)
호정	확실한 증거라도 있었어요?
직원1	예. 제가 봤습니다.

S#32. 명일증권 종남사무소 안 (D)

사무를 보는 중인 직원1. 슬쩍 앞쪽을 보면,
여기저기 살피며 몰래 지폐 몇 장을 주머니 속에 집어넣는 인호.

직원1	(V.O) 하루에 한두 번, 고객의 돈을 주머니 속에 집어넣었습니다.

S#33. 명일증권 종남사무소 건물 안 모처 (D)

인호에게 경고하는 직원1의 모습.
인호는 적반하장으로 대들다 가버린다.

바라보며 한숨을 내쉬는 직원1.

직원1   (V.O) 일 크게 만들기 싫어서 개인적으로 몇 번 타일렀는데, 전
        혀 들질 않았습니다.

S#34.   회의실 안 (N)

직원1   그래서 저도 계속 안 되겠다 싶어 소장님께 말씀드렸구요.
상순   (이를 딱딱대며 직원1 빤히 보면)
직원1   (슬쩍 눈 피하며 시선 내리고)
상순   (이를 딱딱대며 소장을 스윽 보면)
소장   (역시 눈 피하며 시선 내리고)
상순   이야~~ 참 진실된 분들이다. (뭔가 거짓임이 확 느껴지고)

S#35.   영한의 자리 (N)

여심   (결심하고) 2주일 전쯤, 뭐가 잘못돼가고 있다고 말했습니다.
영한   (촉각 세우고) 뭐가요?
여심   자세히 말하진 않고, 그냥 이대로 가면 큰일 난다고 했습니다.
        세상에 꼭 알려야 한다구요.
영한   더 구체적으로 말하진 않구요?
여심   예. 그이가 뭘 어떻게 할지 결정하면, 그때 말해준다고 했습니
        다. 그 말을 한 게… 바로 어젭니다. (다시 흐느끼고)
영한   뭔지는 모르지만 분명히 뭔가를 하려고 했네요.
여심   형사님… 그이 유서… 제가 봐도 되겠습니까?

경환	죄송합니다. 아직 증거물이라 나중에, (하는데)
영한	그냥 보여드려.
경환	아 예, 알겠습니다.

S#36. 회의실 안 (N)

잠시 시간 경과 ▶ 여심의 손에 늘려 있는 인호의 유시.
집중해서 유서를 바라보는 여심. 그러나 뭔가 이상한 표정.

여심	(유서 내려놓으며 확실하게) 이건 그이의 유서가 아닙니다.
영한/경환	(놀라고)
여심	비슷해 보이지만 그이의 글씨가 아닙니다. 저는 바로 알 수 있습니다.
영한	비교할 만한 홍인호씨 필적이 있을까요?
여심	유서가 발견됐다는 얘기를 듣고, 혹시나 해서 가지고 왔습니다. (가방에서 편지 서너 장 꺼내며) 연애 시절, 그이가 제게 보냈던 연서들입니다.
경환	(받고) 감사합니다.
여심	(결연하게) 우리 그이의 억울함, 꼭 풀어주십쇼. 절대 부끄러운 인생을 산 사람이 아닙니다.
영한	잘 알겠습니다.

S#37. 명일증권 종남사무소 뒷문 쪽 건물 밖 (N)

여기저기 손전등 불빛이 왔다 갔다 한다.

이곳저곳을 조심스레 살피는 성훈.

성훈   여기 누가 있다 그래?

그러다 신문지 더미가 있는 곳으로 간다.
신문지 더미를 손전등으로 비춰보는 성훈.
이때, 신문지가 확- 걷히고 안에 앉아 있는 사람이 나온다!
천으로 온 얼굴을 가린 채 눈만 나와 있는 사람!!
성훈, 놀라서 뒤로 자빠진다.

S#38. 유반장의 자리 (N)

다시 모여 종합하는 영한, 상순, 경환, 호정, 난실, 유반장.

영한   다 종합해보면, 제일 말이 안 되는 게 하나 있습니다.

일동   (듣고)

영한   소장이랑 직원 말로는, 분명히 일을 한 거 같은데… 사무실이 너무 깨끗해요.

경환   맞습니다. 장부나 서류도 없고, 금고도 텅텅 비어 있었습니다.

상순   그런 것도 없었냐? 벼름박에다가 실적 붙여놓고 그런 거?

경환   전혀 없었습니다. 아주 깨끗했습니다.

상순   사기꾼 사무실이 딱 그 분위긴데.

유반장   다른 거보다 숨진 홍인호씨가 뭘 하려 했는지가 제일 중요해.

영한   어쨌든 개인적인 일이 아니라 회사랑 관련된 일은 분명해요.

유반장   일단 명일증권 종남사무소부터 더 파봐. 범인 도주로 다시 추적해보고.

일동	예. (이때)
도학	(V.O) 게 누구 없느냐~~??
일동	(놀라 보며)

완전 찐선비 자태로 들어선 '곤대(滾大) 이도학(남/60대)선생'.

유반장	(일어서며) 아이구 어르신 오셨습니까?
도학	그간 소원했네. 몸은 좀 괜찮은가?
유반장	예 괜찮습니다. 안으로 들어가 계십쇼. 회의 마무리하고 가겠습니다. (난실 쪽에) 봉순경, 어르신 회의실로 모셔.
난실	예. (다가와 도학에게) 이쪽으로 오십시오, 어르신. (도학을 모시고 가고)
영한	(다가오며) 누구세요?
유반장	아까 말한 최고의 필적감정사.
상순	와… 조선시대 민화에서 바로 툭- 튀어나오신 것 같은데요.
유반장	호는 곤대, 존함은 이도학선생. 최고의 서예가이자 위필감정사. 그리고 국과수 필적감정사들의 교육 담당이셨지, 부국장 혈서 필적감정도 어르신이 해주셨고.
일동	아~

S#39. 서장실 안 (N)

앉아서 사건 보고서를 체크하는 도석. 앞에 서 있는 변계장.

도석	(보다 멈추고) 명일증권 종남사무소 직원 자살 사건?
변계장	예, 서장님. 현재는 자살이 아닌 타살 추정으로 변경됐습니다.

도석	내가 주식 관련 사건 접수되면 바로 보고하라 그랬지?
변계장	아 그건 주식 관련 사건이 아니라 개인 사건이라서 말입니다.
도석	어쨌든 증권사에서 일어난 일이잖아? 그럼 보고를 했어야지?!
변계장	죄송합니다, 제가 생각이 짧았습니다.
도석	(보고, 더 촉각 서고) 이게 또 왜 수사1반 담당이야?!

S#40. 회의실 안 (N)

돋보기로 유서와 연애편지를 놓고 유심히 관찰하는 곤대 이도
학선생.
주위에 빙- 둘러서 이를 지켜보는 영한, 상순, 경환, 호정, 난실,
유반장.

도학	(다 보고) 음… 여기들 보게. 이 올 래(來) 자와 있을 유(有) 자만 봐도 자획구성(字畫構成)이 눈에 띄게 다르다네.
영/유	(유심히 듣고)
상/경/호/난	(이게 뭔 말? 긁적긁적)
유반장	그럼 필압(筆壓)은 어떻습니까?
도학	유서는 전체적으로 강압이지만, 연서의 경우 다양하게 압이 분포돼 있어.
영한	그럼 어르신, 위필(僞筆)일 가능성이 높다는 말씀이십니까?
도학	내 소견으론 그렇다네.
상순	(도학 바로 옆에서) 그러니까 두 개가 똑같단 거예요? 다르단 거예요?
도학	(상순 쥐어박고) 예끼 이놈아! 어디 어른들 얘기하는 데 끼어들어?
상순	(맞아서 너무 아프고) 저도 어른인데요.

유반장	우리 예상대로 유서는 위조된 거야.
오형사	(노크하고 들어오며) 저기… 서장님께서 반장님과 박영한형사님 찾으십니다.
일동	(또 무슨 일인가 싶고)
도학	(유서 들어서 보고) 아 그리고 말일세,
일동	(보면)

S#41. 서장실 안 (D)

도석	명일증권 직원 사건, 손 떼고 치안국으로 넘겨.
유반장	갑자기 치안국으로 왜 넘깁니까?
도석	주식 관련 범죄는 중앙 차원에서 다루기로 했거든.
영한	이 사건, 주식 관련 범죄 정황 아직 없습니다.
도석	정황이 생길 수도 있지. 그러니까 정리해서 넘겨.
유반장	(멕이는 투로) 서장님 외람되오나, 저희가 끝을 보겠습니다.
도석	이젠 대놓고 명령 불복종인가?
영한	명령 불복종이 아니라 약속을 지켜주십사 하는 겁니다.
유반장	최부국장님께도 물어봐주시죠. 약속을 깨실 건지요?
도석	(화나지만 꾸욱 참고 애써 웃고) 유반장, 박영한이.
영/유	예.
도석	재롱들 적당히 부려라. 재롱이 도를 넘으면, 명 빠져나간다.
유반장	명심하겠습니다, 서장님.
영한	(도석을 똑바로 바라보고)

S#42. 종남서림 안 (N)

전통차를 마시며 얘기 나누는 영한과 혜주.

혜주   느낌이 저도 자살 같지 않네요.

영한   처음부터 느낌이 그랬어요. 사망자 홍인호씨요,

INS ▶ 인호의 지갑을 열어보면 돈이 조금 밖에 없는 지갑/ 낡은 구두와 양복/ 여심의 검소한 옷차림, 기운 자국들. 이 위로,

영한   (V.O) 지갑에 돈도 많지 않았어요. 다 해진 구두에 양복도 많이 낡아 있었구요. 부인도 마찬가지로 검소한 옷차림이었어요. 옷을 기워 입더라구요.

혜주   횡령을 했다면 어디든 티가 났겠죠? 잘 차려입든지, 사치를 하든지?

영한   맞아요. 도둑질로 쉽게 돈 벌면, 쉽게 쓰게 돼 있어요. 티가 안 날 수 없죠.

혜주   근데 부인 딱해서 어떡해요. 이제 곧 출산이라 많이 힘들 텐데….

영한   그렇죠… (슬쩍 눈치 보며) 그래서 말인데…. (머뭇)

혜주   (눈치 보고) 알았어요. 제가 가서 가끔 돌볼게요.

영한   그래 주면 너무 좋구요. 서점 일도 바쁠 텐데 미안해요.

혜주   저의 또 다른 주 업문데 어떡하겠어요? 내일 주소 알려주세요.

영한   아…! (일어나 양복바지에서 메모지 꺼내서 주고) 여기….

혜주   (한숨) 내가 안 한다 그랬으면 어떡할 뻔하셨나? (웃고)

영한   (괜히 미안하고 어색하니 파- 웃고)

S#43. 최부국장의 방 안 (D)

최부국장   (도석의 전화 받으며) 아이 이 새끼들, 맡아도 꼭 그런 것만⋯. 아직
         더 진척은 없는 거지?

S#44.   서장실 안 (D)

도석   예, 아직 별다른 건 없습니다. 수사 중지를 시키려고 하는데 약
         속 운운하면서 버티고 있어서요. 지금이라도 강제로 접게 할 수
         있습니다.

최부국장   (FT) (큰 한숨) 일단 관망하자고.

도석   그래도 되겠습니까?

최부국장   (FT) 주식 관련 범죄라 해도 그것들 무식해서 잘 모를 거야. 그
         러니 놔둬.

도석   (찜찜하지만) 예, 알겠습니다. (끊고) 머리 좋은데 이것들⋯.

S#45.   명일증권 종남사무소 맞은편 상점 (D)

         INS ▶ 명일증권 종남사무소 앞 거리 전경.
         상점 앞에 의자를 놓고 앉은 주인아저씨와 얘기 나누는 영한과
         경환.
         경환은 수첩을 들고 메모한다.

주인아저씨 요새 다들 주식, 주식 노랠 해서, 나도 가봤지. 저렇게 떡하니 있
         어서.

         바로 맞은편에 있는 명일증권 종남사무소 보이고.

S#46. 명일증권 종남사무소 안 (D): 회상

안으로 들어온 고객의 상담을 거부하는 직원1.

직원1	죄송합니다, 개인 투자 상담은 본점으로 가주세요.
주인아저씨	아니 그럼 여기선 뭘 하는 거유?
직원1	여기선 다른 업무를 봅니다.

S#47. 명일증권 종남사무소 맞은편 상점 (D)

경환	무슨 다른 업무를 본대요?
주인아저씨	더 안 물어봤어요, 드럽구 치사해서.
영한	다른 상인분들도 똑같이 퇴짜 맞았구요?
주인아저씨	응, 죄다. 작은 장사한다고 사람을 무시하는 거지.
경환	다른 직원은 뭘 하고 있던가요?
주인아저씨	머리 숙이고 주판만 죽어라 두들기는 것 같던데?
영한	혹시 소장이랑 직원들 말고 드나드는 사람은 못 보셨어요?
주인아저씨	여기가 시내라 사람이 한둘, (하다) 아, 한 사람 있었다.

S#48. 명일증권 종남사무소 건물 앞 (D): 회상

건물 앞에 서는 검은 파드 차.
안에서 내리는 뽀마드 떡칠, 빽빽 패션의 양아치 모양새를 한 나
건수.
인사하며 맞이하는 소장.

나건수, 머리를 넘기며 건물 안으로 들어간다.

주인아저씨 (V.O) 하도 좋은 차를 타고 와서 기억나네. 그 차 있잖아, 미제 차 파드. 까만 파드를 타고 오는 남자가 있었어. 소장이 항상 마중 나오더라고.

경환 (V.O) 나이나 인상, 체격은요?

주인아저씨 (V.O) 나이는 한 서른쯤? 빼짝 마르고 딱 기생오래비처럼 생겼 어. 대가리엔 뽀마드 떡칠에 빽구두에 빽가다마이에….

S#49. 명일증권 종남사무소 맞은편 상점 (D)

영한 (미소 지으며) 빽구두, 빽가다마이 딱 소도둑 모양새네. (주인아저 씨에게) 협조 감사합니다. (돌아서 걸어가고)

경환 (인사 후 따라가고)

영한 조형사. 우리 지식으로는 한계가 있어서 우군이 필요할 것 같다.

경환 누구 말입니까?

S#50. 명일증권 종남사무소 근처 길 (D)

길을 살피며 도주로를 체크하는 상순과 호정.

상순 일루 도망 나오면 이 큰길에, 이 사람들에… 누가 누굴 목격했 겠냐?

호정 도주로랑 목격자 파악은 힘들 것 같습니다. (이때)

성훈 (V.O) 선배님~~!!

상순, 호정, 소리 나는 쪽 보면! 말을 타고 질주해오는 성훈.

상순	야, 쟤 왜 저래? 무슨 몽골족이야?
성훈	(와서 요란하게 서고)
상순	왜 그래, 왜? 뭐가 불만이야?
성훈	제가 박영한선배님 명령으로 어떤 곳을 알아봤는데 말입니다.
상순	그건 형님한테 보고해야지, 나한테 왜 해?
성훈	그게 말입니다. 거기 증권회사 사건 목격자가 있을 것 같습니다.
상순/호정	(놀라고)

S#51. 명일증권 종남사무소 뒷문 쪽 건물 밖 (D)

건물 밖, 길을 보며 서 있는 상순, 호정, 성훈.

상순	아무도 없잖아?
성훈	여기선 잘 안 보이실 텐데 신문지, 거적때기 아래, 사람들이 있습니다.
호정	사람이 저기 왜 있어?
성훈	저도 어제 알게 됐습니다. 혹시 여기가 어딘 줄 아십니까?
상순	모르지.
성훈	이 길… 나병환자들 모이는 곳입니다.
상순/호정	(화들짝)
상순	뭐, 인마? 그럼 저 신문이랑 거적때기 아래 있는 사람들…. (급히 자리 뜨려 하고) 야 빨리 가, 빨리 가. 나병 옮아.
성훈	저기 있는 사람들은 다 나은 분들입니다. 전염이 안 됩니다.
상순	(다리 풀리고) 아….

호정	(안심하고) 빨리 얘길 하지.
상순	근데 왜 저기들 있어?
성훈	다 나아도 예전 모습은 아닌 모양입니다. 그래서 취직도 못 하고, 고향에도 못 가고… 저렇게 노숙을 하게 됐답니다.
상순	저러고 지내면 밥은 먹고 사냐?
성훈	그게 좀 힘든데, 다행히 저쪽에 종남성당에서 운영하는 급식소가 있습니다. 그래서 여기에 터를 잡고 있는 기립니다.
상순	(듣고 나니 안됐고)

잠시 시간 경과 ▶ 어느 여인 앞에 쪼그리고 앉은 상순, 호정, 성훈.

상순	저기요… 말씀 좀 묻겠습니다.
성훈	아주머니, 말씀 좀 해보세요. 어제 누구 보신 거 맞죠?

여인, 신문지를 내리면 눈만 내놓은 채, 얼굴과 온몸이 천으로 덮인 상태다.

호정	(수첩 들고 메모 준비) 어제 어떤 사람을 보셨어요?
여인	(두려워 움츠러들며 다시 얼굴을 가리고)
상순	(어떻게 해야 되나 싶고)

S#51-1. 명일증권 근처 상점들 (D)

계속 상인들을 탐문 중인 영한과 경환. 이때,

성훈	선배님!

영한   (돌아보고) 어, 무슨 일이야?

성훈   잠깐 저쪽으로 와보셔야 할 것 같습니다.

S#51-2. 명일증권 종남사무소 뒷문 쪽 건물 밖 (D)

나병환자였던 움츠린 사람들 앞에 서 있는 상순과 호정.
급히 달려오는 영한, 경환, 성훈.

영한   이렇게 가까이들 계실 줄은 몰랐네.

상순   뭔가 아는 것 같은데 말을 안 합니다.

영한   (조심스럽게) 저기요. 저 좀 잠깐 보실래요?

여인, 스르르 눈을 보이면…
여인의 시점으로 보이는 영한의 얼굴.
여인의 눈망울이 빛나고 이 위로,
INS ▶ S#14-1.

영한   어디서 유언비어를 듣고 와서 생사람을 잡아요? 예?

여인   (영한을 알아보고)

영한   혹시 어제 낮에 누구 본 사람 없어요? 저기서 나오는 사람요?

여인   (아무 말 안 하고)

영한   본 사람 있으면 다 말해주시면 돼요.

여인   (아무 말 안 하고)

상순   그냥 가죠. 계속 말 안 할 것 같은데.

영한   (한숨 쉬고, 이때)

여인   긴 머리요. 장발….

일동   (놀라고)

S#52.   동장소 (D): 회상
────────────────────

뒷문으로 나오는 범인의 발걸음.
신문지를 뒤집어쓰고 작은 틈으로 보는 여인의 눈.
걸어가는 범인의 옆모습. 긴 머리에 검은 야상. (얼굴 보이지 않고)

여인   (V.O) 장발에 검은 야상을 입었어요. 얼굴은 제대로 못 봤어요.
상순   다른 건요?

걸어가는 범인의 뒷모습. 어깨가 넓고, 체격이 좋다.
범인의 오른손에 감은 붕대.

여인   (V.O) 어깨가 넓고 팔뚝이 굵어 보였어요. 오른손에 붕대를 감고
           있었구요.

S#53.   명일증권 종남사무소 뒷문 쪽 건물 밖 (D)
────────────────────

호정   더 기억나는 건 없으시구요?
여인   예.
영한   (웃으며) 감사해요. 덕분에 범인 잡을 수 있을 것 같아요.
상순   우리 아주머니 큰일 하셨네. (마음 측은하고) 성당 급식은 드셨어요?
여인   오늘은 급식 쉬는 날입니다.
상순   어이구야.

상순, 얼른 지갑 꺼내 지폐 꺼낸다. 그리고 꼬질꼬질한 붕대로 감긴 아주머니의 손을 덥썩 잡아 올린다.

놀라서 빼려 하는 아주머니.

상순   괜찮아요. (잡아 올린 손에 돈 쥐여주며) 날도 추운데 뜨뜻한 거 드셔. 식당 가기 뭐하면, 여기 순경한테 국밥 하나 사다달라 그러세요.

성훈   말씀만 하십쇼.

영한   (바라보며 미소 짓고)

여인   (울컥) 감사합니다, 정말 감사합니다.

상순   (미소로 화답하고, 마음 짠하고)

영한   (상순을 대견하게 바라보고)

S#54. 명일증권 종남사무소 앞 거리 (N)

드럼통 군고구마 장수 앞.
각각 수사를 끝내고 모인 영한, 상순, 경환, 호정.
한껏 업되어 있고 군고구마를 먹으며 얘기 나눈다.

호정   뽀마드 기생오래비도 분명 뭔가 있을 것 같습니다.

경환   그치? 그런 꼬라지들이 항상 뭐가 구려!

은동   (V.O) 아이고 형사님들!!

일동   (보고 반색)

3회에 활약했던 고려은행 종남지점 은행원 은동이 반갑게 다가온다.

상순	아이구 이게 을마 만이야?
은동	(씨익 웃고)

S#55. 명일증권 종남사무소 안 (N)

사무실 안을 천천히 걸으며 둘러보는 은동.
각자 자리에 앉아 학생처럼 은동을 보고 있는 영한, 상순, 경환,
호정.

은동	폐업이 아니라 임시휴업인데?! 사원 자리에 이름도 없고! 장부, 전표, 현황판 그런 거 하나도 없고! 백지들만 달랑 있고!
일동	(경청하고)
은동	여긴 정상적인 증권회사가 아니라 '책동전'을 펼치는 비밀본부입니다!
상순	책동전이 뭐예요?
호정	'주가 조작 작전'! 쉽게 말하면 주식으로 장난치는 거죠. 사망한 분도 이 일을 도운 거구요.
영한	주식으로 어떻게 장난을 쳐요?
은동	똥값으로 한 회사 주식을 왕창 사고, 풍문으로 주가를 왕창 올려 놔요. 뭣 모르는 사람들이 우르르 그 주식을 다 사면, 왕창 올려 놓은 놈은 싹 팔고 빠지는 거죠. 이게 장난이에요.
호정	아이 씨! 그래서 내가 주식으로 돈을 못 번 거야. 그래서 망한 거라고. (하며, 깔려 있던 백지 위에 주먹을 쾅 치고)
상순	너, 망해서 그때 우리한테 화낸 거구나?!
호정	(백지와 주먹이 닿은 곳, 촉감이 이상해 들어서 보고)
은동	이게 말이죠⋯ 우리 업계에 퍼진 소문이 하나 있어요. 퍼트리면

안 돼요.

영한   알았으니까 빨리 얘기해봐요.

은동   윤상태란 양반이 증권회사 세 개를 설립했어요. 남산증권, 태흥
       증권, 그리고 여기 명일증권. 근데 이 회사들로 주식을 엄~청 사
       들이고 있다네요. 세 회사면 증권거래소 정도는 갖고 놀 수 있거
       든요.

상순   그 윤상태란 양반은 어떤 놈인데 지 맘대로 하는 거예요?

은동   들기론 군 출신의 경제통이라는데, 그게 중요한 게 아닙니다. 아
       무리 경제통이라도 혼자서 증권거래소를 주무를 순 없거든요.

영한   (뭔지 모르지만 화가 슬슬 오르고)

S#56. 종남서 수사반 (N)

난실이 자기 자리에 앉아 서류를 정리 중이다.
[1962년 1월 3일, 사건-사고로 인한 사망자 명단]이다.
그러나 쓰다가 뭔가 이상한 듯 보면!
[1월 3일 13시 20분/ 서울지방법원 이일도 검사 – 사망/ 낙상],
[1월 3일 13시 30분/ 명일증권 종남사무소 직원 홍인호 – 사망/
타살 추정, 수사中] 보고 고개를 살짝 갸우뚱하는 난실.

S#57. 명일증권 종남사무소 안 (N)

호정   혼자가 아니면 이쪽 고위 관리랑 연관이 있는 건가요? (하는데)

은동   개인 말고 더 큰 거! 대한민국 정보를 다 갖고 있는, (하는데)

상순   (느낌 오고) 야 야… 혹시….

영한	설마 증정?
은동	쉿! (밖에 살피며) 큰 소리 내지 마시고. 아직은 소문이에요, 소문.
영한	(터지기 직전) 안보니 어쩌니 하면서, 고작 한다는 짓이….
영한	만약에 홍인호씨가 이걸 어디 알리려 했다면?!
은동	오, 오, 오… 안 돼, 안 돼. 모가지 내놓고 해야 되는 거예요.
호정	이 상태로 주식시장을 놔두면 어떻게 되는 거예요?
은동	이런 과열 분위기면 3개월 안에 다 터지고 다 죽습니다. 누가 죽냐? 일반 투자자들만. 저- 윗분과 증권회사들은 말짱하구요.
영한	(팡- 치고 일어나며 터진다) 이거 진짜 소도둑보다 더 나쁜 새끼들이네.
상순	(눈치 보며) 야, 형님 터졌다.
영한	이건 사람 하나가 아니라, 몇 백 명 몇 천 명 인생을 박살 내는 거잖아? 그것도 새로운 세상 만들었다는 새끼들이?!
상순	뽀마드 그 새끼도 잡아야겠는데? 뭔가 제대로 한패 느낌이거든.
경환	일단 검은 파드 차부터 수배 때리겠습니다.
은동	잠깐 까만 파드 차? 뽀마드? 혹시 빽구두 빽가다마이?
경환	예 맞습니다. 기생오래비.
은동	그 뽀마드, 수요일마다 우리 은행 와서 행장님 만나던데? 잘은 모르는데, 무슨 투자자라고 하더라구요.
상순	마침 딱 걸렸네! 그냥 확- 잡읍시다.
영한	내일 무슨 요일이지?
은동	내일이 (눈 번뜩) 수요일, 수요일, 수요일!! 내일 온다!

S#58. 고려은행 앞 (D)

고려은행 앞에 주차되어 있는 까만 파드 차.

잠시 후, 은행에서 나오는 나건수. 검은 파드 차에 탄다.
건너편 차 안에서 이 모습을 보고 있는 운전석의 경환, 조수석의 영한.
출발하는 건수의 차. 조용히 쫓아가는 영한팀의 차.

S#59. 한적한 어느 도로 (D)

한적한 도로를 달리는 건수의 차.
조용히 따르는 영한팀의 차.

S#60. 팔씨름 도박장 밖 (N)

외진 곳에 덩그러니 있는 작은 폐창고 하나, 팔씨름 도박장이다.
문 앞에는 기도 두 명이 서 있다.
안에서는 사내들의 함성이 새어 나온다.
이때 도착해 서는 건수의 차.
건수, 내려서 도박장 안으로 들어간다.
잠시 후, 조용히 근처로 와 몰래 도박장을 보는 영한, 상순, 경환, 호정.

상순   뭐야~? 딱 봐도 도박장인데?
영한   이야~ 오랜만이다 저 분위기. 고향의 맛이다!

S#61. 팔씨름 도박장 안 (N)

안으로 들어오는 영한, 상순, 경환, 호정. 벌어지는 광경에 놀란다.
사내들 20여 명이 지폐를 들고 광분해 함성을 지르고 있다.
중앙에서는 두 덩치가 팔씨름을 하고 있다. 승부가 나자 환호하
거나, 격분하는 사내들. 바람잡이가 돈 딴 사람들에게 돈을 나눠
준다.

상순   팔씨름이었네. 이건 경환이 종목인데? (스윽 경환 보면)
경환   (은근히 승부욕이 불끈 올라오고)

영한, 여기저기 날카롭게 보면!
만약의 사태에 대비해 여러 군데 몽둥이를 들고 서 있는 사내들.
한편 탁자에 올려져 있는 무전기 한 대.
그리고 한편 구석에 서서 뭔가 밀담을 나누는 장거치와 나건수.
장거치의 의안과 뿔테안경이 눈에 확 띈다.

상순   꼬라지 보니까 저기 안경 쓴 놈이 여기 오야 같은데요.
영한   (바라보며) 뽀마드 저건 도박하러 온 것 같진 않은데.
바람잡이 자, 다음 판은 오늘 최종 승자 공자복과 강철 팔뚝 고두팔의 대
         결입니다!

노름꾼들, 엄청나게 환호하고 영한은 유심히 본다.

경환   아이 씨, 강철 팔뚝은 내 별명인데.

드디어 모습을 드러내는 고두팔. 검은 야상, 긴 머리, 오른손엔
붕대다!
영한, 눈 번쩍 뜨이고…

상순, 경환, 호정 역시 '이거다!' 빡- 꽂힌다.

상순	맞죠?
영한	어. 딱 맞네. (웃고)
경환	지금 잡아버리죠.
영한	안 돼. 도박판은 어디나 쪽수가 많아. 도박쟁이들 난동 부릴까 봐. 지금 붙으면 우리가 불리해.
상순	그리고 노름꾼들 도망치면서 아사리판 되면, 다 놓친다.
경환/호정	(둘러보며 이해하고 이때)
도박꾼1	고두팔이 저거 붕대 맞지? 어디 다쳤나 봐. 그럼 공자복이한테 걸어야지.
도박꾼2	그려, 나도.
영한	(슬쩍 듣고) 때가 어느 땐데 저런 속임수를 쓰냐?
상순	딱 보니까 오야랑 짜고 치는 팔씨름 타짜네.

잠시 시간 경과 ▶ 바람잡이, 맞잡은 공자복과 고두팔의 두 손을 꼭 잡고 "시작!" 외친다. 시작되는 경기. 사람들의 환호는 커지고… 처음에는 공자복의 우세. 고두팔이 거의 질 즈음, 힘을 내 쭈욱 반대로 꺾어 이겨버린다.
여기저기 탄성이 터져 나오고, 바람잡이, "고두팔 승!"을 외친다.

S#62. 팔씨름 도박장 앞길 (N)

도박장을 뒤로한 채 걸어가며 얘기 나누는 영한, 상순, 경환, 호정.

경환	바로 지원 요청할까요?

영한	경찰들 오기 전에 도망칠 거야. 이런 도박장들, 길 초입에서 망보는 애들 있어. 바로 무전 때릴걸?

INS ▶ 도박장 안, 탁자 위에 놓여 있던 무전기.

상순	증권사 갔다, 도박판 갔다~ 뽀마드 저 새낀 뭐지?
영한	일단 철수하자.

S#63. 회의실 안 (N)

INS ▶ 종남경찰서 외경과 함께 이 위로,

유반장	(V.O) 의안에 뿔테안경. 거머리 이빨!

유반장의 말을 경청하는 영한, 상순, 경환, 호정.

유반장	(자리에 앉으며) 거머리 이빨 장거치, 이 새끼 엄청 유명 인사야. 서울 북부 외곽에 불법 투전 도박장들 엄청 갖고 있는 놈.
호정	근데 어떻게 안 잡히고 영업을 합니까?
상순	뻔하지 씨. 경찰서랑 관청들, 엄청 멕일 거 아니야.
유반장	맞아. 인근에 장거치 돈 안 받아먹는 관리가 없다.
영한	그럼 왜 증권 쪽 인간이… 도박도 안 하면서… 도박장 오야를 만날까?
상순	배다른 형젠가?
영한	출생의 비밀 쪽은 아닌 것 같다. (곰곰이 생각하고)

S#64. 종남서림 안 (N)

은동을 앞에 두고 얘기 듣는 영한, 상순, 혜주.

은동   이야~ 하는 짓들이 너무 양아치네.

영한   왜요?

은동   증권회사가 도박장 돈까지 끌어들이는 거예요. 밑천 만들라고.

상순   허– (어이없고) 아니 명색이 증권회사가… 무슨 사채꾼도 아니고.

영한   당연히 이득은 뿜빠이 하는 거겠지?

은동   그럼요. 불법도박장까지 끌어들이는 거 보면, 엄청 판을 키우는
        거예요.

혜주   제 주위 분들 요새 주식 산다고 난리예요. 이제 주식의 시대가
        왔다구요.

은동   아이구 그렇게 뭣 모르고 막 사다간 패가망신합니다. 참, 그 뽀마
        드는 안 잡아요? 그놈이 장난치고 다니는 발발이새끼 같은데.

상순   일단 하루만 볼라구요. 윗선 누구랑 접촉하나 보게. (이때 문 열리
        는 소리)

혜주   (보고) 난실아!

사복 차림의 난실, 서류봉투 하나를 들고 급히 들어온다.

난실   아직 계셨네요.

영한   무슨 일 있어?

난실   아까 서에서 말씀드리려다 말았는데요… 이게 별게 아닐 수도
        있는데 혹시나 해서요.

난실, 사망자 정리 서류를 꺼내 영한에게 준다.

영한	(받아 보고)
난실	어제 홍인호씨 사망하기 10분 전에, 서울지방법원 검사 한 명이 사망했거든요. 법원 건물 뒤, 계단에서 실족사루요.
영한	(서류 보고) 이게 왜?
난실	일단 법원과 홍인호씨 사망 지점까지는 걸어서 10분 정도예요. 그리고 혹시나 해서 사망한 검사님 담당 업무를 알아봤는데요,
일동	(바라보면)
난실	주식 범죄 담당이었습니다.
영한	(뭔가 느낌 빡- 오고) 주식 범죄?
난실	예.
상순	이거 그림 나오네. 뭔가를 폭로하려는 증권사 직원과 주식 범죄 담당 검사.
영한	그리고 10분 간격으로 사망… 검사 사망 당시 목격잔 있었대?
난실	목격잔 없고 사망 후에 발견됐다고 합니다.
영한	(미소 잔뜩 머금어지며) 봉순경… 난실아!!
난실	(놀라서) 예?
영한	왠지 니가, 엄청 어려운 수수께끼 하나를 푼 것 같다.
일동	(엄지척- 해주고)
난실	(너무 좋고)
영한	자- 난실이가 큰 거 하나 풀어줬으니까, 이젠 잡아야지?!

S#65. 팔씨름 도박장 오는 길가 (D)

길가 한편, 나무들 사이에 있는 작은 야전 텐트.
텐트 안에서 망원경으로 밖을 보는 사내 한 명. 옆에는 무전기가
있다.

이때, 쑤욱 들어오는 경환의 얼굴.

놀라는 사내,

경환   안녕, 망보는 청년? (사내의 모가지를 확 잡고)

S#66. 팔씨름 도박장 안 (D)

도박장 안으로 여유 있게 들어서는 영한. 그 뒤로 상순, 경환, 호정.

잠시 시간 경과 ▶ 오늘도 한편에서 밀담을 나누는 나건수와 장거치.

팔씨름꾼을 이겨버리는 고두팔. 도박꾼들 난리 나고!

바람잡이   고두팔 승!!

영한   (경환에게 눈짓)

경환   (고개를 끄덕이고)

바람잡이   도전자 없습니까?

경환   (V.O) 여기!!

일동, 보면! 경환이 위풍당당하게 나서고!

도박꾼들 "오~~"하면서 보고!

경환   나랑 함 붙자, 장발새끼야!

고두팔   저 새끼가 돌았나?

경환   대신 판데기 규칙을 바꿀까?

장거치   (보며 다가오고)

경환   내가 이기면 오늘 여기 판돈, 사람들 다 나눠주기.

장거치   니가 지면?

경환	난 돈이 없으니, 내 팔 하나 짤라가.
장거치	(정색하고 바라보다 씨익) 이거 미친 새끼네. 좋아, 그렇게 하자.
도박꾼들	(환호하고)
영한	(씨익- 웃고)
고두팔	너 같은 새끼들 지겹다. 같잖게 허세 부리는 새끼들.
경환	구라 까는 새끼가 혀가 길어. (윗옷 벗으면 멋진 상체 나오고)

잠시 시간 경과 ▶ 팍- 맞잡는 경환과 고두팔의 두 손.
바람잡이 "시작!"
열광하는 도박꾼들. 역시나 응원하는 영한, 상순, 호정.
막상막하인 경기. 경환, 고두팔 모두 상대가 만만치 않다.
오히려 지는 쪽으로 기우는 경환, 악을 쓰고… 이때,

상순	경환아, 일어나!

고두팔 역시 악을 쓰며 승부를 내려 한다.
경환, 혼신의 힘을 다하고! 이때,

영한	경환아, 지금이야!

경환, "으아---" 소리 지르며 판세를 역전시키고 고두팔의 팔
을 꺾어버린다.
환호하는 영한, 상순, 호정. 다른 도박꾼들도 일제히 환호한다.
표정이 굳는 장거치.

영한	약속대로 여기 돈 다 우리 주쇼!! (도박꾼들 향해) 받읍시다!!
도박꾼들	와~~!

장거치	지랄들 하고 있네. (부하들에게) 다 내쫓아!

몽둥이 사내들 움직이려는 찰나, 한 명씩 맡고 있던 사복경찰들
이 빠르게 움직여 일순간에 모두 제압한다. 놀라는 장거치.

상순	아이~ 양아치새끼들. 약속 지키는 꼴을 못 봐.
경환	어이 장발. 널 홍인호씨 살인 혐의로 체포한다.
고두팔	(놀라고)
장거치	이 새끼들 경찰이야?

도박꾼들, 경찰이란 말에 놀라고!

호정	자 여러분! 여러분은 안 잡을 테니까 줄 서서 천천히 귀가하세요.
도박꾼들	(천천히 나가고)

고두팔, 도망치려고 경환을 공격한다. 짧은 격투!
결국 고두팔을 엎어치기해 제압하는 경환.
장거치, 옆에 있던 몽둥이를 들어 휘두르지만, 영한에게 맞기만
한다.
카운터 펀치로 장거치의 코를 날려버리는 영한.
입에서 피와 함께 이가 두어 개 튀어나오며 기절하는 장거치.
살금살금 도망치려는 나건수. 이때, 뒤에서 덥석 나건수를 안는
상순.

상순	어디 가? 나랑 얘기 좀 하자. (귀를 물어뜯고)

정리된 현장, 펼쳐져 보이고!

S#67. 취조실 안 (D)

나란히 앉아 있는 장거치, 고두팔, 나건수.
취조하는 영한, 상순. 이들 뒤에 경환과 호정.

나건수	아니 새로운 세상에 이런 법이 어딨어요? 죄 없는 사람을 잡아 오고?
장거치	심심풀이로 사람들 모아서 도박 좀 하는 거, 이게 뭔 죄라고 이러시나.
고두팔	(두려움에 고개 숙이고 있고)
영한	고두팔, 넌 무슨 말을 해도 소용없다. 목격자까지 있으니까.
상순	홍인호씨 살해 전에, 돌계단에서 판사님까지 죽이고 온 거지?
고두팔	(놀라며) 판사가 아니라 검사, (하는데)
상순	그러니까 검사도 죽였네. 이렇게 멍청하니까 현장에 티가 다 나지.
고두팔	(아차 싶어 표정 완전 낭패 되고)
나/장	(애써 아무렇지도 않은 척, 표정 관리 하고)
상순	넌 그냥 사형이다, 이 새끼야.
고두팔	(억울하고) 에이 씨….
영한	억울하면 아는 대로 다 말해봐. 사형은 면하게 해줄게.
고두팔	진, 진짭니까?
영한	그럼~! 살인을 지시한 사람과 죄를 뽐빠이 하면 되거든.
고두팔	(다급하게 장거치 보며) 저는 두목이 시켜서 한 것뿐입니다.
장거치	(고두팔을 노려보고, 이 위로)
나건수	(V.O) 예? 오늘 당장요?

S#67-1. 팔씨름 도박장 안 (N, D 상관 없음): 회상

한편에서 밀담 나누는 장거치와 고두팔.

장거치   응 일이 좀 급하게 돼서.

고두팔   힘으로 하는 거야 자신 있지만… 그래도 사람을 죽여본 적이 없어서….

장거치   그냥 하면 돼. 두 명 다 처리만 잘하면, 집 한 채 장만하게 해줄게.

S#67-2. 다시 취조실 안 (D)

영한   고두팔, 니 살인죄 뿜빠이 됐다. 니 두목이랑.

장거치   (당혹스럽고)

상순   불법도박장 운영은 빠져나가도 살인 교사는 좀 힘들겠는데?

영한   장거치, 너는 니 죄 뿜빠이 할 사람 없어?

장거치   (나건수 눈치 보고)

나건수   (시선 피하고)

상순   뿜빠이 할 사람 없으면, 둘이 뒤집어쓰면 되지 뭐.

장거치   (나건수 가리키며) 이 사람이 시킨 겁니다!

나건수   (어이없다는 듯 픽- 웃고, 이 위로)

장거치   (V.O) 뭐가 그렇게 급해?

S#67-3. 팔씨름 도박장 안 (N, D 상관 없음): 회상

나건수   (다급하게) 내일 오전 중에 처리해야 돼. 안 그럼 사달 난다고!

장거치	아니 검사까지 어떻게 죽여?
나건수	일단 죽여. 일 커지면 내가 알아서 할 테니까.
장거치	그럼 배분금은 좀 올려주려나?
나건수	당연히 올려주지. 내일 그 증권회사 직원놈, 나랑 만나자 그랬거든? 나랑 만나서 얘기하는 걸, 그 검사한테 몰래 보여줄라 그러는 거지. 날 엮을라고! 난 안 나갈 테니까 그때 바로 처리하면 돼?
장거치	그럼 검사는?
나건수	증권사 직원 만나러 길 나설 때 없애면 되고. 없앨 만한 장소는 내가 가르쳐줄게!

S#67-4. 다시 취조실 안 (D)

나건수	아니, 도박장 두목하고 끄나풀 말을 믿는 거요? 난 그냥 재미 삼아 도박하러 간 거라고. 그게 죄면 달게 받을게.
상순	뽀마드 이 양반은 갑자기 말이 짧아지네. 혓바닥을 확- 씨.
영한	나건수. 너는 니 죄 뿜빠이 할 사람 없어?
나건수	(비웃으며) 뿜빠이는 씨….
영한	검사가 홍인호씨를 만나러 올 거란 건 어떻게 알았어? 그전에 둘 관계는 어떻게 알았고?!
나건수	(딴 데 바라보며) 뭔 말을 하는 건지….
영한	빨리 말해!!

이때, 문을 확-열고 들어오는 도석. 일동 놀라고!

도석	지금 뭐 하는 거야?
영한	보시다시피 취조 중입니다.

도석	주식 관련 범죄, 보고 후 치안국으로 넘기라 했지?!
상순	일단 저희가 수사를 끝내고, (하는데)
도석	닥쳐! 이 시간부로 이 사건은 중앙으로 이관된다.

이때, 검은 양복을 입고 들어오는 세 사람.
그리고 나건수, 장거치, 고두팔을 데리고 간다.
장거치, 고두팔은 어찌할 바 몰라 하지만, 나건수는 미소 짓는다.

영한	어이, 거기! 그거 안 놔?! (달려들고)
상순	어디서 지들 맘대로 씨, (달려들고)
도석	가만히들 못 있어?!

경환, 호정까지 달려들어 아수라장 될 순간!
멈추는 영한, 상순, 경환, 호정!
검은 양복 사내의 손에 들려진 중앙정보부 신분증.

| 도석 | 전부 물러나라 했지?! |

상순, 경환, 호정, 당황스럽고….
영한, 뭔가 낌새 이상하지만 어쩔 수 없는 상황이고….

S#67-5. 회의실 안 (D)

화난 영한과 대화 나누는 유반장.

| 영한 | 이게 말이 돼요? 주가를 조작한 원흉들이, 주가 조작을 수사한 |

	다구요? 이건 고양이한테 생선을 맡긴 게 아니라 어시장 전체를 맡긴 거라구요!
유반장	니들 도박장 간 동안 나건수에 대해서 알아봤는데, 윤상태 외조카야.
영한	윤상태라면 세 증권회사의 사장… 하– (허탈하고)
유반장	나건수, 외삼촌 명령에 따라 구체적인 작전을 수행하던 행동책 같다.
영한	(너무나 답답하고) 홍인호씨와 검사가 만난다는 건 어떻게 알았을까요?
유반장	법원에 중정 끈이 한 둘이겠냐? 그 검사가 상관에게 보고했다면, 정보가 분명히 샜겠지.
영한	(너무나 허탈하고, 그러다 확– 뛰어나가고)
유반장	(놀라고) 박형사! 영한아!

S#67-6. 종남서 건물 앞 (D)

나건수, 장거치, 고두팔을 끌고 나가 차에 태우려는 중정 요원 세 명.
이들을 배웅하는 도석.
이때 밖으로 뛰어나오는 영한. 뒤따라 나오는 상순, 경환, 호정.
영한, 고두팔과 장거치를 뒤로 확 잡아 빼낸다.

도석	뭐 하는 거야?
영한	이 두 새끼는 종남구 살인사건의 범인입니다. 그러니까 주식 관련 범죄자인 저 새끼만 데리고 가십쇼.
도석	이건 중앙으로부터 내려온 명령이야. 불복종은 더 크게 처벌받아.

상순	불복종이 아니라 우린 원칙대로 하는 거라구요.
요원1	서장님, 종남서 위계가 왜 이 모양입니까?
도석	(난감하고) 죄송합니다. (영한에게) 어서 두 사람, 인계해드려.

이때, 경환과 호정이 고두팔과 장거치를 더 세차게 뒤로 잡아끈다.

도석	이 새끼들이….
영한	최부국장님과 다시 말씀을 나눠보시죠. 범인을 어떻게 뿜빠이 할지?!
도석	(화나면서 더 난감하고)
나건수	거 빨리빨리 좀 갑시다.
상순	넌 새끼야 언제 한번 또 걸려라. 남은 귀때기까지 그냥 확-!
나건수	(픽- 비웃고)
영한	조형사, 서형사… 범인들 데리고 들어가!
경환/호정	예. (범인들 끌고 가고)

영한, 획- 뒤돌아 들어가고 상순도 따라 들어간다.
도석, 그런 영한을 노려보고….

S#68. 최부국장의 방 안 (D)

격노한 최부국장, 도석과 통화 중이다.

최부국장	이런 썩을 놈의 새끼들….
도석	(FT) 어떡할까요?
최부국장	어떡하긴 뭘 어떡해? 일단 그 새끼들 요구대로 해줘.

도석	(FT) 안 됩니다, 서장님.
최부국장	제발 시키는 대로 해! 중정은 내가 알아서 정리할 테니까!

S#68-1. 어느 건물 앞 (D)

밖으로 나오는 직원1과 소장. 이때, 이들을 앞을 믹는 경환과 호정.

직원1/소장	(놀라고)
호정	오철규씨, 홍인호씨 유서 위조 혐의로 체포합니다.
경환	김학필소장은 위조 방조 혐의로 체포합니다.
직원1/소장	(더 놀라고)
호정	그러게 백지까지 다 치웠어야지!!

S#68-2. 회의실 안 (N): S#40 연결

도학	(유서 들어서 보고) 아 그리고 말일세,
일동	(보면)
도학	보통 위조를 할 때는 똑같이 쓰려고 엄청 힘주어 쓴다네. 만약에 어디 대고 썼다면 흔적이 남았을지도 모르네.

S#68-3. 명일증권 종남사무소 안 (N): S#55 연결

화가 나 백지로 주먹을 내리치는 호정. 그런데 뭔가 이상하고,

호정	(V.O) 당신 자리에 있던 백지에서 이상한 감촉이 느껴지더라구요. 그래서 혹시나 해서 칠을 해봤더니,

잠시 후, 열심히 백지 위에 연필칠을 해보는 호정.
백지 위에 글씨들이 나타나기 시작하고…
한데 모여 구경하고 있는 영한, 상순, 경환, 은동, 감탄하고!

S#68-4. 다시 어느 건물 앞 (D)

호정, 직원1 앞으로 백지를 보여주면, 연필칠로 드러난 유서의 원본.
직원1과 소장, 고개를 푹 숙이고….
호정과 경환, 이들에게 수갑 채우며 미소 짓고!

S#69. 종남서림 안 (N)

아기를 안고 있는 여심.
이를 뿌듯하게 바라보는 영한과 혜주.

여심	정말 감사드립니다, 형사님. 그이도 감사해할 겁니다.
영한	부디 이젠, 편히 쉬셨으면 좋겠습니다.
여심	사모님 보살핌 없었으면 순산하지 못했을 겁니다. 정말 감사합니다.
혜주	아닙니다. 아이가 건강해서 저도 너무 행복합니다.
영한	아기 이름은 지으셨어요?

여심	깨우칠 유, 도울 찬! 홍.유.찬이요.
혜주	홍유찬. 이름 너무 좋네요. 커서 뭐가 됐으면 좋겠어요?
여심	억울한 사람들, 힘없는 사람들을 위한 일이라면, 뭐가 되든 좋습니다.
영한	우리 유찬이, 공부 열심히 해서 판검사가 되면 좋겠네요. 아버지를 닮아서 정의로운 사람이 될 겁니다. (웃고)
혜주	(영한과 함께 웃고)

S#70. 종남서 수사반 (D)

옆에서는 과열된 투자 분위기로 난리가 난 상태다.

황반장	빨리 좀 꿔줘. 지금 '왕호식품' 주식 사러 가야 돼. 이거 엄청 뜬대!
송반장	나 지금 개털이야. 어제, '성라제약' 주식 산다고 월급 다 꼬라박았다니까!!
오형사	(조용히 자리 뜨자)
황반장	너 어디 가, 인마?
오형사	저 왕호식품이랑 성라제약 주식 사러 갑니다. (후다닥 가고)
황반장	저 자식 저거, 지만 부귀영화 누릴라고.
상순	아이구 적당히들 좀 하세요. 망하면 어쩔라구.
황반장	니 걱정이나 해, 인마. 인생은 우리처럼 앞서가야 빛 보는 거야.
영한	(일어나며) 빛들 많이 보십쇼. 너무 오래 보면 실명합니다~ (가고)
황반장	아이 재수 없게.
상순	(따라가며) 빛 보다가 빚져서 빚잔치한다. (가고)
송반장	(재수 없고) 야, 인마!!

S#71. 종남경찰서 앞 거리 (해 질 녘)

해 질 녘, 나란히 걸어가는 영한과 상순.

상순   아이~ 사건을 해결한 건지 만 건지 모르겠네요.

영한   (한숨 내쉬고)

상순   나건수는 풀려나 미국으로 사라져… 장거치는 풀려난 날 실종
      돼… 고두팔은 구치소에서 목매 자살하고… 개판이네 진짜 씨.

영한   (마음 무겁고) 우리가 정말 홍인호씨 억울함, 다 풀어준 걸까?

상순   살인범도 잡고 횡령범 누명도 벗겨줬잖아요.

영한   홍인호씨가 정말 바랬던 건, 해결하지 못했잖아.

상순   그거야 우리 힘으로 해결이 힘들죠. 저~ 위가 버티고 있는데.

영한   세상이 변했다는데, 힘없는 사람만 나자빠지는 건 똑같네.

상순   이게 말이요, 형님. 세상이 변한 게 아니라, 큰 도둑들이 늘어난
      것 같애.

영한   니 말이 맞다. 대인들이 대도들이 되는 세상.

영한, 가다 서면 상순도 따라 선다.
멀리 석양을 바라보는 영한 그 옆에 상순.

영한   이야~ 건물 그림자들 엄청 길다. 그늘도 크고.

건물에 드리워진 그림자(들) 보이고 [F.O]
완전 암전되고, 이 위로 자막이 흐른다.

1962년 5월, 중앙정보부와 증권사들이 야합한 주가 조작으로 사상
최대의 증권파동이 일어난다.

이로 인해 5천여 명의 개인 투자자들은 엄청난 재산 손실을 입게 된다. 그러나 1963년 6월, 증권파동의 책임자들은 전원 무죄 판결을 받았다. 증권파동의 수사 주체 역시 중앙정보부였다.

수사반장
1958

8회

죄책감에
관하여

S#1.   종남구 어느 골목 (N)

통금 직전 시간. 인적이 거의 없는 뒷골목.

중년 신사(40대/남)가 만취한 상태로 걸어간다.

모자를 푹 눌러쓰고 신사 뒤를 쫓아가는 세 명의 사내. 아니 소년들.

소년1, 2(남/17), 신사를 따라가고,

소년3(남/16), 뒤쪽을 살핀다.

소년1, 2, 품 안에서 나무 곤봉(30~40cm 정도)을 꺼내 신사를 내리친다.

외마디 비명과 함께 쓰러지는 신사.

사정없이 신사를 내리치는 소년1, 2.

소년3, 주위를 계속 살피고 있다.

머리에 피를 흘리며 축 늘어지는 신사. 소년1, 2, 안주머니에서 지갑을 꺼내고 돈만 꺼낸 뒤 소년3과 함께 빠르게 자리를 뜬다.

머리에서 피를 흘리며 실신한 신사의 모습.

S#2.   다른 골목 (D)

다른 중년 신사를 공격하는 소년1, 2. 주위를 살피는 소년3.

지갑을 꺼내 돈을 꺼내는 소년 1, 2.

S#3.   다른 한적한 길가 (N)

픽- 곤봉에 맞고 쓰러지는 또 다른 중년 사내.

소년1 손에 들려 있는 피가 묻은 곤봉.

S#4.   영한의 방 안 (새벽녘)

INS ▶ 영한의 집 외경.

부스스 잠에서 깨는 영한. 그리고 옆을 보면,

비어 있는 혜주의 자리.

영한, 아직 아침도 밝지 않았는데 어디 갔나 싶고….

S#5.   영한의 방 안 (아침)

함께 아침을 먹는 영한과 혜주. 영한은 국을 떠먹는다.

영한	아… 너무 시원하다. 술을 안 마셨는데도 해장하는 거 같네.
혜주	하시는 일들이 술처럼 독해서 숙취가 생기는 것 같아요.
영한	(웃고) 듣고 보니 그러네요. 독하디독한 세상이라. (얘기 꺼내고) 아… 오늘도 아침에 새벽 기도 다녀왔어요?
혜주	아 예…. (쑥스럽고)
영한	(부드럽게) 신경 쓰지 말라고 했잖아요? 하늘에서 주시는 거면 주시는 거고, 안 주시면 우리끼리 행복하게 살면 되고.
혜주	(뭔가 섭섭하고) 아이가 없어도 괜찮으세요?
영한	(단호하게) 예. 난 괜찮아요! 대를 잇는다 뭐다, 나 크게 중요하지 않아요.
혜주	저 안심시키려고 하는 말이죠?
영한	아니에요. 내 진심이에요.

혜주	(더 섭섭하고) 저는… 당신이 많이 바랄 줄 알았어요. 내가 낳은 아이를요.
영한	(말실수한 것 같고) 그게 안 바란다는 게… 아니라 굳이 마음고생 하면서,
혜주	맞아요. 당신 말처럼 하늘이 알아서 주시겠죠. 식사하세요.
영한	(뭐라 수습이 힘들고)

S#6. 종남경찰서 안/ 후미진 한편 (N)

홀로 창밖을 보며 한숨을 푹 쉬고 있는 영한.

유반장	(V.O) 어이구~ 땅 꺼지겠네.
영한	(유반장 보고) 반장님 쪽 땅은 안 꺼지게 할게요.
유반장	뭔 일 있어? 제수씨하고 싸웠냐?
영한	싸운 게 아니라…. (한숨)
유반장	뭔데?
영한	형님은 은영이 가졌을 때 기분이 어땠어요?
유반장	은영이? 그냥 얼떨떨했지. 내가 진짜 아버지가 되나 싶고. (웃고)
영한	혹시 그런 생각 안 하셨어요? 세상은 이미 험하고, 더 험해질 텐데… 이런 세상에서 내 아이를 살게 해야 되나….
유반장	(뜻밖의 영한의 생각에 놀라고)
영한	내 아이한테 잔인한 세상을 물려주는 게 아닌가… 그런 생각요?
유반장	그래. 우리야 맨날 험한 꼴 보니까 그런 생각 할 수도 있지.
영한	저야 의지로 견딜 수 있지만… 자식이 저 같을 순 없잖아요.
유반장	영한아. 세상을 주는 건 부모 일이지만, 받아들이는 건 자식들 일이다. 두려움이 많으면 좋은 부모 못 돼. 부모가 되려면 깡도

필요한 법이야.

영한   (뭔가 그런 것 같지만, 잘 모르겠고… 이때)

호정   (V.O) 반장님!

영/유   (보면)

호정   (뛰어오며) 긴급 사건 보고입니다!

S#7. 종남서 수사1반 (D)

유반장   (놀란 표정으로) 하룻밤에 세 명씩이나?

호정   예. 그것도 30분 간격으로 세 명입니다.

유반장과 영한팀에게 지난밤 사건을 브리핑하는 호정.

영한   장소는?

호정   모두 종남 상번2가 내입니다.

상순   다들 만취한 상태에서 둔기로 가격당하고, 날치기당하고?!

호정   네. 그리고 피해자 세 명 모두 중년남성입니다.

영한   돈 많아 보이고 저항이 약한 상댈 골랐네. 피해자들 부상 정도는?

호정   두 분은 중상이지만 의식이 있고 세 번째 피해잔 못 깨어난 상 탭니다.

유반장   어떤 간 큰 놈에 새끼가 서울 시내에서 연빵으로 날치기를 해?

경환   취객 상대 날치기치고는 정도가 좀 심한 것 같습니다.

호정   한 분은 정말 못 깨어나시면 어떡합니까?

유반장   그럼 범인은 날치기범이 아니라 살인범 되는 거지.

영한   취객 상대 범죄는 재범 확률 엄청 높다. 이거 초다듬으로 잡아 야 돼.

상순	(경환, 호정에게) 날치기 엄청 빨라. 벌판에서 토끼 잡는다고 생각해.
난실	(급한 나머지 메모 들고, 후다닥 노크 없이 들어오고) 죄송합니다, 반장님!
유반장	토끼처럼 빠른 분 여기 또 계시네. 뭔 일 났어?
난실	조금 전에 화신동에서 30대 여성 살인사건 신고가 들어왔습니다.
호정	우리 지금 날치기 수사 나가야 하는데?
난실	다른 반들, 지금 다 치안국 행사에 경호 나가서요.
유반장	지랄들… 치안국 인간들은 지들이 대통령인 줄 알아.
영한	서형사랑 제가 살인사건으로 가겠습니다.
상순	경환아, 우린 날치기 토끼 잡으러 가자. 귀도 토끼처럼 컸음 좋겠네. 콱-!

S#8. 종남서 앞 거리 (D)

걸어가는 영한, 상순, 경환, 호정.

영한	일단 목격자부터 없나 싹- 훑어봐. 피해자들한테도 잘 물어보고.
상순	다들 꽐라가 됐을 때 당해서 뭘 기억할까요?
경환	맞는 순간 '번쩍-!' 한순간 정돈 기억하지 않을까요?
호정	맞네요. 저도 취한 상태에서 문지방에 발 찧으면 정신이 확-!
상순	야! 진짜 꽐라 되면 열 명한테 쥐터져도 아픈 줄도 몰라.
영한	(웃고, 그러다 한쪽 시선 주면) 오늘도 많이들 데리고 가네.

어느 건물 앞. [산업의 역군, 고산개척단] 현수막이 붙은 트럭.
청소년들이 트럭에 타고 있고, 그 앞에 고산개척단 모집책 장세
출부장(남/40대 중)이 위압적으로 서 있다.

검은 옷, 검은 모자를 쓰고 허리춤에 무언가(곤봉)를 차고 있는
세출의 부하 세 명은 청소년들을 태우고 있다.

상순   (V.O) 접때는 전남 광영이더니 오늘은 충남 고산이구만.
호정   (V.O) 고산개척단? 저게 뭐죠?

가다 서고 잠시 얘기 나누는 영한, 상순, 경환, 호정.

상순   에헤이~ 서울 양반. 국토개발 사업 거기에 이은 경제개발 5개년
        계획!
영한   광영하고 고산에서 간척 사업 하는데 일할 사람 데리고 가는 거
        야. 원래는 '자활정착산업'이란 명칭으로 시작됐고.
경환   가면 월급도 주고 땅도 주고, 정착도 하게 해준다고 합니다.
상순   그럼 나도 가볼까?
경환   삽질할 기력이 있으시겠습니까, 김형사님?
상순   그럼 삽질을 이로 하면 되지 뭐. 삽을 딱- 이로 꽉 잡고! (시늉)
영한   그러다 너 약장수가 데리고 간다. 차력시킬라고.
호정   근데 거의 다 어린 소년들 같습니다.
경환   저 나이 때 제일 팔팔하잖아. 난 열다섯 살 때, 쌀 한 가마니 한
        손으로 들었어.
영한   이 양반도 요새 뻥이 많이 늘었어. (웃으며) 빨리들 가자. (가고)
일동   (웃으며 따르고)

S#9.   S#2의 골목 (D)

골목을 둘러보는 상순과 경환.

사람들에게 무언가를 물어보지만, 역시나 아무것도 못 본 듯 고개 가로젓고.

S#10.   S#1의 골목 (D)

골목을 훑어보는 상순과 경환. 경환, 유독 답답한 표정이고….

경환　　아까 내초 뒷길이랑 골빈당 입구도 그렇고, 여기도 비슷합니다. 아무리 통금 전이라도 그렇게 사람 없는 골목이 아닌데 말입니다.

상순　　근데 목격자는 아무도 없잖아? 상인도 없고 주민도 없고.

경환　　변두리도 아니고 시내 한복판 아닙니까? 진짜 운 좋은 놈들 같습니다.

상순　　운이 좋거나 한 놈 이상이거나.

경환　　예?

상순　　걸리지 않으려고 누가 망을 본 거지. 그러다 사람이 없을 때 빡-!

경환　　망을 보면서까지 이 동넬 왜 털까요? 걸릴 공산이 클 텐데 말입니다.

상순　　대한민국에서 수중에 현금 제일 많이 갖고 다니는 동네가 어디 같냐?

경환　　아- 요기지~!

S#11.   어느 집 안 (D)

INS ▶ 어느 작은 한옥 외경.

순경들이 대문 앞에 서 있고 영한과 호정이 다가오면 경례한다.
안으로 들어가는 영한과 호정.

S#12.   집안 마당 (D)

영한과 호정, 안으로 들어가면, 작은 마당이 있고… 앞쪽에 시선
이 박힌다.
넋이 나간 채 마루 끝에 걸터앉은 김만수(남/15).
만수를 가만히 바라보는 영한과 호정.
이때, 안쪽에서 나와 다가오는 성훈.

성훈	(경례) 오셨습니까?
영한	(만수를 말하는 듯 입 모양만 성훈에게) 누구?
성훈	(작게) 아 예. 피살자 아들입니다. 최초 목격자이자 신고잡니다.
영한/호정	(마음 아프고)

S#13.   방 안 (D)

방 안으로 들어오는 영한과 호정.
호정, 처참한 광경에 인상 찌푸리고….
이부자리에 가만히 누워 피투성이가 된 채 죽어 있는 만수의 어
머니 고길녀(여/38). 반항의 흔적 없이 가만히 누워 있고 흉기는
바로 옆에 있다.
국철은 검시 중이다.

국철	(영한 힐끗 보고) 근래 보기 드물게 과잉 살인입니다.
영한	상태는요?
국철	가슴 쪽에 자창이 집중돼 있습니다. 보기에 10~12개 정도구요. 사인은 일단 과다출혈로 추정됩니다. 사망 추정 시간은 지난 새벽 4시에서 5시 사이 정돕니다.
영한	통금 끝나자마자 바로네. 옆에 그건 사용된 흉기예요?
국철	예. 아들한테 물어보니 집에서 쓰는 과도라네요.
호정	반항 흔적이 거의 없는 것 같습니다. 자다가 당한 것 같습니다.
영한	다른 덴 상처 없구요?

길녀 왼손 검지 끝에 베였다가 아물고 있던 상처.

| 국철 | 왼손 검지 끝에 베인 상처가 있는데, 이건 4, 5일 전 상처 같습니다. |

S#14. 다시 마루 (D)

만수와 조심스럽게 얘기 나누는 영한과 호정.

영한	이름이 뭐니?
만수	김만수요.
영한	그래 만수야. 혹시 지난밤에 아무 인기척도 못 들었니?
만수	(눈물을 뚝뚝 흘리며 끄덕끄덕)
영한	아침에 일어나 어머니를 본 거야?
만수	예. 보통 저를 깨울 시간인데 아무 말씀이 없으셔서 방에 가봤는데…. (울고)

영한	(큰 한숨 나오고) 아, 혹시 대문이 안에서 열려 있었니?
만수	예… 가봤더니 대문이 열려 있었어요.
호정	아버지는?
만수	작년에 돌아가셨어요. 낚시 가셨다가 물에 빠지셔서….
호정	아…. (더 마음 안 좋고)
영한	아직 방학 중이지?
만수	예, 근데 개학해도 학교 안 가요.
영한	왜?
만수	폐가 좀 안 좋아서 작년부터 쉬는 중이에요. (기침하고)
영한	(완전히 더 안됐고, 이때)
성훈	선배님, 밖으로 나와보시죠.

S#15.　만수의 집 밖 (D)

바깥쪽. 담 아래 상자들이 있고, 성인 발자국 하나가 선명하다.
이를 바라보는 영한, 호정, 성훈.

호정	여길 밟고 담을 넘어간 것 같습니다.
영한	그리고 살인 후, 대문을 통해 도주… 안에 도난 흔적은 없었지?
호정	예, 지갑에 현금도 그대로고 깨끗했습니다.
영한	그럼 원한 가능성이 가장 큰데.
호정	원한이면 확실하게 면식범 소행 아닙니까?
영한	(뭔가 좀 이상하고)

S#16.　어느 병실 안 (D)

INS ▸ 어느 병원 외경.

중년사내1　(V.O) 진짜 순식간이었습니다.

머리에 붕대를 칭칭 감고 누워 있는 심각한 상태의 S#1 첫 번째 피해자 중년사내1. 중년사내1의 증언을 듣는 상순과 경환.

중년사내1　뭐가 번쩍 하더니 그 뒤부턴 기억이 하나도 없습니다.
상순　　　그럼 누굴 보시거나 그런 건 전혀 없겠네요?
중년사내1　예, 뒤에서 기냥 냅따 갈겨서.
경환　　　혹시 다른 거 기억나는 건 없으세요?
중년사내1　전혀 없습니다.
상순　　　약주 자신 덴 어디세요?
중년사내1　상번2가 로얄비루요.
상순　　　아이구 최고급 맥주집에서 드셨네.

S#17.　어느 상점 앞 (D)

S#2 두 번째 피해자인 중년사내2의 증언을 듣는 상순과 경환.

중년사내2　나도 꽐라였죠, 뭐. 빽- 맞은 거 말곤 기억이 안 나요.
상순　　　그래도, 쥐새끼 발톱만큼이라도 기억나는 게 있으면 말씀해주세요.
중년사내2　쥐새끼 발톱이라… (뭔가 생각난 듯) 희미~~한데 말입니다….

INS ▸ 중년사내2의 시점으로 보이는 곤봉. 마구 휘둘러지고! 이

위로,

중년사내2 (V.O) 날 막 때리던 게 곤봉 같았습니다.

경환 (V.O) 곤봉요? 어떤 곤봉요?

중년사내2 그 영화 보면 포졸들이 쓰는 거 있잖아요? 그거 같았습니다.

경환 (상순에게) 요새 누가 그런 걸 쓸까요?

상순 고약한 포졸놈들이 있나 부지. (생각하고)

S#18. 만수의 집 골목 (D)

이웃 주민 아낙1, 2와 얘기 나누는 영한과 호정.

아낙1 뭐 조용조용한 집이었지. 만수도 얌전하고, 공부도 잘하고.

영한 이웃하고 사이가 안 좋거나 척질 만한 일은 없었어요?

아낙2 그런 건 없었슈. 세상 떠난 만수아버지도 을마나 점잖았다고.

영한 (혹시나 해서) 이 집 재산에 대해선 아시는 거 없어요?

아낙1 소문에 만수아부지, 저~기 충청도엔가 땅이 엄청 있다네요….

호정 땅요?

아낙1 근데 거기 온천이 터져서, 이제 금싸라기가 됐대나 뭐래나.

아낙2 나도 들은 적 있슈. 그 땅 다 팔면 서울에 건물 하나 산다 그러
       던디.

아낙1 근데… (주위 살피며) 이걸 말해야 되나 어쩌나.

아낙2 (아낙1의 눈치 보고 뭔 줄 아는 듯) 그래도 말허는 게 낫지 않겠슈?

영한 어이구 답답해 죽어유, 빨리 말해보서유.

아낙1 그게… 만수엄마, 남자가 있었어요.

영한 혹시 남편 살아생전부터?

아낙2   아니유. 남편 죽고 쪼꼼 있다 만난 거니께 바람은 아니지. 일종
          의 남자친구?

S#19.   만수의 집 대문 앞 (D)

          길녀가 대문을 열어주자 들어가는 길녀의 남자친구 이덕용
          (남/40대 초).
          먼발치서 이를 바라보고 수군대는 아낙1, 2

아낙2   (V.O) 첨에는 뻘쭘하게 드가더니 요샌 지 집처럼 드나들더라고.

S#20.   다시 만수의 집 골목 (D)

영한   혹시 그 남자 누군지 아세요?
아낙1   알다마다요. 종남회관 앞에 청탑그릴 지배인.

S#21.   청탑그릴 입구 복도 (D)

          INS▶ 시내 어느 건물 외경. 간판에 [청탑그릴] 보인다.
          입구에서 떨어진 복도에서 얘기 나누는 영한, 호정, 덕용.
          덕용은 주저앉아 망연자실한 표정이다.

덕용   정말 믿을 수 없습니다. 누가 길녀씨를요?!
영한   언제 본 게 마지막입니까?

덕용	어제 낮요. 이 앞에서 점심을 같이 먹었습니다.
영한	그 후론요?
덕용	2시쯤 헤어지고 그 후론 못 봤습니다. 내일 저녁에 보기로 하구요.
호정	혹시 어젯밤에 뭐 하셨나요?
덕용	퇴근하고 집에서 잤습니다. 어제 손님이 많아 좀 피곤해서요.
호정	혹시 집에 있었다는 거 증명해줄 사람 있어요?
덕용	하숙집아주머니가 계십니다. 한번 물어보십쇼.
영한	두 분, 많이 각별한 사이였어요?
덕용	예. 서로 사모하는 사이니까요.
영한	두 분 교제한 지는 얼마나 됐어요?
덕용	1년 조금 못 됐습니다. 식당에 손님으로 와서 알게 됐구요.
호정	평소 사이는 어땠어요? 자주 싸우거나 그랬나요?
덕용	가끔 말다툼은 했지만 우리 정말 사이좋았습니다.
영한	만수하고는 사이가 어땠어요?
덕용	아… 만수요. 처음엔 당연히 저를 좋게 보진 않았죠. 하지만 점점 좋아지고 있었습니다. 이젠 제 방에 놀러도 오고, 같이 나들이도 갑니다.

영한, 스윽 보면! 덕용의 구두가 보인다.

영한	그 구두 평소에도 신고 다니세요?
덕용	아닙니다. 일할 때만 신는 구두입니다.
영한	집 주소 좀 가르쳐주세요.

S#22. 서장실 안 (N)

INS ▶ 종남서 외경.

함께 앉아 있는 도석과 최부국장.

도석   무슨 일로 친히 걸음 하셨습니까?

최부국장 급한 사안이라 애국대회 행사 끝나고 바로 들렀어.

도석   무슨 일이십니까?

최부국장 급한 사안이야. 중정 쪽 사모님들이 이번 주말에 종남백화점 쇼
         핑을 하서.

도석   (뭔가 맥이 빠지고)

최부국장 워낙에 중책을 맡으신 분들의 사모님들이라 각별한 경호가 필
         요해. 개중엔 우리 신광회의 사모님들도 계시고. 20명 정도 백
         화점 내외부에 경호 배치해.

도석   20명이면 매우 많은 인원입니다. 그리고 수사 중인 사안이 많
         아, (하는데)

최부국장 언제부터 이렇게 토를 달았나? 어?

도석   죄송합니다.

최부국장 누가 보면 종남을 위해서 일하는 진정한 서장인 줄 알겠네. (픽-
         웃고)

도석   (모멸감 들고)

최부국장 잔말 말고 사모님들 호위나 잘해! 그게 니 일이니까.

도석   (꾹- 참고) 예, 부국장님.

S#23. 종남경찰서 앞 (D)

도석이 문을 열어주고 차에 타는 최부국장.
뒤에는 황반장, 송반장, 강형사, 나머지 형사들이 쭈욱 서 있다.

차 출발하고 일동 고개를 조아리며 인사한다.

도석, 완전 못마땅한 표정으로 바라보고….

도석	(픽- 웃고) 황반장.
황반장	예, 서장님.
도석	예전에 종남백화점에 무슨 문제 있다 그러지 않았나?
황반장	아 예. 외제품 중에 밀수품들이 몇 개 있다는 제보가 있었습니다.
도석	그래? 그럼 바로 가서 밀수품들 적발하고 관계자들 싹 검거해. 두어 달 정도 영업정지 먹게 하고. 대신 조용히 처리해.
황반장	예. 그런데 갑자기 종남백화점은 왜….
도석	부국장님 명령이야. (돌아서 가고)
황반장	자- 종남백화점으로 바로 출동!!
도석	(걸어가며 V.O) 자꾸 이별을 재촉하지 마십쇼, 부국장님. (웃고)

S#24. 덕용의 하숙집 안 (D)

두어 켤레 있는 신발을 체크하고 있는 호정.

하숙방 입구에서 하숙집아줌마와 얘기 나누고 있는 영한.

아줌마	10시쯤엔가? 들어오는 건 봤죠. 피곤한지 녹초가 돼 있더라고.
영한	혹시 통금 끝나고 어디 나가는 건 못 보셨구요?
아줌마	나도 일어나기 전이라 못 봤지. 내가 보통 6시쯤 깨거든요.
영한	(경환에게) 만수네 집에서 여기까지 걸어서 대충 얼마나 걸릴까?
호정	(신발 보다) 홍화장 입구부터 종남빵집 입구까지니까…. (계산하고) 넉넉잡아 20분 정도일 것 같습니다.
영한	왔다 갔다 하면 40분. 5시 안짝이네.

이때, 난실이 가방을 든 채 큰 종이 한 장을 가지고 들어온다.

난실   저 왔습니다.

호정   갖고 왔어?

난실   (현장 발자국 족적 들어 보이며) 네! 제가 심혈을 기울여 떠왔습니다!

영한   수고했어. 얼른 대조해봐!

     잠시 시간 경과 ▶ 난실, 덕용의 두 신발에 검은 칠을 발라 종이에 찍는다.
     이를 가만히 지켜보는 영한.

호정   (방 안에서 옷 하나를 가지고 나오며) 이것 좀 보십쇼.

     영한, 보면! 소매에 피가 묻은 하얀 셔츠다.

영한   (심각하고) 다른 혈흔 없나 찾아봐. (이때)

난실   (V.O) 박형사님!

영한   (보고 놀라고)

     현장에서 발견된 족적과 완전히 일치하는 집에 있는 신발 족적.

영한   일단 남자친구부터 체포해! 난 만수한테 들러 갈 테니까!

S#25. 만수의 방 안 (D)

안으로 들어오는 만수. 따라서 들어오는 영한.

만수의 방 안은 평범한 중학생의 방 안이다. 책상과 의자, 한편엔 이불.

영한, 짧은 사이에 책꽂이를 보면, 법 관련 서적들이 있다.

책상 위에는 '서종택의원' 약봉지가 놓여 있다.

책상 위 벽에는 'Boys, be ambitious'가 붙어 있다.

영한   보이즈 비 앰비셔스! '소년이여, 야망을 가져라' 맞지? 문구 참 좋네.

만수   여기 앉으세요. (앉으며 기침)

영한   (앉으며) 혼자 집에 있어도 되겠니?

만수   이따 밤에 이모님들 오시기로 했어요.

영한   그래. 어쨌든 니가 상주니까 힘들어도 잘 모셔야지.

만수   두 번째라 괜찮습니다.

영한   (듣고 보니 그렇고) 어, 그렇구나. 근데 너 올해 몇 학년 되는 거니?

만수   중학교 2학년이요. 열다섯 살입니다.

영한   한참 놀고 공부할 땐데…

만수   근데 무슨 일로 오신 거예요?

영한   아 그게 말이다… (말하기 힘들고) 어… 덕용이아저씨 있잖니?

만수   (가만히 듣고)

영한   수사는 더 해봐야 되지만… 그 아저씨가 어머니를 해친 용의자 같아.

만수   (놀라고) 덕용이아저씨가요?

영한   어. 침입했던 발자국도 같고, 집에서 피 묻은 옷도 나왔거든.

만수   (안 믿고) 그럴 리가 없어요. 아저씨 그런 분 아니세요.

영한   믿기 힘들겠지만… 현재로선 제일 유력한 용의자야.

만수   아저씨 좋은 사람이에요. 아저씨 집에도 자주 놀러 갔었어요.

영한   아저씨 말로는 어머니랑 싸운 적이 거의 없다고 하던데, 맞니?

만수	예. 사이좋았어요. 아… 그날 딱 한 번 싸우는 것 말곤요.
영한	그날?

S#26. 만수의 집 마당 (N): 회상

교복 차림으로 가방을 들고 안으로 들어오는 만수.
이때, 안방에서 말다툼 소리가 들린다. 가만히 듣는 만수.

덕용	(V.O) 온천 땅, 다 팔자는 게 아니잖아. 4분의 1만 팔자고.
길녀	(V.O) 안 돼요. 이건 만수 어른 될 때까지는 못 건드려요.

S#27. 만수의 집 안방 (N): 회상

말다툼 중인 덕용과 길녀.

덕용	이거 달라는 게 아니잖아. 빌려달라는 거잖아?
길녀	나중에요. 만수 어른 되고 나면 그때 빌려줄게요.

S#28. 다시 만수의 집 마당 (N): 회상

가만히 듣고 있는 만수. 이 위로…

덕용	(V.O) 빌려주기 싫어서 일부러 만수 핑계 대는 거 아니야?
길녀	(V.O) 무슨 말을 그렇게 해요?

만수   (한숨 쉬며 듣고)

S#29. 다시 만수의 방 안 (D): 현재

영한   이게 언제 일인데?
만수   일주일 전요.
영한   (덕용이 미심쩍고)

S#30. 종남서 앞 거리 (N)

너털너털 힘없이 걸어가는 상순과 경환.

상순   하루 쬥~일 돌아댕겼는데 건진 게 이렇게도 없을 수 있냐? 아
            배고파….
경환   말 그대로 너무 신출귀몰입니다. 꼬리 끝이라도 잡히면 좋겠는
            데 말입니다.

            이때, 지나가던 검은 사내와 툭- 부딪히는 상순.
            부딪힌 사내는 바로 고산개척단 장세출 모집단장의 부하다.
            그 옆에 두 사내가 더 서 있고 모두 취한 모습이다.

부하1   뭐야 씨?
상순   (경환에게) 아침에 걔들 아니냐? 고산개척단?
경환   맞는 것 같습니다.
부하1   아니 사람을 쳤으면 사과를 해야지.

경환	(발끈) 이런 씨. (부하들을 향해 확 다가가려 하자)
상순	(말리며) 아~ 예, 예. 내가 실수를 했네. 미안합니다. 갈 길들 가세요.
부하1	갈 길을 못 가겠는데? 아이구 어깨야! 나 어깨 아프니까 치료비 내놔야지.
상순	어이, 뼈다구가 무슨 수수깡이야? 이 정도 부딪히고 아프다 그래.
부하1	치료가 필요하다고. 4만 환만 내놔.
부하들	(낄낄대고 웃고)
경환	4만 환? 그래 줄게. 대신 4만 환어치만 처맞자.

경환, 부하1을 팍 밀면, 툭 나가떨어지는 부하1.
격분하며 허리춤에 찬 무언가를 빼서 드는 부하들. 바로 곤봉이다.

부하1	(일어나며) 이 새끼들 오늘 다 뒈졌어 씨.
경환	(다가가며) 다 일루 와. 내가 술들 확- 깨게 해줄게.
상순	(귀찮은 듯) 놔둬, 피곤하게. (경찰증 보여주면)
부하들	(보고 놀라고)
부하1	진작 말씀을 하시죠.
상순	뭘 진작 얘길 해? 말할 틈도 안 주고 이 씨. 빨리들 꺼져.
부하들	(인사 꾸벅하고 얼른 돌아서서 가고)
경환	자식들이 무슨 포졸도 아니고 몽둥이를 빼 들고 그래.
상순	(경환 말 듣고 뭔가 멈칫) 포졸?
경환	(포졸이란 말 팍- 떠오르고) 포졸!
상순	(부하들 향해 달려가며) 야, 거기서!
경환	(얼른 쫓아가고)

S#31.　취조실 안 (N)

덕용을 취조하는 영한과 호정.
탁자 위에는 소매에 피가 묻은 하얀 셔츠가 놓여 있다.

영한　　결국 땅 안 빌려준다고 화나서 죽인 거잖아?

덕용　　아닙니다, 진짜 아닙니다!!

영한　　땅 때문에 다퉜다며? 만수가 들은 그대로 얘기했어.

덕용　　싸운 건 맞습니다만, 다음 날 바로 사과했습니다. 화해도 했구요.

호정　　그럼 담 아래 신발 자국이랑, 이 피 묻은 옷은 어떻게 설명할 건
　　　　데요?

덕용　　신발 자국은 정말 모르는 일이고, 그 옷은 작아서 안 입는 옷입
　　　　니다!

영한　　뭐?

덕용　　제가 살이 찌는 바람에 품이 작아져서, 작년부터 안 입는다구요.

영한　　(뭔가 이상하고)

S#32.　종남경찰서 수사1반 안 (N)

탁자 위에 놓여 있는 곤봉 세 개.
장세출의 부하들을 취조하고 있는 상순과 경환.
그 옆에서 바라보고 있는 유반장.

상순　　니들 맞지? 취객들 이걸로 까고 돈 탈취한 거?

부하1　　아닙니다. 저희가 왜 그런 짓을 합니까?

경환　　길 가다 부딪혔다고 치료비 달란 새끼들이 사람 뒤통수 안 까

	겠냐?
부하2	아깐 술김에 먹고 객기 부린 거구요. 저희 고산개척단 모집단입니다.
상순	(곤봉 집어 휘두르며) 고산개척단 모집단이, 이렇게 무식한 걸 왜 갖고 다니는 건데? 모집하면서 사람 팰 일 있냐?
부하3	질서 유지를 위해 필요합니다. 그리고 우리만 그거 갖고 있는 게 아니라, 고산, 광영 쪽 조교들도 다 갖고 있습니다.
유반장	(보다 못해 끼어들며) 질서 유지를 말로 하면 되지 이게 왜 필요하냐고?!
부하1	그게 질서를 지키게 할라면, (이때)
세출	(V.O) 실례합니다.

일동, 돌아보면!
장세출단장이 부하들을 경호원처럼 대동하고 와 있다.
상순, 경환, 유반장, 뭔가 싶고….

S#33. 다시 취조실 안 (N)

소매에 피 묻은 셔츠를 입은 덕용. 말 그대로 작아서 터질 것 같고!
황당한 표정으로 바라보는 영한과 호정.

덕용	제 말이 맞죠? 너무 작아서 숨쉬기도 힘듭니다. (숨 내뱉으면)

툭- 터져서 영한 쪽으로 날아가는 단추.
영한, 순간적으로 피하고 단추는 뒤로 날아간다. 이때, 노크 소리.

영한	어.
난실	(들어오고) 이덕용씨 옆방 하숙생이 오셨습니다.
하숙생1	(뒤에 들어오며 꾸벅 인사하고)
덕용	(구원의 눈길로) 박형.
호정	옆방분께선 무슨 일로 오셨어요?
하숙생1	여기 이분, 아침까지 계속 방에 계셨다는 걸 말씀드리려구요.
영한	(놀라고)

S#34. 하숙방 앞 (N)

문밖으로 들리는 덕용의 코 고는 소리. 옆방에서 나오는 화난 표정의 하숙생1. 그리고 덕용 방의 문을 확- 열고 항의한다.

하숙생1	이형! 내가 잠을 못 자요. 코에다 기차 화통을 처넣었나…. (문 닫고 가고)

S#35. 다시 취조실 안 (N)

영한	그때가 몇 시였어요?
하숙생1	새벽 2시였고 아침 7시까지 계속 코 고는 소리가 났습니다.
호정	(황당하고 덕용에게) 아니 왜 이 얘긴 안 했어요?
덕용	저도 몰랐습니다. 깊이 잠들면 옆에서 뱃고동이 울려도 안 깨서요.
영한/호정	(허탈하고)

S#36. 다시 수사1반 안 (N)

앉아서 얘기하는 세출. 가만히 듣는 상순, 경환, 유반장.

세출   여기 이 세 단원들, 어젯밤에 저희랑 다 같이 있었습니다.

일동   (가만히 듣고)

세출   단합의 의미로 종남회관에서 밤새 술을 마셨으니까요. 저 말고
도 다른 단원들이 다 증인입니다.

상순/경환   (허탈하고)

유반장   근데 저 곤봉은 왜 필요한 겁니까?

세출   모집한 젊은이들 중에서 혈기 때문에 말썽을 피우는 친구들이
종종 있습니다. 때리진 않고 그냥 겁주는 정도로만 사용합니다.

상순   일단 종남회관에 알아본 다음에, (하는데)

세출   정 수사를 하고 싶거든 엄한 사람 잡지 말고 진짜를 수사하세요.

경환   그런 무슨 말이에요?

세출   근자에 우리 단원들을 공격한 사람들이 있었습니다. 정확히 말
하면 저를 공격한 거죠.

상순   (유심히 듣고)

세출   다행히 저는 위험을 면했고, 단원 중 두 명이 크게 다쳤습니다.

경환   공격한 사람들이 누군데요?

세출   그걸 모르니까 수사를 해달라는 거 아닙니까? 공격한 이유도 모
르겠구요.

상순   몇 명이었어요?

세출   세 명이었습니다.

부하1   아 맞다. 그때 다친 우리 단원들, 곤봉도 뺏겼어요.

상순   그니까 공격한 놈들이 갖고 갔다?

부하1   예.

상순	(뭔가 점점 꼬이는 거 같고)
세출	이제 우리 가도 되겠습니까?
일동	(깝깝~하고)

S#37. 회의실 안 (N)

허탈한 분위기의 영한, 상순, 경환, 호정 그리고 유반장.

상순	다 꽝이네. 우리도 꽝, 형님네도 꽝.
유반장	내 기분도 꽝이다.
영한	그럼 날치기 걔넨, 곤봉을 훔쳐간 애들일 수도 있겠네?
경환	현재 정황으로 봐선 그렇습니다.
상순	이 토끼새끼들을 어떻게 잡냐고오~ 아 진짜.
영한	약삭빠른 놈들이면 지역을 옮길지도 몰라.
상순	초지일관하는 무식한 놈들이면 계속 종남에 있을지도 모르구요.
유반장	아 살인사건 말이야, 피살자 남자친구가 범인이 아니라면, 누군가 남자친구를 범인으로 본 거잖아?
영한	나름 몰긴 몰았는데, 말도 안 되는 실수를 한 거죠.
호정	옷이 작을 줄은 전혀 예상 못 했던 것 같습니다.
유반장	신발이랑 옷을 마음대로 할 정도면, 그 집에 편하게 드나드는 사람일 텐데?
상순	그래서 아는 인간이 더 무서운 거예요. 산속에 혼자 살아야 장수해.
영한	(골똘히 생각하고)

S#38. 종남서 앞거리 (N)

사건에 잔뜩 집중하며 걸어가는 영한.

영한   아는 인간… 그 집에 편하게 드나드는 사람…. (이제야 확- 생각나
       며 서고)

S#39. VISION

[1] S#21 청탑그릴 입구 복도 (D)

덕용   이젠 제 방에 놀러도 오고, 같이 나들이도 갑니다.

[2] S#25 만수의 방 안 (D)

만수   아저씨 좋은 사람이에요. 아저씨 집에도 자주 놀러 갔어요.

S#40. 다시 종남서 거리 앞 (N)

영한   (표정 굳어지며) 설마… (뒤돌아 급히 걸어가고)

S#41. 종남 모처 (N)

어느 술집 앞. 먼발치에서 숨어서 취객들을 관찰하는 상순과 경환.

경환   여기란 보장도 없고, 저는 딴 술집으로 갈까요?

상순	그냥 있어. 날랜 놈들을 나 혼자 어떻게 당해?
경환	종남 떴으면 못 잡는 거 아닙니까?
상순	그런 거 다 따지면 잠복 못 한다. '언젠가 잡히겠지…' 세월아 네월아 하다 보면 어느새 잡힌다. (하품하고)
경환	어느 새가 황새가 돼서 날아가면 어떡해요? (같이 하품하고)

S#42. 만수의 집 밖 (N)

닫혀 있는 한쪽 대문에 [忌中(기중)]이 붙어 있다.
도착한 영한, 열려 있는 한쪽 대문 안으로 조용히 들어가고….

S#43. 만수의 집 마당 (N)

안으로 조용히 들어온 영한, 완전히 들어오지 않고 살짝 몸을 뒤로 숨긴 채 마루 쪽을 바라본다.
단촐하게 차려진 장례상. 영좌, 위패, 영정도 제대로 없다.
이모로 보이는 한 아낙은 한편에서 모로 누워 잠들어 있다.
상복을 입은 만수, 앉아 허리를 구부린 채 신문을 보고 있다.
만수의 모습을 가만히 지켜보는 영한. 이때! 뭔가 놀라는 표정.
무엇을 보았는지 믿기지 않는 표정으로 만수를 가만히 바라보는 영한.
심상치 않음을 느끼는 영한, 뒤로 스르르 간다.
그리고 일부러 삐익 문 여는 소리를 낸다.
이제야 온 듯 마당으로 들어서는 영한.
일어나며 침울한 표정으로 영한에게 꾸벅 인사하는 만수.

만수, 이모를 깨우려 하자!

영한   (작은 소리로) 놔둬, 놔둬, 계속 주무시게.

만수   (멈추고)

영한   이모님?

만수   예.

영한   혹시나 계속 혼자 있나 해서 들렀어. 온 김에 절 올리고 갈게.

만수   감사합니다.

마루로 올라가는 영한. 흘끗 만수가 보고 있던 신문을 내려다보고,
(→ 신문 속 배삼룡 기사 사진과 만수 웃음 반전은 S#69-2에)
다시 장례상 쪽을 바라보는 영한. 뭔가 느낌이 싸-하다.

S#44. 산속 어느 절벽 (D)

산속 가파른 절벽.
저- 위 허공, 같은 자리에 원을 그리며 날고 있는 까마귀 서너
마리.
절벽 위쪽에서 약초를 캐던 사내(남/40대 초)가 까마귀를 이상하
게 바라본다.

S#45. 수사1반/ 영한의 자리 (D)

INS ▶ 종남서 외경과 함께.

난실	(V.O) 박형사님!
영한	(난실 쪽 보고) 어, 알아봤어?
난실	(종이 들고 와 보고하고) 네. 당시 관할서인 파정경찰서에 알아봤는데요, 김만수군의 아버지는 김근석씨구요. 작년 3월, 정남저수지에서 낚시 도중 익사한 걸로 나와 있습니다. 당시에 아들 만수군과 함께 낚시 중이었구요.
영한	어머니는?
난실	어머니는 없었다고 나와 있습니다. 아 그리고 특이한 사실이 하나 있는데요. 김근석씨, 강원도 수영 선수 출신입니다. 수상 경력도 있구요.
호정	수영 선수가 물에 빠져 죽었다고? (이상한 느낌에 영한을 스르르 보고)
영한	(뭔가 느낌이 더 싸-하고) 부모님 죽음 옆에 항상 같이 있었네.

S#46. 회의실 안 (D)

지난밤 잠복으로 늘어져 자고 있는 상순과 경환.
이때, 후다닥 안으로 들어오는 난실.

난실	김형사님, 조형사님!
상순	(놀라서 깨고)
경환	(뒤로 자빠지고)
상순	(비몽사몽) 뭐야? 토끼들 떴어? 산토끼 토끼야… 아우 정신없어.
난실	오늘 정말 바쁩니다. 1반이 사건 두 개를 맡으셔서요.
경환	(일어나며 아프고) 아우 꼬리뼈… 무슨 일인데?
난실	날치기범한테 당했던 세 번째 피해자, 깨어나셨답니다.

S#47. 도석의 방 안 (D)

요란하게 전화가 울리고 도석은 받는다.

도석 　백도석서장입니다. (듣고 시큰둥) 네, 그간 안녕하긴 했는데 누구
　　　요, 당신? (듣고 놀라고, 공손하게) 아, 죄송합니다. 용서하십쇼. (듣
　　　고) 예, 예. 저를 말이십니까? (가만히 듣고) 알겠습니다. 어디로
　　　찾아뵈면 되겠습니까?

S#48. 만수의 집 마당 (D)

마루에 앉아서 얘기 나누는 영한, 호정, 만수.
만수는 평상복 차림이다.

영한 　내일이 출상 아니야?
만수 　이모님들께서 그냥 하루만 치르자고 하셔서요.
호정 　그랬구나. (안타깝고) 참, 너 아버지 돌아가실 때도 함께 있었다며?
만수 　(고개 숙이며) 예….
영한 　아버님이 수영 선수였다고 들었는데, 그런 변을 당하셨네.
만수 　(정확히) 그날 고량주를 많이 드셨습니다. 전 좌대 안에서 자고
　　　있었구요. 제가 잠만 안 들었어도 됐을 텐데…. (슬프고)
영한 　(가만히 바라보고)

S#49. 동산방직 밖 (D)

[불철주야 솔선수범 경제개발 앞장서자!] 표어가 붙은 동산방직 외경.

S#50. 동산방직 공장 입구 (D)

점심시간 벨소리. 공장 안에서 나오는 여공들. 몇몇 여공들의 화장은 매우 진하다. 뒤이어 나오는 수수한 느낌의 여공 이양자 (여/21).

S#51. 동산방직 밖 수위실 앞 (D)

수위실 앞에서 빵 봉지를 들고 난실과 만나는 양자.

난실   얼마나 바쁘면 외출도 못 해? 진짜 얼굴만 보러 왔네.
양자   맨날 철야 작업인데 어떡해. 그래도 이렇게라도 봐서 어디냐.
난실   (봉투 주며) 일하면서 먹어. 니가 좋아하는 앙꼬빵.
양자   그래. 역시 내 중학교 단짝이 최고야!! (웃고) 맞다. 근데 너, 경찰서에서 무슨 소식 들은 거 없어?
난실   뭐?
양자   우리 공장에서 달마다 한 명씩 사람이 사라져서 신고를 했거든.
난실   (놀라고) 난 처음 들었는데…. 어떻게 사라져?
양자   월초마다 관둔단 말도 없이 갑자기 사라지는 애들이 있어.
난실   진짜 관두는 건 아니고?
양자   그럴 수도 있는데, 하나같이 사는 곳에 짐까지 다 놔두고 없어져. 보통은 챙겨가거나 관둔다고 한마디는 할 거 아니야.

난실	누가 신고했어?
양자	내가. 근데 겁이 나서 내 이름을 안 밝혔어.
난실	알았어. 어떻게 된 건지 알아볼게.

S#52. 종남중학교 뒤뜰 (D)

INS ▶ 종남중학교 외경.

뒤뜰 벤치에 앉아 얘기 나누는 담임(여/30대 초: 나이, 성별 무관).

담임	언제나 전교 5등 안에 드는 모범생이었습니다. 장래 판검사가 희망이구요.
영한	평소 행실도 좋았나요?
담임	네, 말은 별로 없었지만 마음이 참 따뜻한 학생이었습니다. 한번은 운동장에서 고양이를 안고 있는데 죽은 고양이더라구요.
영한	죽은 고양이를 왜요?
담임	등교하다 보니 얼어죽어 있어서, 너무 안돼서 안고 있다구요.
영한	(뭔가 더 심상치 않고) 몸이 아픈 건 근래 일인가요?
담임	아닙니다. 국민학교 때부터 계속 아팠다고 하네요. 아 그리고, 별건 아닌데 만수가 하나 모르는 게 있어요.
영한	모르는 거요?
담임	예. 어머님하고 제 사이의 비밀인데요.
영한	(뭔가 싶고)

S#53. 어느 병원 안 (D)

INS ▶ 어느 병원 외경.

처방기록을 보고 있는 만수의 주치의.

가만히 바라보고 있는 호정.

주치의   올해는 폐기종 관련 처방밖에는 없고… 아, 작년에 만수가 불면
          증이 심하게 왔었습니다. 그래서 두 달 정도 수면제를 처방했죠.
호정   작년 언제쯤입니까?
주치의   (처방기록 보고) 보자… 작년 1월이네요.
호정   (혼잣말) 익사 사고는 3월… (뭔가 번뜩)

S#54. 경찰서 안/ 난실의 자리 (D)

앉아서 서류철들을 살피는 난실. 이때, 눈에 들어오는 무언가.

[1962년 1월 16일 동산방직 여공 실종신고/ 담당: 수사2반/ 모
두 귀향으로 확인됨/ 수사 종료]

뭔가 이상한 난실. 저- 앞쪽을 보면!

잡담을 나누고 있는 황반장과 반원들.

S#55. 유반장의 자리 (D)

급히 회의를 나누고 있는 영한, 호정 그리고 유반장.

유반장   그러면 수면제로 아버지를 살해, 어머니는 과도로 살해?
영한   지금 정황으론 그렇습니다.
유반장   (믿겨지지 않고) 아니 이게… 열다섯 살짜리가 자기 부모를? 친

	부모 맞지?
호정	예, 정확히 친부몹니다.
유반장	근데 이게 성립이 안 되는 게 하나 있네.
영한	뭐요?
유반장	신발이야 언제든 가져올 수 있지만 피는 좀 다르잖아. 만약에 어머니를 살해하고 남자친구 옷에 피를 묻혔다면, 그 옷을 그 남자친구 집에 도로 갖다놔야 하잖아? 그날 그럴 시간이 있었냐는 거지.
영한	더군다나 사건 추정 시간에 남자친구는 집에서 자고 있었구요.
호정	그럼 피를 미리 묻혔다는 얘긴데… 어디서 났을까요?
유반장	아니면 아무 피나 막 묻혀서 갖다놨을까?
영한	아니요. 만수, 똑똑한 녀석이에요. 요샌 혈액형 분석이 어느 정도 가능하단 사실을 알고 있을 거예요. 어머니의 혈액이 확보됐다면 사건 당일보다 먼저 피 묻은 옷을 갖다놨을 거구요.
호정	진짜 어머니의 피를 어디서 얻었을까요?
영한	(뭔가 번뜩 스쳐가고)

INS ▶ S#13. 길녀 왼손 검지 끝에 베였다가 아물고 있던 상처.	
국철	(V.O) 왼손 검지 끝에 베인 상처가 있는데, 이건 4, 5일 전 상처 같습니다.

| 영한 | (뭔가 느낌이 팍- 오고) |

S#56. 만수의 집 마당 (D)

오늘도 신문을 보며 웃고 있는 만수. 이때,

영한	그렇게 재밌어?

만수, 놀라서 표정 굳고 보면! 영한과 호정이 서 있다.

만수	오늘은 어쩐 일로 오셨어요?
영한	엄마 손가락 베인 상처, 덕용이아저씨가 그러는데 니가 그런 거라며?
만수	(순간 말문 막히고)

S#56-1. 만수의 집 방 안 (N)

사과를 깎고 있는 길녀.
만수, 자기가 깎아보겠다는 듯 과도를 잡고,
길녀는 놔두라고 하고, 만수는 칼을 뺏으려 하고, 이 와중에 길녀의 손가락이 칼에 베인다. 이 위로,

영한	(V.O) 니가 엄마 대신 사과를 깎아본다고 떼를 쓰다 그렇게 됐다던데?

S#56-2. 다시 만수의 집 마당 (D)

만수	아 예…. 제가 애처럼 그러다가….
호정	그 피를 사람 옷에 묻힌 것도 애처럼 그런 거니?
만수	(표정 싸-하게 굳고) 그게… 무슨 말씀이세요?
영한	(근엄하게) 무슨 말인지 니가 제일 잘 알잖아?

만수 　　　(뭔가 느낌 좋지 않고)

S#57　최부국장의 방 안 (D)

최부국장에게 세차게 따귀를 맞는 도석.
도석, 최부국장을 바로 보자 또다시 때리는 최부국장.

도석 　　　무슨 일로 이러시는 겁니까?

최부국장 　몰라서 물어? 종남백화점?!

도석 　　　도대체 무슨 말씀이십니까?

최부국장 　니가 영업정지 당하게 장난친 거잖아? 사모님들 뒤치다꺼리 귀
　　　　　찮아서?

도석 　　　오해십니다, 부국장님. 제가 감히 어떻게, (하는데)

최부국장 　하여튼 근본이 없는 것들은 거둬줘야 소용이 없다니까.

도석 　　　(확 빡치고)

최부국장 　앞으로 어떻게 니 앞날이 펼쳐지는지 잘 지켜봐. 니 거지 같은
　　　　　자존심이 어떤 결과를 초래하는지?

도석 　　　(분을 삭이며 바라보고)

S#58.　어느 술집 앞 (N)

술집이 보이는 한편으로 급히 들어서는 상순과 경환.

경환 　　　여기… 깨어난 세 번째 피해자가 왔던 술집 아닙니까?

상순 　　　어. 토끼새끼들 여기로 올 것 같아.

경환	어떻게 확신하세요?
상순	세 번째 피해자 말 기억 안 나? 여기 안주값이 비싸서 돈 좀 버는 월급쟁이들만 온다고?
경환	그러긴 했죠.
상순	토끼새끼들, 여기저기 돌아다녀봐서 이젠 알 거야. 여기 쩐 많은 사람들이 온다는 걸. 그런 놈들이 눈치가 빠르거든.
경환	(긴가민가) 정말 올까요?
상순	내 별명 미친개잖냐? 오늘 코끝이 축축한 게 느낌이 심상치 않아. 이 근방에서 토끼 냄새가 코끝에 진동해.
경환	형님의 강철 같은 이와 축축한 코는 정말 국보급입니다.
상순	(뭔가 캐치하고 번뜩) 야, 조형사! 저어기 검은 모자 봐봐.

경환, 보면! 소년1이 술집 근처에 서서 술집 쪽을 보고 있다.

| 경환 | 계속 지켜보는 것 같은데요. 어? 저기도요! |

상순, 보면! 소년2가 어슬렁거리며 다가온다.

상순	내가 뭐랬어? (쿵쿵) 근데 다들 어려 보이지 않냐?
경환	예, 그런 것 같습니다. 어? 저기 있는 놈, 뒤춤에 곤봉 같지 않습니까?

스윽 나타난 소년3, 삐져나온 뒤춤에 곤봉의 일부분이 살짝 보인다.

경환	이거 예상대로 한 새끼가 아닌데요? 바로 칠까요?
상순	아니. 이대로 달려들면 다 도망간다. (잠시 생각) 일단 부엌으로.

(가고)

경환   갑자기 부엌은 왜요? (따라가고)

S#59. 취조실 안 (N)

만수를 취조하는 영한과 호정. 상당히 시간이 흐른 듯하고….

영한   (인내하는 한숨) 마지막으로 물을게. 부모님, 왜 죽였니?

만수   (멍하니 있고)

호정   (터지고) 빨리 말해!!

만수   (순간 표정 변하며 품- 웃고)

영한/호정 (황당하고)

만수   아버지 수영 선수 얘기 꺼낼 때부터 걸렸다 싶었어요. 아… 세 시
       간이 지났는데 둘러댈 말이 생각이 안 나네. 형사님들 승! (웃고)

영한   (분노가 확 올라오지만 꾹 참고) 너 이 자식….

만수   왜 죽였냐구요? 폐병환자한테는 땅 안 물려준다고 으름장 놓는
       아버지도 짜증 나고, 남편 죽은 지 1년 만에 외간남자 들이는 어
       머니도 짜증 나고….

영한   매일 학교에서 울던 고양이도 짜증 나고.

만수   어? 고양이 죽인 거 어떻게 눈치채셨어요? 와~ 정말 졌다. (웃고)

영한   (너무나 화나고, 황당하고)

호정   너 도대체 뭐냐? 사람 맞냐?

만수   저도 그거에 대해 깊이 고민해봤는데요, 사람 맞아요. 조금 다른
       사람.

영한   다르다는 이유로, 니 죄가 덜해질 것 같아?

만수   내가 이렇게 태어나고 싶어서 태어났어요? 나한테 뭐라 그러지

마세요. 왼손잡이한테 "넌 왜 왼손으로 밥 먹냐?", 곱슬머리한
테 "넌 왜 머리가 꼬불거리냐?" 이거 다 소용없는 말이잖아요.
다름을 인정해달라구요.

영한   (어이없는 웃음 나오고) 난 말이다, 웬만하면 정상을 많이 참작하는
      편인데, 넌 못 해줄 것 같다. 소년원 가서 형들한테 교육 제대로
      받으면서 반성해. 거기 형아들, 하루 종일 화가 나 있거든.

만수   (웃고) 내가 소년원에 왜 가요? 센 거 받아봤자 보호 및 선도 그
      런 거겠죠.

호정   그건 또 무슨 말이야?

만수   나 촉법소년이잖아요. 내 나이, 만 열네 살 안 됐어요. 여섯 달
      있다 열네 살 되거든요. 이 말은, 재판받고 판결 날 때까지 계속
      촉법이란 얘기죠.

영한   (어이없고) 그래서 그거 믿고 부모님 죽인 거니?

만수   믿는다기보다는 공부를 좀 했죠. 미래의 판검산데. 아 맞다, 나
      폐병에다가 실성한 척하면… 더 약한 조치를 받겠네. (웃고)

호정   법이 널 어떻게 못 해도 언젠가 천벌받는다. 기억해라 꼭.

만수   네네. 사필귀정이 진짜 있는지 저도 확인해보겠습니다.

영한   너는 '사필귀정'이 아니라 '자승자박'부터 확인해봐야 할 것 같
      은데?

만수   (무슨 말인가 싶고, 이때)

S#60. 목련각 앞 (N)

목련각 앞에 서는 도석의 차.
강형사가 운전석에서 내려 상석의 차 문을 열어주면 내리는 도석.
내리자마자 옷매무새를 잘 만지고….

S#61. 목련각 어느 방 앞 (N)

지배인이 도석을 데리고 어느 방 앞으로 간다.
방 앞에 서는 지배인, 이 방이라 안내하고, 긴장한 표정의 도석.

S#62. 목련각 어느 방 안 (N)

문이 열리고 안으로 들어오는 도석.
90도로 인사하고 무릎을 꿇으며 앉는다.

도석   찾으셨습니까? (보면)

6회의 4공자, 정희성, 남정길, 권형근, 노윤학.

S#63. 어느 술집 밖 (N)

중절모를 눌러쓴 취객이 나오며 객기를 부린다. 사장 따라 나온
상태.

중절모   어이 사장님. 내가 오늘, 부장이 됐거든…. 기분 좋아서 사장님
         용돈 준다.
사장   아이고 감사합니다.

중절모, 지갑 열자, 현금이 많이 보이고…
스윽 지나가며 현금을 확인하는 소년1.

S#64. 어느 뒷골목 (N)

중절모 취객의 뒷모습. 휘청거리며 걸어간다.
이때, 취객을 따르는 누군가의 시점.
소년1, 2가 취객을 바짝 따르고 역시나 소년3은 뒤쪽 망을 본다.
소년1, 2, 취객에게 바짝 다가가 곤봉을 꺼내고, 소년2, 취객의
머리를 친다. 그러자 '댕~!' 들리는 쇠 때리는 소리! 놀라는 소
년1, 2.
뒤에서 망을 보던 소년3도 놀란다.
중절모 취객 돌아서면 상순이다.

상순   아이 씨~ 이거 엄청 울리네. 아 골 떨려 씨.

중절모 벗고 안에서 뭔가를 꺼내는 상순. 놋쇠 국그릇이다.
소년1, 2, 3 뭔가 분위기가 이상해 뒷걸음질 친다. 이때,

경환   야!
소년들   (돌아보면)
경환   뭐야? 가까이 보니까 얼굴이 더 애기들이네. 곤봉 내려놓고 가자!

소년1, 3, 곤봉을 들고 달려들면 힘으로 소년들을 제압하는 경환.
한순간에 나가떨어지는 소년1, 3.
도와주려다 말고 후다닥 도망가는 소년2.

상순   (잽싸게 쫓아가 부웅~ 날며 잡고) 어딜, 인마!!

S#64-1. 종남경찰서 밖 모처 (N)

심각한 표정으로 앉아 있는 영한과 호정.
뜻밖의 수사 결과에 영한은 심란하기만 하다.

호정   형님… 진짜 믿어지세요? 만수가 그랬다는 거?
영한   (큰 한숨만 나올 뿐이고)
호정   이제 열다섯 살짜리가… 촉법소년법 조항을 이용해서 부모를
        죽였는데… 죄책감도 안 느껴요. 이게 정말 제가 사는 세상에서
        일어난 일인가 싶어요.
영한   앞으로 더한 일도 일어나겠지. 아니면 만수 같은 애들이 많아지
        든지.
호정   그럼 우린 어떡해야 돼요? 애들이니까 그냥 가르치고 선도해요?
영한   가르쳐야지. 착하게 사는 법 말고, 죄책감과 수치심을.
호정   (뜻밖의 말에 놀라 영한을 바라보고)
영한   (굳은 표정으로 어찌해야 할지 결정하고)

S#65. 유치장 안 (N)

미소를 머금고 벽에 기대앉아 있는 만수.
이때 다가오는 영한과 호정.

만수   보호자 없이 소년범을 이렇게 오래 유치장에 가두면 안 되는데?
영한   (싸-하게 미소 지으며) 그래 법대로 하자. 깜방 대신 일단 집으로
        가자.
만수   야-호! (엉덩이 털며 일어나고)

영한   (매섭게 바라보고)

S#66. 취조실 안 (N)

────────────

탁자 위에 놓인 곤봉 세 개.
멍든 얼굴로 앉아 있는 소년1, 2, 3. 표정 속엔 증오가 가득하다.
이들을 취조하는 상순, 경환.

상순   (소년1에게) 너부터 나이 대봐.

소년1   열일곱 살요.

소년2   열일곱 살.

소년3   열여섯 살요.

경환   아니 이 어린놈의 자식들이 돈 때문에 사람을 해코지해?!

소년들   (아무 말 없고)

경환   고산개척단 단장이랑 단원들 친 것도 너희들이지? 곤봉도 그때
           뺏은 거고?

소년들   (계속 아무 말 없고)

상순   (화나고) 입들 안 열어?!

소년들   (번쩍 놀라고)

상순   이걸로 사람 뒤통술 죽어라 내리치고… 이게 사람새끼가 할 짓
           이냐?

소년1   (나직이 그러나 반항적으로) 우리 사람새끼 아닌데요.

경환   뭐야, 이 자식아?

소년2   사람 취급도 못 받는데 사람새끼 아니죠.

소년3   그냥 깜빵 보내주세요. 끼니 걱정이나 안 하게요.

경환   이것들도 호로새끼들이네.

상순	그래. 니네가 사람새끼가 아니라고 치자. 누가 니넬 사람 취급 안 했는데?
소년들	(아무 말 없고)
상순	부모? 학교? 동네 사람들?
소년1	저희한테 관심 있는 사람 없습니다. 저희 다 고압니다.
상순	고아라고 다 니들처럼 못된 짓 하고 사는 거 아니다.
소년2	(답답해 손 뻗으며) 고아라고 봐달라는 얘기 아닙니다.
상순	(뭔가 본 듯) 너 손 다시 내밀어봐.
소년2	왜요?

상순, 소년2 손 가져와 소매 걷으면 안에 있는 문신 같은 숫자 232.
경환, 일어나 소년3의 소매 걷으면 안에 있는 문신 같은 숫자 233.

| 상순 | 너도 걷어봐. |

소년1, 소매 걷으면 문신 같은 숫자 231.

| 상순 | 뭐냐, 이거? |

S#67. 어느 어두운 거리 (N)

인적이 없는 어두운 거리. 앞서가는 만수와 뒤따르는 영한과 호정.

| 만수 | 나 안 데려다줘도 되는데요? 혼자 갈 수 있어요. |

영한   잔말 말고 가, 이 새끼야!

만수   (뭔가 꺼림칙하고)

S#68. 다시 취조실 안 (N)

상순   그러니까 이 숫자가, 고산개척단 번호표라고?

경환   아니 무슨 소도 아니고 번호표를 낙인처럼 찍어놨어?

소년1   아저씨들이 왜 이걸 몰라요? 경찰들, 군인들 다 개척단하고 한
          패잖아요?

상순   우린 개척단하고 일 같이 안 해. 그러니까 말해봐. 어떻게 된 거야?

소년1   고산에서… 소보다 더 짐승 취급받다가 도망쳐 나왔어요.

경환   개척단에서 땅도 주고 정착도 하게 해준다며?

소년2   그게 정말이면 우리가 도망쳐 나왔겠어요?

소년3   모집단이 하는 말, 다 거짓말이에요. 데리고 가면서 단원들이 패
          고, 도착하면 군인들이 개 패듯이 패요. 아무 이유도 없이요.

소년1   거긴 아홉 살짜리 애들도 있었다구요. 그 어린것들까지 막 때리
          고…. (화나고)

상순/경환   (예상치 못한 사실에 놀라고)

상순   거기서 어떻게 지냈는데?

          INS ▶ 실제 서산개척단 자료화면을 이용할 수 있다면 삽입.
          이 위로,

소년1   (V.O) 빤스 바람으로 하루 종일 삽질만 하고, 쉬어빠진 주먹밥
          세 개가 하루 양식이고, 아프면 약도 안 주고, 그러다 죽으면 그
          냥 갖다 묻는다구요.

소년2	밤 되면 단원들은 술 처먹고 사람들 패고, 여자들한테 못된 짓도 하구요.
상순	다 진짜야?
소년1	진짜예요! 이럴 줄 알았으면 그냥 소년원에나 갈걸 그랬어요.
소년2	어떻게 나라가 거짓말을 할 수 있어요? 우리 같은 고아나 부랑자들은 부려먹다 뒈져도 상관없는 거예요?
상순/경환	(할 말 없고)
상순	그럼 장세출단장을 공격한 건 복수할라고 그런 거였어?
소년1	예. 그 사람 거짓말에 다 당한 거니까요.
상순	(이제야 소년들이 이해되고)
소년3	형사님, 하나만 물어볼게요.
상순	뭐?
소년3	나라가 우리한테 사기를 치면, 우리는 어디서 보상을 받아야 돼요?
상순	(할 말 없어 한숨 나오고)

S#69. 다른 어두운 거리 (N)

완전 어두운 어딘가. 앞서가는 만수와 뒤따르는 영한, 호정.

만수	여기 어디예요? 우리 집 가는 길 아닌데?
영한	거기 서.

만수, 서면! 영한, 권총을 꺼내 실린더를 살핀다.

| 만수 | (놀라고) 지금 뭐 하는 거예요? |

영한	나도 너처럼 멋지게 연극 한 편 만들라고. (총 겨누고) 경찰이 살인범 촉법소년을 집으로 데리고 간다. 그런데, 흉기를 숨겨둔 촉법소년이 형사를 공격한다!
호정	(주머니에서 송곳 꺼내 흔들며) 여기 소품 준비!
영한	위협을 느낀 형사는 소지한 총으로 촉법소년의 대가리를 쏜다!
만수	형사가 이래도 되는 거예요? 이러면 안 되는 거잖아요?
영한	(단호하게) 이래도 돼. 너 같은 놈한테는!

S#69-1. 만수의 집 방 안 (N)

곤히 잠들어 있는 고길녀.
문이 열리고 조용히 들어오는 만수의 발.
만수의 손에 쥐어진 과도.
무표정하게 길녀를 내려다보며 앉는 만수.
치켜들어 올리는 칼! 내리치고! 반복해 내리친다!

S#69-2. 만수의 집 마당 (D): S#43 연결

상복을 입은 만수는, 앉아 허리를 구부린 채 신문을 보고 있다.
만수의 모습을 가만히 지켜보는 영한. 이때! 뭔가 놀라는 표정.
신문에서 재미난 기사를 봤는지 풋- 웃는 만수.
만수는 영한의 시선을 느끼지 못한 채, 급기야 입을 막고 웃는다.
잠시 후, 마루로 올라가는 영한. 흘끗 만수가 보고 있던 신문을
내려다보면!
'배삼룡'의 우스꽝스러운 공연 장면 사진과 기사.

영한 (V.O) 어머니가 비명에 세상을 떴는데, 희극인 기사를 보면서 웃는 열다섯 살! 이건 철이 없는 게 아니라 미친놈인 거지. 난 그때 니 떡잎을 알아봤어!

S#69-3. 다시 어두운 거리 (N)

영한 근데 너 같은 떡잎은 일찍 없애줘야 세상에 후환이 없거든.

호정 (웃으며 바라보고)

만수 제발… 살려주세요. 살려만 주세요….

영한 그리고 너 판검사 될 거라 그랬다며? 난 말이지, 너 같은 인간이 판검사 하는 세상에 내 후손 살게 하기 싫다. 그러니까 죽자.

만수 살려주시면… 아버지 땅 받으면 반 드릴게요. 온천 땅요….

호정 이젠 으른이랑 거래까지 하려고 하네.

영한 나 땅 필요 없어. 니 대가리만 박살 내면 돼! (정조준하고)

만수 (무릎 꿇고) 잘못했습니다, 제가 죽을죄를 지었습니다.

영한 너무 늦었다! (방아쇠 당기면)

만수 아악-!!

영한 어? 총알을 안 넣어왔네?

만수 야이 씨…!!!!

호정 이놈새끼가 어디 으른한테….

만수 뻥일 줄 알았어. (웃고) 경찰이 무슨 총을 쏴? 나 집에 갈 거야.

호정 (확 잡고 수갑 채우고)

만수 뭐야? 나 촉법소년이라니까?!

영한 너 촉법소년 아니야. (이 위로)

담임 (V.O) 아참, 별건 아닌데….

S#70. 종남중학교 뒤뜰 (D): S#52 연결

담임 만수가 하나 모르는 게 있어요.

영한 모르는 거요?

담임 예. 어머님하고 제 사이의 비밀인데요.

영한 (뭔가 싶고)

담임 만수가 병 때문에 국민학교 입학이 한 해 늦었나 봐요. 그럼 학교 가서 한 살 어린애들한테 놀림받을까 봐, 만수한테는 한 살 어리게 말씀해오셨나 봐요. 호적상은 한 살 많지만요.

S#71. 다시 다른 어두운 거리 (N)

영한 그래서 넌 지금, 만 14세가 넘은 상태야.

만수 (망연자실하고)

호정 이제 당당하게 소년원으로 가겠네.

영한 소년원 안에서 니가 부모 죽인 거 알면, 많이들 예뻐해줄 거다. 니가 비명 지를 만큼!!

만수 (분해서 괴성 지르고)

영한 '보이즈, 비 앰비셔스!'가 아니라… 서형사, '소년이여, 죄책감을 가져라'가 영어로 뭐냐?

호정 보이즈, 필 길티!

영한 보이즈, 필 길티!!

S#72. 회의실 안 (N)

모여서 얘기 나누는 영한, 상순, 경환, 호정, 유반장.

경환	그 호로자식은 어떻게 되는 겁니까?
영한	일단 촉법소년은 아니니 소년교도소로 가야지.
상순	이거 어른이면 완전 사형이잖아요? 존속살인인데!
영한	사형까지 가진 않을 거야. 나이 감안해서 징역 15년 정도겠지.
유반장	철없는 애들 죄지으면, 그거 한번 선처해주려고 만들어진 게 소년법인데… 만수는 예외다. 철이 들다 못해 독하게 들어버린 놈이라.
영한	나쁜 아이들이 더 똑똑해지면, 법을 더 갖고 놀겠죠. 부끄러움 없이요.
호정	소년법이야말로 날치기 애들을 위해서 있는 거 아닙니까?
유반장	그렇지. 어른들 때문에 악에 받쳐 범죄자가 된 거니 정상참작 해줘야지. 일단 날치기 애들은 우리라도 탄원서를 좀 써주자고.
영한	나중에 판사님 앞으로 쓰면 되죠?
유반장	어. 우리 다섯이면 약발 좀 먹힐 거야.
호정	그래도 죗값은 치러야겠죠?
영한	당연하지. 분명히 죄를 지었으니까.
경환	저는 그 물음에 답을 못 하겠더라구요. 나라가 사기를 치면 어디서 보상을 받아야 되냐구요.
유반장	물론 나라가 보상을 해야 하는데, 지들 해먹기 바빠서 안 해줄 것 같다.
영한	(표정 매서워지고) 보상을 안 해준다면 혼쭐이라도 나야죠.

S#73. 종남 거리/ 고산개척단 사무실 안 (D)

INS ▸ 날 밝은 종남 거리.

벽에는 [고산개척단] 붓글씨 액자가 크게 걸려 있다.

부랑자들을 엎드려뻗쳐 시키고 줄빠따를 치는 단원들.

이를 보며 지켜보고 있는 장세출.

이때, 팍- 문을 부수며 들어오는 경환. 그 뒤로 상순, 호정, 영한.

세출   뭡니까?

영한   청소년 및 부랑자들을 유인 및 폭행, 학대한다는 제보가 들어
        와서.

세출   아니 어떤 놈이? 우리 고산개척단입니다. 의장각하께서 계획하
        신 국책 사업!

상순   세상에 어떤 국책 사업이 저렇게 빠따질을 하냐? 양아치새끼도
        아니고.

경환   (분노) 고산에 잡아가면, 죽어라 패고 일만 시킨다며? 여자고 애
        들이고 다!

세출   그거 다 헛소문이에요. 우리 개척단, 각하와 보사부가 보증하는
        단체라고.

영한.   그럼 의장각하랑 보사부도 니들하고 공범인가?

세출   (버럭) 뭐야? 아니 일개 경찰이 감히, 의장각하를 욕되게 해?!

영한   욕먹을 짓을 했다면 의장이라도 욕을 먹어야지.

세출   안 되겠다. 형사고 나발이고 이것들부터 타작 좀 해야겠다. 쳐!

단원들, 곤봉 들고 달려들려 할 찰나!

일제히 총을 꺼내 겨누는 영한과 영한팀.

장세출과 단원들, 놀라고!

상순   곤봉들 내려놔라. 대가리에 빵꾸 나기 싫으면.

단원들	(곤봉 내려놓고)
영한	(장세출에게 다가가 겨누며) 서형사, 근자에 왜 이렇게 총 쓸 일이 많냐?
호정	죄책감과 수치심을 모르는 인간들이 많아서 말입니다.
세출	(벌벌 떨고)
영한	(분노에 차) 국가 사업이라니 한 번의 기회를 더 준다. 니들 짓거리 또 우리 귀에 들어오면… 그땐 각하고 뭐고 다 잡아 처넣을 줄 알아. 알았어?
세출	예….
상순	나라 믿고 깝치지 마라. 이 사기꾼새끼들아.

영한이 눈짓하면. 상순, 경환, 호정, 겁에 질린 부랑자들을 데리고 나간다.
마지막으로 나서다가 멈추는 영한, 돌아서서 앞으로 총을 겨눈다.
놀라 상체를 확 숙이는 장세출과 단원들.
영한, 총을 팡- 발사하면! 팍- 박살 나는 [고산개척단] 액자.
단호한 표정으로 다시 돌아서 나가는 영한.

S#73-1. 최부국장의 방 안 (D)

콧노래를 부르며 나갈 채비를 하는 최부국장.
이때, 쾅- 문 열리는 소리와 함께 놀라는 최부국장.
안으로 들어온 검은 양복 사내, 혁명검찰부 수사관1, 2.

최부국장	이 새끼들… 뭐냐 니들은?
수사관1	혁명검찰부에서 나왔습니다.

최부국장	혁, 명검찰부? 아니 거기서 왜?
수사관1	당신을 부정축재처리법 및 특수범죄처벌법 위반으로 체포합니다.
최부국장	(놀라고) 뭐? 무슨 소리 하는 거야?!

S#74. 종남서림 안 (D)

간만에 다정하게 얘기 나누는 영한과 혜주.

영한	여보, 나 이번 사건으로 느낀 게 하나 있어요.
혜주	뭐요?
영한	이게 당연한 얘긴데… 태어나길 나쁜 놈으로 태어난 놈이 있다면, 태어나길 좋은 놈으로 태어난 놈도 반드시 있다는 거요. 이 좋은 놈들이 지옥 같은 세상을 천당으로 만드는 거거든요.
혜주	(배를 만지며) 당연히 우리 아가도 좋은 사람으로 태어나겠죠?
영한	그쵸. 당연히, (하는데 뭔가 이상하고)
혜주	(미소 그리고 눈물 그렁해지고)
영한	(뭔가 마구 설레오고) 혹시….
혜주	예. 우리 아가 생겼어요. (활짝 웃고)
영한	(놀라고) 와… 언제….
혜주	아까 오전에 병원에 다녀왔어요.
영한	아니 왜 말을 안 했어요?
혜주	그때 고산개척단 때려잡고 있었잖아요?
영한	아 맞다… (너무 행복하고) 근데… 진짜 우리 아기가….
혜주	예. 진짜 우리 아기요.
영한	(하늘 보고) 내가 이때쯤 딱- 주실 줄 알았다니까요! (혜주를 꼭 끌어안고) 고마워요, 너무 고마워요!

혜주	행복한 거 맞죠?
영한	예… 진짜 행복해요. 당신을 처음 만났을 때만큼!
혜주	잘 기를게요. 당신처럼….
영한	같이 잘 기르자구요. 험한 세상 잘~ 헤쳐 나가게.

이들의 안고 있는 모습, 창밖에서 보여지며 암전.
그 위로 자막이 흐른다.

대한민국의 소년법은 1953년 6월 22일에 제정되어 1954년 1월
1일부터 시행되었다. 법 제정 당시 촉법소년의 기준은 만 12세에서
14세였고, 2008년 법 개정을 통해 만 10세에서 14세로 변동되었
다. 이 기준은 2024년 현재까지 적용되고 있다. 촉법소년은 범죄를
저질러도 형사처벌을 하지 않고 '보호처분'을 받게 된다.

S#75. 산속 어느 절벽 (D): 에필로그

화면 밝아지면!
산속 가파른 절벽 전경과 함께 을씨년스러운 까마귀 소리.
저- 위 허공, 같은 자리에 원을 그리며 날고 있는 까마귀 서너
마리.
절벽 위쪽에서 약초를 캐던 사내(남/40대 초)가 까마귀를 이상하
게 바라본다.

사내	이상허네, 며칠째 저렇게 뱅뱅 돌면서 날아?

까마귀들이 만드는 원이 직부감으로 보여진다.

CA, 원 사이를 지나 수직으로 천천히 내려가면서 나무들을 통과하고,

더 아래로 내려가면… 누군가 엎드려 있는 형상,

더 내려가면 엎어져 있는 시신이 보인다.

하체는 얇은 이불로 싸여 있고, 등에 '동산방직'이 찍혀 있는 작업복을 입은 여성, 김순정(여/20)의 시신. 얼굴은 온통 보랏빛의 멍투성이다.

CA, 차마 감지 못하고 절명한 눈으로 타이트하게 다가가며 암전!

9회

사라진
여공들

S#1.　산속 어느 절벽 (노을 녘)

산속 가파른 절벽. 까악까악 울음소리 들리고.
저- 위 허공, 같은 자리에 원을 그리며 날고 있는 까마귀 두 마리.
절벽 위쪽에서 약초를 캐던 사내(남/40대 초)가 까마귀를 가만
올려다본다.
이상하다는 듯 갸웃, 하는 약초꾼 얼굴에서….

S#2.　댄스홀 (저녁)

빰빠바바바밤! '마리아 엘레나' 유의 흥겨운 음악이 쫙 깔리고,
짠!! 건배하는 이들 보이면.
새하얀 해군 장교 제복을 입고 여대생 셋에 둘러싸여 춤추는 제비.
제비, 여대생1의 춤을 코치해주는 척 더듬으며 귓속말한다.
여대생1, 제비의 귓속말에 꺄르르 넘어가고.
이때 활짝 열리는 문.
같은 해군 장교 제복을 빼입은 네 남자가 들어선다.
홀 안의 여자들, 하나둘씩 홀린 듯 눈이 돌아가면…
네 남자의 얼굴, 포마드까지 멋지게 세팅한 영한, 상순, 경환, 호
정이다!
화보 찍듯 자연스러운 포즈 취하며 홀 중앙으로 걸어오는 영한팀.
여대생 셋, 잽싸게 제비를 밀치며 빈자리로 달려가 앉고,
초롱초롱한 눈으로 영한팀을 바라보면.
밀쳐져 넘어진 제비, 황당한 얼굴로 자리 털고 일어서는데.

영한　　(반갑게 다가오며) 이야 육지에서 전우를 다 보네!

상순	(소위 견장 보고) 소위? 어디 바다냐?
제비	(대위, 중위 견장 보고 당황) 필승! 해군 작전참모부 작전국 소속 소위 박진수…!
경환	(반갑게) 작전국 어디?
제비	(자신 없지만 조금 크게) 4함대 제4해상전투단입니다….
경환	4함대? 거기 소위들 다 나랑 입대 동긴데?
제비	(화들짝) 옜으나! 현재 5함대 제1해상전투단으로 발령났습니다.
호정	(수상하다는 듯 얼굴 쓱 들이밀고, 다다다 몰아붙이는) 필승, 5함대 제1해상전투단 소위 서호정. 누구십니까?
제비	(어쩔 줄 모르고) 예? 어… 예?
영한	(씩 웃고) 너 장교 아니잖아. 제4해상전투단 탈영병 박진수.
제비	!!!
영한	양선희씨한테 뜯어간 집문서 어쨌어?
제비	에이 씨!! (탁상 옆으며 튀는데)

이때 날아드는 상순의 발길질에 쾅!! 나자빠져 뒹구는 제비.
영한팀, 둘러싸서 내려다보고.

영한	야 이 썡 나쁜 놈새끼야, 결혼하자고 꼬드겨놓고 집문서를 뜯어가?
상순	종남구에 너한테 돈 뜯겼다는 여자만 몇 명인 줄 알어?
제비	(우씨, 찌질하게) 나만 나뻐요? 잘난 남자 후려서 팔자 피려는 년들은!

경환, 순식간에 제비 멱살을 들어 시원하게 메치고!

| 상순 | 어우 야, 아프겠다…. |

영한	(내가 다 아픈 기분이고) 그… 힘 조절 좀 하지….
경환	(씩씩대고) 여자한테 상처 주는 남자는 맞아도 쌉니다!
호정	(크으, 경환에게 공감하고)

S#3. 목련각 앞 (N)

영한팀과 고운 한복 차림의 접대부1이 서 있다.

영한	(집문서 돌려주며) 양선희씨 집문서 맞죠?
접대부1	감사합니다, 형사님… 이거 없으면 하나밖에 없는 동생, 대학 못 보내거든요. 지금 열심히 종남고 입학시험 준비하고 있는데…. (울고)
영한	(부드럽게) 힘들다고 아무나 믿고 그러지 말아요. 세상 험해요.
접대부1	(씩씩하게 눈물 닦고) 네, 알겠습니다. 정말 감사합니다.
영한	꿋꿋하고 야무지게 살아요. (돌아가려 하면)
접대부1	형사님, 제가 저녁 한 끼 대접하고 싶습니다. 잠시 들렀다 가시죠.
상순	(시계 보고) 벌써 저녁때네. 그럼 한 끼만 신세를, (하는데)
영한	먹은 걸로 할게요. 우리 갑니다. (가고)

일동 아쉬운 표정으로 따르고, 접대부1은 허리 숙여 인사한다.

상순	(걸어가며) 밥 한 끼가 뭐 대수라구요? 와이루 먹는 것도 아니고.
영한	와이루의 시작이 밥 한 끼부터거든. 잘 알면서.
상순	(궁시렁) 할아버지는 안 계시지만 가끔 우리 할아버지 같애.
경환/호정	(웃고)

S#4.   종남경찰서 수사반 안 (D)

─────────────────────────────────

영한팀이 들어서자, 얼른 친구를 데리고 다가오는 난실.

난실   오셨습니까?

영한   어, 봉순경. 누구셔?

양자   (꾸벅 인사하고) 안녕하세요. 봉난실순경의 친구, 이양자라고 합니다.

상순   (어린 동생에게 하는 말투로) 친구 일하는 데 구경 왔어요?

난실   아니요. 제 친구랑 같이 공장 다니던 김순정이라는 동생이 실종돼서요.

영한   (놀라고) 실종요? 언제요?

양자   3주 정도 됐습니다.

상순   말없이 고향 내려갔거나 그런 건 아니구요?

난실   그럼 짐이라도 챙겨갔을 텐데, 다 두고 갑자기 순정이만 사라졌대요.

양자   순정이, 말없이 사라지고 그럴 사람 아니라서요.

경환   3주 전인데 왜 지금 신고한 거예요?

난실   신고는 예전에 했는데… (한숨) 수사2팀이 신고받고 종결처리했습니다.

영한, 획- 돌아보면! 노닥거리고 있는 황반장, 오형사, 수사2팀.
영한, 벌써부터 뭔가 화가 나는 것 같다.
잠시 시간 경과 ▶ 기록을 보고 있는 황반장, 이를 바라보는 영한과
상순.

황반장   아~ 이 여공? 실종은 무슨. 그냥 어디로 훅- 뜬 거지.

영한	짐도 안 챙기고 갑자기 사라졌다잖아?
황반장	공장일 하기 어지간히 싫었나 부지. 이런 애들 뻔하잖아.
상순	뻔하긴 뭐가 뻔해요? 잘못됐으면 어떡할라고?
황반장	아유 됐어. 다른 중한 일도 많은데 뻔한 실종사건 가지고.
영한	(웃고) 하긴 댁한테는 부잣집 개가 실종된 게 더 중요하지?
황반장	(발끈) 아 진짜. 그렇게 중하면 니들이 사건 업어가든가.
영한	바로 업어간다. 근데 만약에 실종된 이 여공 잘못됐으면… 황반장님 죽탱이 한 대 예약입니다. (휙 뒤돌아가고)
상순	(주먹 들어 보이며) 예약 둘. (가고)
황반장	(화나지만 뭐라 못 하고) 저 새끼들은 시종일관 위아래가 없어 씨.

S#5. 종남경찰서 회의실 안 (D)

난실 옆에 앉아 진술하는 양자. 영한팀, 놀라는 표정이고.

영한	(놀라고) 실종된 사람이 또 있다고?
난실	예. 순정이란 분이 다섯 번째래요.
상순	(더 놀라고) 다섯 명? (양자에게) 언제부터 실종됐어요?
양자	작년 10월쯤부터요. 매달 한 달에 한 명씩 없어졌어요.
영한	없어진 사람들, 공통점 같은 거 없었어요?
양자	다섯 명 다 예쁜 친구들, 언니들이었어요. 그래서 우리끼리도 이쁜 사람만 사라진다 그랬었구요.
상순	다른 공통점은요?
양자	저희 공장, 한 달에 한 번 월례 조회를 하는데… 그날 밤이 지나면 사라졌어요. 모두 똑같이요.
경환	모두 똑같이라면, 짐은 다 놔두고 갑자기 사라지는 거?!

양자	예.
호정	월례 조회는 정해진 날이 있어요?
양자	예. 매달 첫 번째 출근일입니다. 사장님께서 격려 말씀 해주시거든요. 우리는 여공이 아니라 산업의 역군이라구요.
영한	(더욱 공장이 의심스럽고)

S#6. 방직공장 복도 (D)

INS ▶ 방직공장 외경. [동산방직] 간판이 보이고.
방직한 천을 양팔 가득 들고 복도를 지나가는 10~20대 초반 어린 여공들.
여공들의 왼쪽 가슴에는 옷핀으로 꽂은 명찰이 있다.
인상 좋은 공장장(남/40대 후반), 영한팀과 마주 서 있다.

영한	김순정씨까지 실종자만 다섯이 나왔다던데 맞습니까?
공장장	(뻔뻔함+적반하장의 태도로) 아뇨, 수십 명 됩니다.
영한	(놀라고) 수십 명요?
공장장	일하기 싫어서, 남자랑 눈 맞아서, 그냥 기분이 나빠서… 이런 식으로 말없이 사라지는 애들 한둘이 아닙니다. 실종요? 거의 다 지 발로 나간 겁니다.
경환	듣기론 얼굴이 예쁘장한 여공들만 사라졌다고 하던데요?
공장장	맞습니다. 순정이처럼 반반하게 생긴 애들요? 꼬옥~ 얼굴값 한다니까요.
상순	짐도 안 챙기고 갑자기 없어졌다잖아요? 이상하지 않아요?
공장장	저도 그것 땜에 처음엔 걱정했는데 돈 떨어지고, 갈 곳 없으면 다시 공장으로 오더라구요. 여기 공장장 한 달만 해보십쇼. 제

말이 거짓말인가?!

영한, 뭔가 찜찜하다. 이때 시선이 느껴져 돌아보면,
저 멀리서 고개 획 돌리는 왕언니 여공 박복순(여/20대 후반/투박
한 외모).

호정   (V.O) 사라진 여공들 기록은 남아 있죠?
공장장   (V.O) 아뇨, 다 없었습니다.
경환   (V.O) 없애다니 그게 말이 돼요?
공장장   (V.O) 회사 싫다고 나간 것들 기록을 왜 놔둡니까? 없애는 게 당
        연하죠.

이때 복순, 다시 영한팀 쪽을 힐끗 바라보다 영한과 눈이 마주
친다.
화들짝 놀라 고개 돌리는 복순의 얼굴,
빨간 루즈를 두껍게 바르고 눈가에 멍이 시퍼렇게 들었다!
뭔가 들킨 듯 급히 자리를 뜨는 복순.
영한, 뭔가 수상한 낌새를 느끼고… 상순에게 시선 돌려 눈빛
준다.
마치 공장장을 다른 곳으로 데리고 가라는 눈빛!
상순, 맨 처음에는 못 알아듣다가, '아-' 알아듣고….

상순   공장장님, 공장 안에 좀 보여줄 수 있어요?
공장장   안은 왜…?
상순   (마구 급조) 내가… 기계에 관심이 많아서 그래. (공장장 어깨동무하
        고 데리고 가며) 천 짜는 기곈 얼마나 하나?

경환과 호정은 영한의 눈치 보고 상순을 따라가고…
영한은 재빨리 자리를 뜬다.

S#7. 방직공장 앞 (D)

복순, 빠르게 걸어가고, 영한, 얼른 쫓아간다.

영한   (따라가며) 저기요.

복순   (계속 가고)

영한   나 형사예요. 잠깐만 서봐요!

복순   (멈추며 살짝 두려운 표정)

영한   (다가가며) 나 좀 볼래요?

복순   (고개를 돌리면, 얼굴에 상처 보이고)

영한   얼굴은 왜 그래요? (명찰 보고) 복순씨?

복순   (얼버무리고) 밤에 넘어졌어요.

영한   나요… 넘어진 상천지, 사람한테 맞은 상천지 바로 알아요.

복순   (말 안 하고)

영한   누가 때렸어요?

복순   (망설이고)

영한   (진심으로) 말해줘요, 내가 꼭 혼내줄 테니까.

복순   공장장요… 제가 말했다고 그러시면 안 돼요!

영한   알았어요. 공장장은 왜 복순씰 때렸어요?

복순   공장장요… 우리 여공들 학비 모아준다고 곗돈 붓게 하더니 그
         걸 꿀꺽한 거 있죠? 저도 나중에 알고 돌려달라 그랬더니 재떨
         이를 확-!

영한   아주 개잡놈이네. 혹시 사라진 여공들도 공장장이 때리고 그랬

어요?

복순   (사라진 여공이란 말에 다시 소극적) 그것까진… 잘 모르겠어요.

영한   사라진 여공 중에 김순정씨라고 잘 알죠?

복순   네… 저랑 친했어요, 순정이.

영한   그러니까 얘기해줘요. 공장장이 다른 나쁜 짓 한 거예요?

복순   나쁜 짓은 잘 모르겠고… 막 이상하게 보고 그러긴 했어요. 느글
       느글하게요.

영한   그것뿐이에요?

복순   (뭐라 말하기 힘들고)

영한   아가씨. 아까 우리 옆에 있던 거, 하고 싶은 말 있어서 그런 거잖
       아요. 말해봐요. 다 동료고 언니 동생 사이잖아요? 생사는 알아
       야죠.

복순   (뭔가 결심하고) 그게… 항상 그날이었어요.

영한   (듣고)

S#8.   방직공장 뒤뜰 (D): 복순의 회상
─────────────────────────────────────

       월례 조회 중 격려 연설하는 형근.
       공장 직원들이 모두 모여 듣고 있고.
       형근, 연설보다는 여공들의 얼굴을 면밀하게 훑는다.

형근   여러분은 밭매는 소녀도 아니고 남의 집 식모도 아니다. 이 나라
       대한민국의 자랑스런 산업 역군이다! 모두 이 나라와 의장각하
       를 위해 불철주야 헌신하도록!

       시간 경과 ▶ 연설이 끝나 직원들이 자리로 돌아간다.

이때 공장장에게 뭔가 작게 말하는 형근, 순정을 손가락으로 콕 찍고. 이를 목격하는 복순.

복순   (V.O) 매월 1일 아침에 사장님이 월례 조회를 하세요. 그게 끝나
         면 사장은 공장장한테 가서 '쟤'라고 손가락으로 콕 찍어요.
영한   (V.O) 월례 조회 때마다요?
복순   (V.O) 예. 이달은 순정이를 찍었어요.
영한   (V.O) 사장님이 김순정씨를 찍었다구요?

S#9.   다시 방직공장 앞 (D)

복순   네. 그리고 나서 그날 밤 없어졌어요. 지난 조회 때 찍힌 애들처
         럼요.
영한   (뭔가 확- 느낌이 오고)

S#10.   방직공장 복도 (D)

심각한 표정으로 앞장서 걸어가는 영한. 따르는 영한팀과 공장장.
경환은 공장장의 뒷덜미를 콱- 잡고 간다.

상순   이 새끼들, 공원들한테 뭔 짓을 한 거야?
경환   (공장장 쥐어박고) 에라 이~ 공원들 돈 떼먹는 것도 모자라서!
호정   사장은 찍은 직원들한테 못된 짓 한 거지? 그치?
공장장   아이구 그런 일 없습니다. 뭔가 오해를 하시는 것 같, (하는데)
영한   닥쳐! 어디 열심히 일하는 여공들을 기생 취급하고, 이 개새끼들.

| 공장장 | 제발 사장님껜 가지 마십쇼. 형사님이 큰일 나십니다. |
| 영한 | 얼마나 큰일이 나는지 구경이나 해보자. |

S#11. 방직공장 사장실 안 (D)

라켓 스윙 연습 중인 형근.
이때, 쾅- 문 열리는 소리. 형근, 놀라고!
공장장을 끌고 들어오는 영한팀.

형근	(훑어보고) 뭐야?
영한	(경찰증 보여주고) 종남서에서 나왔습니다.
형근	종남서? (귀찮은 듯 공장장에게) 얘네한텐 떡값 안 줬어?
상순	이 양반 싸가지가 귀향을 갔나? 귀때기를 확- 씨!
형근	(움찔하고)
영한	하나만 물읍시다. 월례 조회 때마다 예쁜 공원을 한 명씩 찍었 다며?
형근	(공장장 노려보고)
공장장	(놀라) 제… 제가 말한 거 아닙니다.
형근	(바로 시치미) 난 모르는 일인데.
상순	(화나고) 찍은 여공들 어떻게 했잖아? 그러니까 다음 날 바로 안 나오지?
형근	종남서 서장이 누구더라? 부하들 교육을 아주 개판으로 시켜놨네.
영한	(픽- 웃고) 한 번만 더 묻는다. 여공들 어떻게 했어?
형근	(빡치고) 아~ 이 진짜. 난 모르는 일이라고, 이 새끼야!!

하며 라켓으로 영한을 가격하지만, 영한은 가볍게 피해 형근의

팔을 꺾어 라켓을 놓치게 하고, 바닥에 내리꽂는다.
고통스러워하는 형근.

영한   서형사!

호정   (형근에게 수갑 채우며) 여공 납치 및 경찰 폭행 혐의로 체포한다.

형근   (고통스러워 반항도 못 하고) 놔 이 새끼야… 너희 다 죽을 줄 알아!!

S#12.   산속 어느 절벽 (D)

산속 가파른 절벽. 까악까악 울음소리 들리고.
저- 위 허공, 같은 자리에 원을 그리며 날고 있는 까마귀 서너
마리.
절벽 위쪽에서 약초를 캐던 약초꾼, 이상하다는 듯 까마귀를 올
려다본다.

약초꾼   이상허네, 며칠째 저렇게 뺑뺑 돌면서 날아?

호기심 가득한 약초꾼, 까마귀 도는 아래를 힐끗 내려다보면…
아득해 끝이 보이지 않는 천길 낭떠러지다.

S#13.   종남경찰서 복도 (N)

강형사, 멀리서 형근과 공장장을 데려오는 영한팀을 보고
급히 돌아서서 가고.

S#13-1. 도석의 방 안 (N)

도석	(번뜩 놀라며) 지금?
강형사	예.
도석	알았어, 내려가봐.
강형사	(인사하고 나가고)
도석	드디어… 올 게 왔네. (웃고, 이 위로)

도석	(V.O) 찾으셨습니까?

S#13-2. 목련각 어느 방 안 (N): 회상 8회 S#62 연결

무릎을 꿇은 채 앉아 있는 도석.
앞에는 4공자, 정희성, 남정길, 권형근, 노윤학이 거만하게 앉아
있다.

형근	예전에 우리한테 했던 말 기억나요?
도석	예. 필요하시면 언제든 불러달라고 말씀드렸습니다.
윤학	그새 필요한 게 생겨버렸네요.
도석	편히 말씀하십쇼.
희성	우리가… 사고를 하나 쳤어요.
정길	정확히 말하면 우리가 아니라, 여기 희성도련님이.
윤/정/형	(웃고)
희성	근데 너무 심한 사고면 수습이 어렵겠죠?
도석	아닙니다. 뭐든 맡겨만 주시면 뒤탈 없이 해결하겠습니다.
윤학	무슨 사곤지 얘기도 안 꺼냈는데요?

도석	뭐든 상관없습니다. 제겐 도련님들의 안위가 더 중요합니다.
희성	서장님. 나요… 은혜는 꼭 갚는 사람입니다. 원하는 거 있음 다 말해봐요.
도석	개인적인 바람은 없습니다. 대신, 저희 종남경찰서를 자기 몸 종처럼 부리는, 치안국 부패 간부 한 명만 처리해주실 수 있습니까?
희성	치안국 부패 간부들?! 우리 아버지께서 제일 싫어하시는 건데… 누구예요?

S#13-3. 다시 도석의 방 안 (N)

만남을 회상하는 도석의 의기양양한 표정 위로,

도석	(V.O) *치안2국 최달식부국장입니다!*

도석	(웃으며 천천히 일어나고)

S#14. 종남경찰서 수사반 안 (N)

영한팀에게 보고 받는 유반장, 앉아 있는 형근과 공장장을 유심히 보고.

유반장	광호물산 막내아들? (조시 보고) 자회사인 동산방직에서 경영수업 받고?
영한	예. 분명히 실종된 여공들과 접점이 있습니다.

이때 수사반 전원, 벌떡 일어서고.

들어서는 도석, 화난 표정으로 성큼성큼 영한에게 다가간다.

영한, 심상치 않은 느낌으로 보면!

다짜고짜 발로 영한의 배를 세차게 차는 도석.

일동, 놀라서 바라본다.

유반장	무슨 일인데 이러시는 겁니까?
형근	(옆에서 피식 웃고)
영한	(옷 털며 일어나고 노려보며) 맞을 짓 한 게, 없는 것 같은데 말입니다.
도석	누가 증거도 없이 남의 귀한 영업장 들쑤시고 다니래? 응?
영한	(형근 슬쩍 보고) 동산방직 말씀하시는 거면 그리 귀한 곳은 아닌데요.
도석	동산방직의 모회사 광호물산, 이 나라 혁명 재건을 위해 애쓰는 애국 기업이다. 우리가 도움은 못 줄망정!
영한	(힘주어) 세상 어떤 경찰이 용의자한테 도움을 줍니까?
도석	이 새끼가, (주먹으로 후려치려 하면)
유반장	(팔을 잡으며 강하게) 말로 하시죠, 말로.
도석	이 새끼들… (손 확 뿌리치고) 황반장, 풀어드려!
황반장	(슬쩍 영한의 눈치 보고)
도석	(황반장에게 크게) 뭐 해?
황반장	(쭈뼛쭈뼛 풀어주려 하면)
영한	(분노 꾹- 참으며) 4년 전하고 판박이네. 안 그렇습니까, 황반장님?
도석	(무슨 말인가 싶고)
영한	그때 최서장님이 이정재 돈 처먹고, 꼬붕들 풀어주라고 했잖아요. 그쵸?
황반장	(속없이) 아- 기억난다.
도석	(자기도 같은 취급당한 것 같아 기분 팍- 상하고)

영한	(오기로) 귀하신 분 살살~ 풀어드리세요, 황반장님.
상순	(말리며) 형님!
영한	괜찮아, 김형사. 4년 전하고 판박이라면, 우린 범인을 꼭 잡지 않겠냐?
상순	(이제야 영한의 의중 알고 도석 쏘아보며) 예. 확실히 때려잡겠죠.
황반장	(이제야 겨우 풀어주고)
도석	이 건으로 한 번만 더 경거망동하면, 서장 이름을 걸고 너희 다 모가지다.
영한팀	(흔들리지 않고 오기 있게 바라보며 영혼 없이) 예~!
도석	(풀려난 형근에게) 이쪽으로 오시죠.

형근, 영한 쪽 노려보며 도석을 따라간다.
그 뒤를 졸졸 따르는 공장장.
이때, 전화벨 소리와 함께 한편에서 전화를 받는 난실의 모습이
스쳐 보인다.

상순	눈깔을 확 씨-! (어이없는 웃음 나오고)
경환	저렇게 서장이 감싸고 빼내는 게 증거 아닙니까? 진짜 뭐가 있단 증거?!
유반장	내 말이. (비아냥조로) 서장도 참 딱하다. 그놈의 돈과 명예에 눈이 멀어서.
호정	저희는 계속 수사하면 되는 거죠?
영한	당연하지. 하던 대로! 짤리든 말든!! (이때)
난실	(급히 오며) 반장님!
유반장	어.
난실	아까 낮에, 오금산 절벽 아래에서 동산방직 작업복 차림의 시신이 발견됐답니다.

영한   (놀라고)

S#15.   산속 절벽 아래 (D)

8회 엔딩 상태로 엎드려 있는 시신.
하체는 얇은 이불로 싸여 있고, 등에 '동산방직' 자수가 놓인, 누
군가 잡아 뜯은 듯한 작업복을 입은 여성, 김순정(여/20)의 시신.
몸이 온통 보랏빛의 멍투성이고 오른손 주먹이 꽉 쥐어져 있다.
참담한 표정으로 바라보고 있는 영한과 상순, 경환, 호정.
이들 옆에 약초꾼, 참혹한 광경을 차마 바로 보지 못하고….
호정, 순정의 주먹에서 뭔가를 보고 다가가 펴본다.
그러면 안에서 명찰이 하나 나온다.

호정   (명찰 보여주며) 김순정씹니다.

영/상/경   (더욱더 참담해하고)

영한   어떻게든 살아 있길 바랬는데…. (너무나 마음 아프고)

상순   공장 옷 그대로 입고 있잖아요… 퇴근도 못 하고 끌려간 거라고.
            권형근 이 새끼 범인 맞아요. 이 여공 퇴근 기다렸다가 바로 데
            려가서,

영한   흥분하지 마. 증거 더 확보하고. (약초꾼에게) 시신은 어떻게 발견
            했어요?

약초꾼   내가 매일 여기서 약초를 캐는데 말입니다. 보름 내리 저 위로
            까마귀가 뺑글뺑글 도는 거야. 하도 이상해서 '뭐가 있나~' 하
            고 내려와봤더니만….

상순   근래에 이 근처에 왔던 사람은 없었어요?

약초꾼   여기 사방이 천길 낭떠러지예요. 나 같은 사람이야 입에 풀칠하

러 오지만은 누가 와요, 이런 델?

경환   다행히 시신 잘 보존돼 있습니다. 근방에 산짐승들 엄청 많을
       텐데….

약초꾼 (손뼉 탁 치고) 나도 그게 이상하더라고. 산짐승이든 까마귀든, 사
       슴 한 마리 시체도 이틀이면 다 먹어 치우거든.

시신을 살펴보다 뭔가 발견하는 영한, 앉아서 자세히 얼굴 보면.
눈썹이 다 밀려 있고 허옇게 분칠된 화장과 이마에 동그랗게 그
려진 눈썹, 히키마유다. 영한의 표정 굳으면. 상순, 경환, 호정도
함께 보고.

호정   (기괴하고) 도대체 이 화장은 뭐죠?

경환   일반적인 화장 같지 않은데요? 무슨 기생 화장 같기도 하고.

상순   (분노) 이런 미친놈… 여자 얼굴에다 이딴 짓을 해놔?

이때, 겨우 아래로 내려온 국철… 숨차 씩씩대고.

영한   험한 걸음 하셨어요.

국철   (시신 보고 참담하고) 하… 험한 건 절벽이 아니라 저 시신이네요.

잠시 시간 경과 ▶ 여전히 주위를 날아다니는 까마귀.
어느새 바로 뉘인 시신. 국철이 세심하게 검시 중이다.

국철   날이 추워서 부패 진행이 거의 되지 않았어요. 사망 추정일은 열
       흘에서 보름 정도 전입니다.

호정   12일 전이 조회 날이었어요. 김순정씨 실종 날과 맞아떨어집니다.

국철   (이불 아래, 바지는 없고 속옷이 뜯긴 상태 보고) 강간 흔적 있구요. 목

에는 졸린 자국이 남아 있지만 많이 조른 것 같진 않구요…. (손
톱 아래 살펴보더니) 여기 보시면 손톱 밑에 살점이 있죠?

상순   막 저항한 거죠?

국철   예. 이 정도면 가해자 몸에도 꽤 깊은 상처가 남았을 겁니다. 아
그리고 이 시신, 절벽 아래로 떨어지기 전에 사망했어요.

일동   (놀라고)

국철   이렇게 엎드린 상태로 사망했다면 등에 시반이 있을 수 없어요.
이미 죽어서 시반이 생긴 후, 절벽 아래로 투기된 겁니다.

영한   얼굴하고 목, 가슴 쪽에 있는 건 시반 아니죠?

국철   예, 그것들은 멍인데… 사인일 가능성이 높습니다. 외상에 의한
충격이요.

상순   그러니까 한마디로 맞아 죽은 거잖아요?

국철   (한숨 쉬며 끄덕이고)

영한   (너무나 황망하고 어이없고) 폭행으로 살해 후… 시신을 절벽 아래
로 투기.

S#16.   VISION: 영한의 시뮬레이션

---

[1] 모처 실내 (N)
온몸이 멍투성이인 순정, 천장을 보고 누운 채 죽어 있고.
멀리서 잡히는 샷. 이불을 들고 다가오는 괴한,
순정의 시신을 이불로 둘둘 감싸서 어깨에 둘러멘다.

[2] 절벽 위 (새벽)
괴한, 낭떠러지 밑으로 순정의 시신을 던지고.

S#17.　다시 산속 절벽 아래 (D)

영한	(분노 꾹 참고)
국철	(입가에 토사물 흔적 가리키고) 그리고 여기 구토한 흔적도 있습니다. 어? 입안에 뭐가 있네? (순정 입에 손을 넣어 뭔가 꺼내고)
일동	(인상 쓰며 바라보고)
국철	(파인애플 조각 들어 보이고) 이거 파인애플 같은데? 씹지도 않고 삼켰네요.

영한, 가만히 당시 상황을 유추해보면.
INS ▶ 순정의 입에 파인애플을 마구 밀어넣는 남자의 손.

영한	씹지 않은 게 아니라 억지로 먹였을지도 모르죠.
상순	아 진짜- 여러모로 미친 새끼네!!
경환	파인애플 이거 엄청 비싼 거 아닙니까? 미군들이 먹는 거 봤는데.
호정	예. 시중에는 있지도 않아요. 미군 부대나 부잣집에나 있죠. (이때)
국철	(팔 안쪽 보며 뭔가 심각하고) 하이고.

일동, 뭔가 싶어 보면! 시신의 팔뚝에 있는 멍든 주사 자국.

국철	팔에 주사를 맞은 자국이 있는데… 일반적인 약 같진 않은데요?
영한	(뭔가 느낌이 좋지 않고, 이 위로)
유반장	(V.O) 뭐? 아편?

S#18.　종남경찰서 수사반 안 (D)

유반장과 함께 회의하는 영한과 영한팀.

영한, 양팔을 꼬고 완전 심각한 표정으로 앉아 있다.

호정   예. 부검의선생님 말씀으로는, 전형적인 아편 투약 자국 같답
        니다.

유반장   아니 그 어린 여공이 무슨 아편을 해?

상순   이것도 파인애플처럼 억지로 맞힌 게 분명합니다.

경환   파인애플, 아편… 부자들이나 먹고 맞는 겁니다. 고로 권형근이
        범인 맞습니다.

영한   권형근을 옭아매기 위해선, 권형근한테 아편 판 놈을 먼저 잡아
        야 돼. (상순에게) 아편팔이 중에 아는 놈 있어?

유반장   그건 내가 마약 담당 형사들한테 알아볼게. 아 그리고 이것 좀
        봐. (펼쳐둔 신문을 집어 건네고)

영한   (받으며) 뭡니까?

유반장   이달 초 권형근이 행적이야.

영한팀   (보면)

영한, 신문 탁 보면. 클로즈업 사진, 테니스복 차림의 공자들이
테니스장 안에서 우승 트로피를 들고 있다. 국가대표1, 2, 3, 4도
나란히 서 있고.

기사 제목 [테니스보이즈크럽 국가대표 초청 자선 친선경기, 우
승 상금 및 후원사의 대회 후원금은 불우한 아동 · 청소년들을
위해 기부].

유반장   (V.O) 일명 종남 4공자. 광호물산 소유 테니스장이 있는데 이 넷
        이 거기서 모임을 자주 갖나 봐. 이달 초에도 거기서 다 같이 테
        니스를 쳤고.

상순	테니스보이즈크럽? 다 권형근이 친구들이에요?
유반장	어. 그리고 전부 고관대작 자제들이야. 부친이 (한 명씩 클로즈업) 광호물산 사장, 육본 준장, 중앙정보부 기획운영차장, 국가재건 최고회의 의장실 기조실장.
상순	그래서 싸가지가 귀향을 간 거네. 이 어린놈의 새끼.
영한	(기사 살펴보고) 이달 초라면, 사건 당일 다 같이 있었을 가능성도 있어요.
상순	그죠. 넷이 아삼육이면.
경환	근데 기조실장이면 의장각하 최측근 아닙니까?
호정	중정 기획운영차장도 엄청난 자립니다. (한숨 나오고)
영한	(더 전투력 불타고) 그게 무슨 상관이야. 잡아야 할 놈만 잡으면 돼!

S#19. 야외 테니스장 앞 (D)

윤학, 형근, 정길, 희성, 테니스복 차림으로 (라커룸에서) 나오면.
영한팀, 먼저 와서 딱 버티고 서 있고.

윤학	뭐야 저것들?
형근	(작게) 종남서새끼들.
정길	(가소롭다는 듯 웃고)
희성	(굳은 표정으로 바라보고)
영한	(경찰증 보여주고) 네 저희 종남서새끼들입니다. 협조 좀 부탁드립니다.
정길	협조할 일 없을 것 같은데?
경환	이달 초 실종된 동산방직 여공 한 명이 강간, 살해된 채 발견됐습니다. 유력한 용의자는 권형근씨. 그리고 사건 당일 나머지 세

분은 용의자와 함께 있었습니다. (신문 보여주며) 기사에 떡하니 나와 있구요.

상순   자 요이 땅- 하면, 질문에 대답하는 거예요. 요이- 땅!

호정   테니스 치고 네 분은 밤에 뭐 했어요?

희성   그날 술 마셨어요. 우린 경기 끝나고 항상 술을 하거든요.

호정   어디서 마셨어요?

형근   목련각에서 마셨다, 왜? 근데 니들이 목련각을 알려나 모르겠다.

영한   가보진 않았지만 알긴 알죠. 부패 관리들과 군인들, 친일파, 부모 잘 만난 고관대작 자제들이 드글드글한 곳!

형근   저이 씨.

영한   앙탈 부리지 말고, 팔 한번 걷어봅시다, 권형근씨.

형근   뭐? 오냐오냐하니까 상투를 잡네, 이 새끼가. (달려들려 하면)

윤학   (형근을 말리고) 그냥 있어. 말 들을 필요 없으니까.

영한   권형근씨, 신속하게 팔 걷습니다.

윤학   (형근 대신 자신이 영한 앞으로 다가가) 내가 싫은데. 내 친구 팔 걷는 거?

영한, 가까이 온 윤학을 보자 눈에 들어오는 무언가!
윤학의 목 왼쪽에 나 있는 할퀴어진 흉터. 아물고 있는 상태고.

영한   (상처가 뭔가 심상치 않고)

윤학   내가 선심을 좀 베풀게. 그냥들 돌아가면, 니들 밥줄은 안 끊기게 해준다.

영한   밥줄 끊기면 각설이 타령 배우면 되고… 어? 목에 상처가 있으시네? 누구랑 드잡이라도 하셨나?

상/경/호   (순정이 할퀸 상처임을 이제야 알고)

윤학   우리 집에 형사님처럼 앙칼진 고양이새끼가 하나 있거든. 그 녀석이 확-!

영한	고양이가 많이 큰가 봐요? 흉터가 사람 손 크긴데?
희성	그만 돌아들 가시죠. 가자, 형!

희성이 앞장서가고, 윤학, 정길, 형근이 웃으며 따라간다.
윤학은 자리 뜨며 영한의 어깨를 팍- 부딪치며 가고!

상순	(뒷모습 노려보고) 하나가 아니라 둘일지도 모르는 거죠?
영한	어쩌면 모두 다.
호정	이런 말 하기 싫지만… 강간이 아니라 윤간일 가능성도….
영한	(이 말에 더 분노 오르고)

공자들이 들어간 뒤 테니스장 문, 쾅 닫힌다.

S#20. 종남경찰서 수사반 안 (D)

흥분한 영한팀, 유반장과 회의 중이고 유반장 심각한 표정이다.

상순	노윤학이 목에 할퀸 자국! 김순정씨 손톱 밑에 살점 그거라구요.
영한	권형근 혼자가 아니라 넷이 함께 저지른 게 확실합니다.
상순	아유 씨… 네 새끼가 어떻게 한 여자를…. (분노하고)
영한	(유반장에게) 마약 담당이랑 얘기해보셨어요?
유반장	(갑갑하고) 도련님들 존함 듣더니만, 지들은 절대 엮지 말아달라네.
경환	아니 그게 말이 됩니까? 그것들이 도대체 뭐라고 씨.
호정	실종된 다른 공원들도 똑같이 당했다면… 다 사망했을 거 아닙니까?
영한	(한숨) 그럴 가능성이 높지.

상순	아 그럼 빨리 잡아다 족쳐야죠! 시신 있는 곳도 실토받구요!
영한	지금부터는 잡아와서 될 문제가 아니야. 확실한 증거가 필요해.

S#21.　목련각 마당 (N)

널따란 마당 정원 위로 풍악 소리 들리고. 들어서는 영한과 상순.

지배인	(영한 앞에 서며) 어서 오십쇼! 안으로 뫼시겠습니다!
영한	(경찰증 내밀면) 종남서에서 나왔습니다.
지배인	(보고 놀라고) 아 예. 어쩐 일루다가?
상순	여기 사장 좀 봅시다.
지배인	아 그게… 지금 좀 바쁘셔서….
女사장	(V.O) 무슨 일이시죠?

영한, 상순 돌아보면!
매우 고혹적이고 지적으로 보이는 목련각의 女사장.

女사장	제가 사장입니다. 환영합니다, 형사님들. 이쪽으로 가시죠. (가고)
영한/상순	(뭔가 좀 분위기가 어색하고)

S#22.　목련각 룸 안 (N)

마담이 문을 열면, 산해진미 안주상에 한복 입은 여자들 나란히 서 있고.
흐뭇하게 영한과 상순을 돌아보는 女사장.

女사장	일단 앉으시죠.
상순	(앉으려고 한 발 떼면)
영한	(단호하게) 저희 술 먹으러 온 거 아닌데요.
상순	(떼었던 한 발 슬그머니 원상 복귀)
女사장	처음엔 다들 그렇게 말씀하시죠. 취기가 올라야 원하는 걸 편히 말씀하시더라구요.
영한	내가 지금 원하는 건, 살인사건 용의자에 대한 증언입니다.
女사장	(살인사건이란 말에 표정 굳고)
상순	(여자들 내보내며) 다 나가요~! 여기 말씀들 나눠야 하니까.
영한	(정중하게) 부디 협조 부탁드립니다.
女사장	(다른 형사들과는 사뭇 다른 분위기라 신선하고)

잠시 시간 경과 ▶ 화려한 안주상 앞에 마주 앉은 영한, 상순과 女사장.

女사장	네. 이달 초에도 테니스 끝내시고 네 분 다 오셨습니다.
영한	항상 매달 초에 왔나요?
女사장	아뇨. 달 초 말고도 자주 오셨습니다.
상순	그날은 몇 시간이나 술을 마셨어요?
女사장	제 기억으로는… 네 분 다 초저녁에 오셔서 다음 날 아침에 가셨습니다.
상순	기력도 좋네, 젊은이들. (자연스럽게 전을 하나 집어 먹으려 하면)
영한	(자연스럽게 상순이 집은 전을 잡아 제자리에 놓고) 확실합니까?
女사장	예. 제가 계속 드나들며 모셨으니까요. 근데 무슨 살인사건이고, 누가 용의자죠?
상순	권형근씨의 공장 여공이, 강간 및 살해당한 채로 발견된 사건입니다.

女사장	(놀랐지만 애써 태연) 아 예.
상순	물론 권형근씨가 용의자구요. 살해당한 여공은 이제 갓 스무 살이었구요….
영한	혹시 권형근씨, 여기서 아편을 하거나 여자 종업원들을 때린 적은 없나요?
女사장	(여유 있는 미소로) 없습니다.
영한	정말 없습니까?
女사장	네. 정말 없습니다.
상순	(영한에게 작게) 제가 뭐랬어요? 알아도 모른 척할 거라 그랬잖아요?
女사장	(당황하지 않고 여유 있게) 저는 있는 그대로 말씀드렸습니다.
영한	저 역시 기대는 안 하고 왔습니다. 왜냐면 여긴… 그 유명한 목련각이니까요. 양심이나 진실이 있으면 안 되는 곳.
女사장	(웃으며) 저도 양심은 있습니다. 그래야 사람 사는 도리를 아니까요.
영한	양심이란 건 말입니다. 그냥 선한 마음을 말하는 게 아닙니다. 때로 양심은… 수천, 수만 명의 증인과 같거든요.
女사장	(이 말에 울림이 생기고)
영한	협조 감사합니다. (정중히 인사하고)

S#23. 목련각 마당 (N)

영한과 상순을 모시고 나가는 지배인. 이때,

접대부1	(V.O) 형사님!!
영한/상순	(돌아보고)

상순	(반색) 어, 집문서?!
접대부1	(너무나 반가워하며) 여긴 어쩐 일이세요?
상순	(웃으며) 형사가 여길 왜 왔겠어요? 수사할라고 왔지!
상순	동생은 입학시험 준비 잘하고 있어요?
접대부1	예. (울상) 근데 많이 어렵나 봐요.
영한	아 그럼… 시내 종남서림에 가서 시험 족보 사서 봐요. 그게 용하대요.
상순	그 서점, 이형사님 부인께서 사장님이세요.
접대부	아 그러시구나. 가보라고 하겠습니다. 맞다! 오늘은 정말 식사하고 가세요.
영한	오늘도 됐습니다. 갑니다, 우리. (후다닥 뛰어가고)
상순	왜 이렇게 빨라? (손 흔들고 가고)
접대부1	(아쉽고) 이미 장가갔구나? 저런 남자만 있으면 당장 시집갈 텐데….
女사장	(다가오며) 아는 분들이니?
접대부1	아 예. 일전에 제 집문서 찾아주신 형사님들요. 저런 형사님들 처음이에요.
女사장	(왠지 영한에 대해 더 믿음이 가고)

S#24. 종남경찰서 수사반 안 (N)

심각한 분위기로 회의하는 영한팀.

유반장	(웃고) 하긴 목련각 사장이 제대로 말해줄 리가 없지. 문 닫는 거 각오하지 않는 이상.
경환	접대부나 종업원들 따로 만나서 물어보면 되지 않을까요?

영한	사장보다 더 꺼려 할 거야. 공자님들 일이니 얼마나 무섭겠어.
상순	에라 씨. 세상 변했다는 거 완전 구라야. 이게 무슨 조선시대도 아니고!
난실	(V.O) 반장님!

일동, 보면! 살짝 눈물이 어린 난실과 그 옆에 순정母(40대 초)와
순정의 어린 동생들(8세, 5세)이 서 있다.
순정母의 왼쪽 눈은 실명되어 눈동자가 허옇게 되어 있다.

유반장	누구…?
난실	김순정씨 어머니랑 동생들입니다.
일동	(가슴 내려앉고, 모두 일어서고)
순정母	(아무것도 모르고) 여기 오면 우리 순정이 어딨는지 알 수 있다던데… 혹시 아시나요?
영한	(너무 가슴 아프고)

S#25. 종남서림 안 (N)

아무것도 모르는 표정인 순정의 동생들을 혜주가 밥 먹이고 있고.
순정母, 사진 한 장을 품에 안고 흐느낀다.
가만히 지켜보는 영한팀.
순정母, 믿기지 않는 듯 다시 사진을 살펴보면. 순정의 시신이고.

순정母	(사진 속 얼굴 어루만지며) 우리 순정이가 얼마나 착한 아이였냐면요. 어릴 때부터 날 따라 밭매고, 삯바느질하고, 지 동생들 다 업어 키웠거든요. 버는 족족 집에다 월급봉투 부치고… (자신의 가

슴 치며) 내가 죽인 거예요. 우리 순정이 서울에서 고생만 시키지
않았어도….

순정母의 대사 위로 가슴 아파하는 혜주와 영한팀 얼굴이 잡힌다.
유독 더 아파하는 표정의 혜주, 순정 동생들 머리 쓰다듬어주고.

영한   아뇨, 어머니 잘못이 아닙니다.
순정母   (가슴 치며 울고) 나만 온전했어도… 내가 애미 노릇만 제대로 했
         어도….
혜주   (순정母 모습에 눈물이 흐르고)
영한   (마음 아프고 순정母 손 꼭 잡으며) 어머니. 제가 꼭 약속드릴게요.
         나쁜 놈들 다 잡아서, 순정씨 한 풀어줄게요.

S#26.   야외 테니스장 안 (D)

넓은 테니스장 라인 밖에서 경기를 주시하는 형근과 정길, 코치.
형근은 떠들썩하게 훈수를 두고,
정길은 목에 건 호루라기를 잡고 껌을 쫙쫙 씹으며 심판을 본다.
코트 위, 땀에 젖어 헐떡이는 국가대표선수1, 2와 상대적으로
가뿐한 희성, 윤학이 복식으로 팀을 이뤄 경기하고.
전원 테니스복 차림, 점수판은 매치포인트다.
윤학, 코트 위를 열정적으로 누비고 다니며 풀파워 스매싱을 때
리면.
잔뜩 쫄아 있는 국대2, 윤학의 매서운 공을 피하고.
국대1, 긴장했지만 침착하게 희성에게 공을 넘겨주듯 보낸다.
희성, 가볍게 공을 받아치고.

국대1, 국대2에게 눈빛을 보내면, 알아들은 국대2, 살포시 공을 넘겨주는 이때, 흥분해서 달려가던 윤학이 발이 엉켜 콰당 넘어진다!

품 웃음이 터지는 형근과 정길.

윤학   (민망함에 얼굴 팍 구기며 일어서고) 야 이 개새끼야!!

윤학, 코트를 넘어가 국대2의 먹살을 콱 잡는다.

윤학   너 이 새끼 일부러 그랬지? 일부러 나 넘어뜨리려고 수 쓴 거지?!
국대2   (목 졸려 숨 막히고) 아, 아닙니다!

희성, 흐름이 끊겨 짜증 난다는 듯 머리를 쓸어 넘기면.
희성의 눈치를 본 정길, 다가가 윤학을 살살 어르며 팔을 잡아뗀다.

정길   (지겹다는 듯) 아 또 시작이네. 냐, 인마.
윤학   이 새끼가 또 잡기술 썼다고!! (계속 웃는 형근에게) 넌 닥쳐!!
형근   (웃음 뚝, 뻘쭘)
정길   어이 김선수님. 일부러 얘 넘어뜨리려고 했어요?
국대1   (나서서) 죄송합니다. 이 친구가 아직 이런 경기가 익숙지 않아서,
정길   (쫙! 국대1 싸대기 치고)
국대1   (놀라며 자존심 확 상하고, 욱 치밀지만 땅 보며 꾹 참고)
정길   이쪽한테 물었는데?
국대2   (얼른) 죄송합니다! 제가 비겁했고, 다 제 잘못입니다!
정길   (국대2 뺨 후려치고)
국대2   (놀라 쳐다보면)

정길	아 미안해요. 이렇게 해야 저 새끼가 화가 가라앉아서. 야 노윤 학, 됐냐?
국대1/2	(모멸감에 부들부들 떨면)

이때 다가오는 희성, 손 까딱한다.
얼른 달려와 지갑을 건네는 코치.

희성	(국대1, 2 주머니에 지폐 꽂아주며) 오늘 일은 잊는 거예요. 할 수 있죠?
국대1/2	(마지못해) …예…!

S#27. 테니스장 라커룸 안 (D)

공자들, 각자 옷 갈아입고. 라커 문 쾅 닫으며 신경질 내는 윤학.

희성	형, 그만 좀 해요.
윤학	(더 욱하고) 내가 뭐?
희성	시합할 때마다 억지 부리는 거요. 자꾸 그러면 밖에 말 나요.
윤학	(확 화가 나지만 참고) 말이 난다? 그래서 뭐? 창피해?
희성	그런 말이 아니라, 형 아버님한테 누가 될까 봐 그렇죠.
윤학	(웃고) 누? 진짜 누는 니가, 우리들한테 끼치고 있는 거 아니냐?
희성	(표정 굳고)
정길/형근	(싸해지며 시선 집중하고)
희성	(애써 웃으며) 무슨 말인진 아는데, 형들한테 피해 갈 일 없을 거예요.
윤학	그걸 어떻게 장담해?
정길	(말리며) 윤학아….

윤학	뇌봐. (희성에게) 너 때문에 경찰까지 찾아왔잖아? 내 목에 상처까지 물어보고!! 이 정도만 해도 엄청난 피해 아니야?
희성	미안해요, 형.
형근	하긴 나부터 골치 아파 죽겠다, 너 때문에.
윤학	앞으로 너, 우리들한테 찍소리도 하지 마. 건방 떨지도 말고. 한 번만 더 그랬다간 세상천지에 다~ 까발릴 거야. 니가 얼마나 미친 새낀지!
정길	그만들 하고 나가서 술이나 한잔하자.
희성	맞다. (테니스 가방에서 양주병 하나 꺼내고) 이거 윤학이형 좋아하는 거….
형근	(받아 들고) 와~ 이 귀한 걸. 어디서 구했어?
윤학	(흘끗 보고)
희성	오늘은 형들끼리 드세요. 전 집에 일이 있어서요.
정길	왜, 같이 가지.
윤학	일 있다잖아. (휙- 가고)
형근	(윤학에게) 같이 가. (술병 들고 따라 나가고)
정길	(나가는 거 보고) 그래. 그럼 담에 같이 마시고 풀자. 간다. (가고)
희성	들어가요, 형.

정길 나가는 것 보고, 숨을 몰아쉬며 살기 어린 표정으로 변하는 희성.

S#27-1. 종남서림 근처 길 (D)

또각또각 하이힐 발걸음.
선글라스를 쓰고 럭셔리한 복장으로 걸어가는 목련각 女사장.

S#27-2. 종남서림 안 (D)

땡- 풍경 소리와 함께,

혜주   어서 오세… (하다가 살짝 놀라서 보면)

女사장   (들어오며 선글라스 벗고)

혜주   (뭔가 심상치 않고) 찾으시는 거 있으세요?

女사장   박영한형사님 아내분 되시나요?

혜주   그런데요.

女사장   보기 드문 미인이시네요.

혜주   (뭔가 이상하고, 이 자식이 바람?) 갑자기 오셔서 그런 말씀은 왜….

女사장   아 오해하지 마세요. 사건 때문에 박형사님께 따로 드릴 말씀이
         있어서요. 혹시 이리로 불러주실 수 있나요?

S#28. 종남서림 안 (D)

시간 경과 ▶ 女사장과 둘러앉은 영한팀.
혜주, 뭔가 다른 분위기의 女사장을 조금 떨어진 곳에서 유심히
보고….
女사장은 시종일관 여유 있고 거침없이 말한다.

女사장   (둘러보며) 오랜만에 이런 서점에 와봤네요.

영한   (다소 차갑게) 책을 사러 온 것 같진 않으신데요.

女사장   (여유 있게) 오늘 하루는, 여기 있는 책들만큼 진실된 사람이 돼
         볼까 해서요.

영한   마음이 바뀌신 겁니까?

女사장	제가 워낙 변덕이 심해서요. 알고 싶으신 게 뭐죠?
영한	권형근, 남정길, 노윤학, 정희성, 이 넷이 목련각에서 아편을 하거나 폭력을 행사한 적 있나요?
女사장	네. 아편, 폭력 다 했어요.
영한팀	(역시나 싶고)
女사장	하지만 아편은 남정길만 했어요. 나머진 아편을 별로 좋아하지 않았고요. 그중에 가장 문제는 정희성이었어요. 시쳇말로 개잡놈이었거든요.
영한팀	(가만히 듣고)

S#29. 목련각 룸 안 (N): 마담의 회상 1

희성, 저고리가 반쯤 풀어 헤쳐진 접대부2의 뺨을 세차게 때린다.
쓰러지는 접대부2, 눈물범벅인 뺨은 부어 있고, 피 터진 입술.
실실 웃으며 다가오는 희성, 쓰러진 접대부2의 머리채를 콱! 잡아 올리고.
제대로 길들일 줄 안다며 박수 치고 환호하는 정길, 윤학, 형근.

마담	(V.O) 우리 아이들, 눈 뜨고 못 볼 짓 많이 당했어요. 직원들 손찌검하는 건 예사고 목 졸린 아이도 있었어요.
영한	(V.O) 정희성 혼자서요?
마담	(V.O) 네. 생긴 것하고 다르게 짐승 같은 놈이었어요. 좋다고 구경하던 다른 놈들도 다를 바 없죠.

S#30. 다시 종남서림 안 (D)

女사장	근데 어느 날부턴가 손찌검하는 일이 줄었어요. 전보다 일찍들 일어나구요.
영한	그런지 얼마나 됐습니까?
女사장	한 4~5개월쯤요. 이달 초에도 아이들도 안 부르고 술만 마시다 일찍 자리를 떴어요.
상순	일찍이면 대략,
女사장	밤 8시쯤요.
영한	어디로 간다고 말 안 하던가요?
女사장	네. 별말 없이 자리를 떴습니다.
상순	(영한에게) 만취해 이동한 장소가 범행 장소일 수도 있겠네요.
영한	(상순의 말이 맞는 것 같고)
女사장	저희 아이들이 얼마나 큰 고초를 겪었는지 보여드릴까요? (백에 서 사진 한 장 꺼내주고)

영한이 받아보면, 쿵 놀란다!
사진 속 접대부2의 얼굴, 순정의 시신과 동일한 히키마유 화장 이고!
눈물범벅인 접대부2, 돈을 쥔 채 다소곳이 앉아 있는 모습.

호정	이거 김순정씨 시신 화장이랑 똑같은데요?!
영한	이 사진 어디서 난 겁니까?

S#31. 목련각 룸 안 (N): 마담의 회상 2

취한 공자들.
정길, 사진 여러 장을 펼쳐놓고 떠들썩하게 자랑한다.

보면, 접대부2를 히키마유 분장시켜놓고 찍은 사진.
웃으며 받아주는 女사장, 몰래 사진 한 장 빼돌려 치마 속에 넣고.

女사장　(V.O) 아이들을 그렇게 만들어놓고, 모두 사진으로 남겨놨더라구요. 하도 자랑을 해대길래, 몰래 하나 간수해뒀죠.

S#32.　다시 종남서림 안 (D)

호정　왜 몰래 간수할 생각을 하셨어요?

女사장　언젠가 이 잡놈들, 엿 먹일 날이 올 거라 생각했거든요. 오늘처럼요. (웃고)

혜주　(다가와 사진 가져와 보고 놀라 화 치밀고) 도대체 이 화장은 뭐죠?

女사장　고대 일본식 화장이래요. 남편에게 바치는 순종과 충성 표시라고.

상순　이 새끼들 진짜 개같이 노는 놈들이었구나?!

경환　더 이상의 증거 필요 없지 않습니까? 바로 다 잡아버리죠!

영한　(女사장에게) 범인 검거되면 목련각과 사장님, 고초를 당할 수도 있습니다.

女사장　걱정 마세요. 제가 알아서 잘 빠져나갈 테니까. 대신 꼭 잡아주세요. 다른 거 다 떠나서, 전 개들이 정~말 싫거든요. (웃고)

혜주　(통 큰 女사장을 호의로 바라보고)

영한　오늘 내로 네 놈 모두 체포한다! 불응 시엔 앞뒤 가리지 말고 강제 연행해!

영한팀　예!

S#33.　달리는 정길의 차 안 (N)

낄낄대며 농담하는 세 공자. 운전석에 윤학, 조수석에 형근, 뒷자리에 정길.

정길 희성이새끼, 이깟 술 한 병이면 다 풀릴 줄 아나? (웃고)

형근 (술병 안고) 잘했어, 윤학아. 이 새끼 지 아버지 믿고 너무 기어올라.

윤학 초장에 밟아놔야 후환이 없지. 그 미친 새끼가 뭔 짓을 저지를지 모르거든.

형근 (신나서 술병 들고) 다음엔 말이 아니라 매를 들어야겠어, 따끔하게.

일동 (웃고)

이때 쾅!! 정길의 차가 트럭에 정면으로 들이받힌다!

S#34. 한적한 거리 (N)

정길의 차를 정면에서 박고 서 있는 트럭.
정길의 차 안. 피 흘리는 윤학, 형근, 정길. 모두 죽은 듯하고….

S#34-1. 한적한 거리 근처/ 달리는 차 안 (N)

운전하는 경환, 조수석에 앉은 영한. 뒷자리에 앉은 상순과 호정.

영한 일단 고동삼거리 도착하면 흩어져. 순경들 대동하고, 4공자 집으로 가서 바로 검거한다.

일동 예, 알겠습니다!

경환 (앞에 보고) 어? 무슨 사고가 난 모양입니다. (끼익 서고)

차에서 내리는 영한팀, 교통사고가 난 차량들 쪽으로 다가간다.
참혹하게 찌그러진 정길의 차와 앞쪽이 손상된 트럭.
성훈과 순경1, 2, 현장을 정리하고 있고.

상순   야~ 이거 엄청 큰 사고네.

얼굴이 피투성이가 된 형근과 윤학의 시신이 바닥에 눕혀져 있다.
차에서 막 피투성이인 정길을 꺼내는 성훈과 순경1.

성훈   (경례하고) 오셨습니까?
영한   피해자들 상태는?
성훈   (정길 눕히며) 전원 즉사한 것 같습니다.

영한, 시신들을 내려다보는데… 어라? 익숙한 얼굴들이다.
순경2가 들고 있던 손전등을 건네받는 영한, 쪼그려 앉아 자세
히 살펴보면….

영한   (놀라고) 다 이리 와봐!!!

뛰어온 상순, 경환, 호정, 시신들을 보고 쿵- 놀라고.

호정   노윤학, 권형근… 남정길 아닙니까?
영한   (형근의 주머니 더듬어 신분증 꺼내 보고) 권형근, 맞아!
상순   아니 이 새끼들이 왜 여기 있어?
영한   (성훈에게) 상대편 운전자는?

성훈	현장에 도착했을 때부터 없었습니다.
상순	사고 치고 도망간 모양이네.
영한	(미심쩍고) 잠깐, 근데 왜 셋밖에 없지?
성훈	피해자는 이분들이 답니다.
경환	정희성은 안 탄 것 같습니다.
영한	(뭔가 느낌이 싸-하고)

이때, 갑자기 기침을 토하는 정길.
영한팀과 성훈, 순경1, 2, "으어억!!" 놀란다.

상순	야야야, 안 죽었어, 남정길이!!
정길	(깨어나 고통스러워하고)
영한	빨리 병원으로 옮겨!!

S#36. 한적한 거리 (N)

시간 경과 ▶ 정길의 차 안.
경환은 앞좌석, 호정은 뒷좌석에서 단서를 뒤진다.
술병이 깨져서 피와 함께 젖어 있고, "으 술냄새…" 찌푸리는 호정.

/ 트럭 안. 상순, 운전석 안을 여기저기 살핀다….

/ 길가. 쪼그려 앉은 영한, 바닥에 남은 타이어 자국을 유심히 본다.
그러나 이렇다 할 스키드마크는 없고…
고개를 획 돌려 충돌한 차들을 바라보는 영한.
완전 정면으로 충돌한 두 차량.

영한, 뭔가 이상하고….

/ 정길의 차 안. 호정, 깨진 술병 조각들을 치우고 있을 때,
순간 바닥 틈에서 뭔가 반짝! 한다.
보면, 바닥 덮개 틈에 낀 볼록한 물건.
호정, 덮개를 치워보면… 물건의 정체, 손바닥만 한 철제 담배
케이스다.

/ 길가. 모여 서 있는 영한, 상순, 경환.

경환	지금 가서 정희성부터 검거하겠습니다.
영한	일단 놔둬.
상순	왜요? 빨리 잡아오죠.
영한	아니. 조금 더 생각해봐야 할 게 생겼어.
상순	(뭔가 싶고)

이때 담배 케이스를 들고 급히 달려오는 호정.

호정	형님, 이거요!!
경환	왜, 뭔데?!

담배 케이스를 여는 호정. 보면, 안에 하얀 가루가 있고.

경환	(모르겠고) 뭐지? 소금인가?
상순	간쟁이 할라고 갖고 다니겠냐? (냄새 맡고) 여깄었네. 아편.
영한	차에 주사기는 없었어?
호정	싹 다 뒤져봤는데 없습니다.

영한	달랑 아편가루만 나왔다? (뭔가 더 의심스럽고, 이 위로)
유반장	(V.O) 아편 주사 자국은 누구한테 나왔어?

S#37. 종남경찰서 수사반 안 (아침)

유반장, 담배 케이스를 놓고 회의한다.

호정	남정길한테서만 나왔습니다. 권형근, 노윤학은 깨끗하구요.
유반장	정희성은 조사를 해봐야 알겠고.
상순	남정길은 김순정에게 아편을 투여했고, 김순정이 정신이 혼미해지자, 네 남자는 김순정에게 못된 짓을 한 거네. 아~ 개새끼들.
영한	(팔을 꼰 채 계속 생각에 빠져 있고)
경환	그래서 교통사고로 천벌을 받은 겁니다.
호정	경찰이 이런 말 하면 안 되는 거지만, 전부 다 죽어도 쌉니다.
영한	근데 정희성은 왜 천벌을 안 받았을까? 왜 그 차에 안 탔을까?
상순	조상 묘를 잘 봤나?
영한	만약에… 자기 혼자 살아남으려고 나머지 셋을 다 없애려고 했다면?
일동	(영한의 말에 번뜩하고)
유반장	혼자 살아남기 위해 공범을 없앤다… 정희성이 그랬다는 근거 있어?
영한	일단 정희성은 이런 일을 쉽게 저지를 수 있는 배경을 가지고 있어요.
상순	그렇지! 아부지가 재건회의 기조실장인데!
영한	두 번째, 트럭의 바퀴 자국!
유반장	바퀴 자국?

영한	바닥에 제동 흔적이 없었어요. 브레끼를 밟았다면 바퀴 끌린 흔적이 있겠죠.
호정	실수로 가속 페달을 밟을 수도 있지 않습니까?
영한	그래 실수로 그랬을 수도 있지. 그래서 세 번째, 충돌 방향! 현장에서 봤지?

INS ▶ 완전히 정면으로 갖다 박은 트럭.

영한	(V.O) 완전 제대로 갖다 박았거든. 보통, 앞에 뭐가 나타나면 핸들을 옆으로 확 트는 게 본능 아닌가? 그런데 핸들을 전혀 틀지 않았어.
상순	그럼 도망친 기사 놈이 사주를 받고?!
경환	형님 예상이 맞다면, 혼자 살아남기 위해서 이렇게까지 할 일입니까?
영한	잃을 게 너무 많잖아. 자신과 아버지 모두 다.
유반장	(번뜩) 남정길은 겨우 살아났고 했지?
호정	예. 종남병원으로 옮겼습니다.
영한	(갑자기) 맞다! (벌떡 일어서고) 다 죽이는 게 목표였는데, 한 명이 살아남았다면… 가만 놔두지 않을 거야. (후다닥 뛰어가고)
상순	말 좀 하고. (일어서 후다닥 뛰어가고)
경환/호정	(일어서 후다닥 따라 나가고)
유반장	(혹시나 해서 걱정스럽고)

S#38. 희성의 집 서재 (D)

벽 한쪽에 고이 진열된 군 시절 상패들이 보이고.

국가재건최고회의 정병필의장 기조실장 임명장,
군 시절 각하 및 4공자의 부친들이 함께 찍은 사진이 보인다.
자리에 앉아 신문 읽는 병필. 이때 노크 소리가 들리고.

희성   (V.O) 아버지, 접니다.

병필   들어와.

희성   (들어서 꾸벅 인사하고) 정길이형 병문안 다녀오겠습니다.

병필   이리 와봐.

희성   (의아하지만, 곧 다가가 서면)

병필   (일어서서 희성의 어깨를 탁 잡고) 남부장 내외, 잘 위로해드려. 상심
         이 크실 테니.

희성   예, 아버지.

병필   근데 말이다… 니가 정말 운이 좋았던 거냐?

희성, 병필의 책상을 보면! 책상 위에 놓인 신문과 교통사고 기사.
아버지가 자신을 의심한다는 사실을 직감하는 희성.

희성   운이 좋았다기보다는, 생각 없이 사는 형들과 선을 그었을 뿐입
         니다.

병필   …알았다. 너 역시, 내가 선을 그을 만한 짓은 하지 말거라. 그런
         일이 생긴다면 그땐… 내가 널 잘라내야 할지도 모르니까.

희성   (살짝 무섭지만 자신만만하게) 예, 명심하겠습니다.

S#39. 병실 복도 (D)

정길母를 모시고 병실에서 나오는 희성, 뭔가 보고 번뜩 놀라면.

경호진, 정길의 병실로 향하는 복도를 꽉 막고 있고.

그 너머 영한팀, 시위하듯 경호진과 눈싸움하다 희성과 눈 딱 마주친다!

영한	(반갑다는 듯 얼른 다가서고) 아이구 또 뵙습니다!
정길母	(영한 발견하고, 희성에게) 누구니?
희성	(얼른 떠밀어 보내며) 제가 해결할게요. 드시고 오세요.

정길母, 희성의 손에 떠밀려 가고. 영한팀에게 다가가는 희성.

희성	(노려보고) 여기서 뭐 하시는 거예요? 경찰이 병원에서 이렇게 소란 피워도 되는 겁니까?
영한	(웃음) 병원에서 소란 피우면 안 되죠, 환자들 있는데. 그래서 얌전히 앉아서 기다렸는데? 남정길 피해자 좀 봅시다.

희성, 지나가는 의료진과 환자들 시선이 의식되자… 하는 수 없고.

S#40. 정길의 병실 안 (D)

영한팀과 희성, 병실 안으로 들어선다.

영한	(다가가 정길 상태 살피고) 현장 보고 깜짝 놀랐어요. 살인사건의 용의자로 특정되자마자 이렇게 변을 다 당하시고.
희성	적당히 하고 가세요. 조사든 뭐든 형 깨어나면 응할 테니까.
영한	(돌아보고) 근데 좀 이상한 게, 교통사고 직전까지 정희성씨도 같이 있지 않았습니까? 근데 그쪽만 차에 안 타셨단 말이지.

희성	(침착히) 형들이 술 마시러 간다길래 전 피곤해서 집에 갔습니다.
상순	몇 시쯤 헤어졌어요?
희성	12시 다 돼서요.
상순	바로 집에 간 거 맞아요? 증명해줄 사람은?
희성	(빤히 보고) …당신들 무슨 생각하는 겁니까? 지금 절 의심하는 거예요?
영한	의심 안 할 이유가 있습니까? 살인사건 용의자이자 목격자인 네 사람 중 세 사람이 죽었습니다. 당신만 남았어요.
희성	(기가 차고) 미쳤어요? 제가 형들을 차로 치기라도 했다구요?
영한	(압박하듯 훅 다가가, 검지 들고) 당신들 넷이 여자 대하는 게 험했고, (중지 들고) 그쪽 손버릇이 유독 별로라 김순정씨를 죽였고, (약지 들고) 나머지 셋이 뒤통수칠까 봐 그냥 다~ 없앴다. 이 중에 틀린 거 있습니까?
희성	(가소롭다는 듯) 증거도 없이 살인자 만드는 거 한순간이시네. 이러다 고문도 하시겠어요?
상순	이런 것도 고문이 되려나? (담뱃갑 꺼내 펼치면)
희성	!!! (동요하고)
상순	어유 딱 알아보시네. 뭔지 알죠?

INS 1 ▶ 여공 범행 당시 희성의 회상. 탁자에 놓인 담뱃갑. 아편 녹인 용액을 주사기로 쫘악 빨아당기는 손. 붙잡혀 몸부림치는 순정.

희성	(애써 아무렇지 않게) 그만하고, 가세요.
영한	(동요 캐치하고) 뭐가 그렇게 무섭습니까? 왜 이렇게 똥 마려운 강아지마냥 남의 병실에 궁뎅이 깔고 앉아 있어요?
희성	(꾹 참고) 가라고….

| 영한 | 왜, 남정길이 깨어나서 당신이 살인자라고 불어버릴까 봐? |
| 희성 | (폭발) 나가라고!! |

이때 쏟아져 들어오는 경호진.

경호1	도련님, 괜찮으십니까!
희성	끌고 나가.
경호1	가시죠! (영한팀 다 끌고 나가고)
영한	(순순히 끌려가며) 안 그래도 갈려 그랬는데, 또 봅시다!
상순	(나가는 순간까지 희성에게 담뱃갑 흔들며 웃어주고)

문이 쾅 닫힌다. 희성, 정길을 돌아보면… 머릿속을 스치는 회상.
INS 2 ▶ 깔깔대는 공자들.
순정 입에 억지로 파인애플을 쑤셔넣는 형근.
INS 3 ▶ 붙잡혀 몸부림치는 순정.
팔뚝에 주사를 꽂고 쫙 누르는 정길.
INS 4 ▶ 순정의 머리채를 잡고 눈썹을 미는 윤학. 방심하는 순간, 반항하는 순정의 손톱에 목 옆이 확 할퀴어지고.
INS 5 ▶ 순정을 폭행하는 희성.
둔기로 빽! 내리치는 순간, 텅… 죽고.

희성, 분통을 터뜨리며 꽃병을 집어 던진다!
깨진 꽃병을 와그작 밟고 병실을 나가는 희성.
이때 혼자 남은 정길의 손가락, 까딱- 움직이고.

S#41. 병실 복도 (D)
———————————

걸어 나오는 영한팀, '범인이다!' 확신에 찬 표정!

영한	봤지?
상순	봤죠. 담뱃갑 보고 눈 이렇게 흔들리던데?
경환	일단 영장 받고 정식으로 처넣죠.
호정	근데 영장이 발부될까요? 정희성인데?
영한	(가다 서고) 서형사 말이 맞아. 영장이 쉽진 않을 거야.
상순	공자가 아니라 세자네, 세자. 드러워서 씨.
영한	일단 반장님께 보고드리고 방법을 생각해보자.
상순	근데 저렇게 그냥 놔둬도 돼요?
영한	눈 하나 박아놓자. 똘똘한 눈으로!

S#42. 종남경찰서 후문 (D)

다가오는 차를 바라보는 도석.
차가 와서 서면. 도석, 꾸벅 인사하고 뒷좌석에 올라탄다.

S#43. 희성의 차 안 (D)

담배 연기 자욱하다. 재떨이에 담배꽁초 수북하고.
뒷좌석에 앉은 희성과 도석.
창밖에 대기하는 운전기사의 등이 보인다.

희성	(연기 뱉으며 담배꽁초 던지고) 어떻게 된 겁니까? 다 알아서 한다며.
도석	알아서 하고 있고, 아무 문제 없습니다.

희성	아편이 나왔다구요, 아편이!! 문제가 없어?!
도석	(무덤덤) 진정하시죠.
희성	교통사고로 처리한다며, 무슨 일이 있었는지 아무도 모를 거라면서요? 저 새끼들이 날 범인으로 몰고 있는데?
도석	(태연) 그러게 왜 약까지 쓰시고.
희성	(말문 막히고) …지금 내 잘못 따집니까?
도석	흥분하실 필요 없다는 얘깁니다. 박영한 그 새끼들, 다 제 손바닥 안입니다.
희성	(일단 진정하고) 그놈들 다신 내 눈에 안 띄게 하세요.
도석	그럼요. 다신 볼 일 없을 겁니다.
희성	(봐주겠다는 듯 가슴팍 가볍게 탁탁 치고) 소리 질러서 미안합니다. 난 우리 백서장님만 믿어요.
도석	(문제없다는 듯 마주 웃고)

S#44. 병실 근처 한편 (D)

삼엄하게 병실을 지키고 있는 경호원들.
이때 스윽- 저 뒤쪽에서 나타나는 뿔테안경을 쓴 의사 한 명.
그러나 의사가 아닌 성훈이 위장을 한 것이다.

S#45. 종남경찰서 후문 (D)

차에서 내리는 도석. 이때 강형사가 다가와 작게 보고하고.

강형사	서장님. 정병필기조실장 주도하에 들어온 회전 당구기 때문에

대학교수들이 문제 제기하고 있답니다. 최고회의 내에서도 민
감한 반응입니다.

도석   (솔깃하고) 얼마나?

강형사   최고회의 내 입지가 위태로울 듯합니다.

도석   (가뿐해진 기분으로 숨을 크게 쉬고) 수고했어. (하는데)

이때 희성, 새 담배를 빼 문 채 차 창문을 열고.

희성   백서장님. 재떨이 좀 비워주시죠.

순간 인내심이 툭 끊기는 도석, 차 문을 콱 열고 들이닥치고!

S#46. 희성의 차 안 (D)

희성을 제압하고 올라탄 도석, 희성의 양 뺨을 한 손으로 잡아
아귀힘으로 꽈악 누르고 있고.
붉으락푸르락 터지기 일보 직전인 희성의 얼굴.
아무리 바르작거려 봐도 요지부동인 도석이다. 이 위로,

희성   놔… 놓으라고…!!

도석   (지겹다, 떨어진 담배를 주워 입에 물려주며) 태도가 참~ 한결같네.
        어? 니가 싸지른 똥 치워주는데 뭐가 그렇게 당당해? 왜 감사할
        줄을 몰라!!

희성   (벙쪄며 압도되고)

도석   남정길이 아직 살아 있다더라? 걔가 깨어나면 아주 볼 만하겠다.

희성   !!!

도석	너랑 니 아버지 인생 이제 내 손바닥 안이야. 명령하지 말고⋯
	(봐주겠다는 듯 가슴팍 가볍게 탁탁 치며, 조금 전에 당한 수모 똑같이 돌려주는) 기어.
희성	(머리끝까지 화나는데 손가락 하나 까딱할 수 없고⋯!)

S#47. 종남경찰서 앞 (D)

계단 앞에 선 도석이 브리핑한다. 취재진이 잔뜩 몰려 있고.

도석	이번 종남사거리 교통사고로 두 명은 현장에서 즉사, 한 명은 위독한 상탭니다.
기자1	수사 진행 상황은 어떻습니까?
기자2	가해자가 누굽니까!
도석	(기자2 보고) 동일 전과가 있는 트럭 운전숩니다.

카메라 플래시 파바박 터지고!
INS 1 ▶ 골목 뒤. 강형사 앞에 앉은 자수남, 받아 든 돈 봉투를 열어보고.
INS 2 ▶ 구치소 안. 죄수복을 입고 앉아 있는 자수남의 얼굴.

도석	(V.O) 취중에 피해 차량을 들이받고 도주했으나, 이틀 뒤 자수했고, 피해자와 유족들에게 진심으로 사과하고 있습니다.
기자3	유족분들 입장은 어떻습니까! 각계 고위층으로서 하신 말씀 없습니까!
기자1	피해 차량에서 마약이 발견됐다는 말이 사실입니까!
도석	(보고) 당신 어디 기잡니까?

기자2	(눈치채고 수습하려 불쑥) 마약이 아니라 소금이라고 들었는데 맞습니까! 피해자가 평소 짠 음식을 즐겨 먹었다고…!
도석	(얼굴색 하나 안 바뀌고) 그렇습니다. 마약 같은 건 있지도 않았습니다!

파바바박 카메라 플래시 터지고. 기자들, 열심히 적는다!
"소금!!" "평소 입맛이 짜…!" 밑줄 쫙쫙 치고!
이 위로 흐르는 대한뉴스 음악.

S#48. 종남서 앞 거리 모처 (저녁)

길거리상회 앞. 손님들이 줄 서서 사가는 물건의 포장 보면,
'광호소금'이다. 다 팔린 빈 포대 자루가 널려 있고.
위 인서트들 위로 흐르는 라디오 뉴스.

아나운서	(FT) 어젯밤 종남사거리 교통사고의 피해자 남군이 아편을 소지했다는 의혹이 있었으나, 해당 소지품은 아편이 아닌 소금으로 밝혀졌습니다.

S#49. 종남경찰서 수사반 안 (저녁)

라디오 뉴스가 이어지고. 자리에 앉아 있는 영한팀, 황당하고 얼척없는 표정.

아나운서	(FT) 평소 건강을 챙기는 습관이 철저했던 남군은 소금을 상시

소지하여 섭취하였으며, 그러했기에 참혹한 사고 현장 속에서 유일하게 살아남은 것으로….

영한   (입 꾸욱- 다물고 가만히 듣고)

상순   미치겠네 진짜, 소금?! (일어서고) 야 라디오 갖고 와 이 씨!

오형사   (눈치 보다 얼른 라디오 끄고)

난실   (상순 말리며) 참으십쇼. 라디오는 죄가 없습니다.

상순   아 누굴 바보로 아나!! 소금? 사건 종결? 허- 나 참.

호정   교통사고 가해자가 자백했다는 건 무슨 소립니까? 정희성은 아닐 거고.

영한   (씨익 웃고) 이젠 정희성뿐만 아니라 공범도 같이 잡아야겠는데요?

상순   공범 누구요?

영한   (작고 강하게) 백도석서장.

일동   (놀라고)

영한   기자들 모아서 소금 발표도 해, 교통사고 가해자 알아서 자수시켜, 너무 성실하고 주도면밀하잖아.

호정   (작게) 백서장이 4공자 자제들 비호하는 거야 다 아는 사실 아닙니까?

영한   아니. 단순히 힘 있는 인간들한테 빌붙는 차원이 아니야. 범행을 대놓고 묵인하고 사건을 날조하고 있거든.

상순   아이 씨… 이번에도 그러려니 할라고 했는데, 많이 개자식이네.

영한   이대로 됐다간 무고한 사람들까지 죽게 할 겁니다. 예전처럼요.

유반장   (이제는 뭔가 해야 될 듯하고) 모두 모여봐. (손가락 까딱까딱)

상/경/호/난   (머리를 모으고)

유반장   이 시간부로 백도석을 피의자 및 공범으로 전환한다.

영한   물론 우리끼리만!

유반장   이번엔 확실히 깜빵 보내버리자!

일동   예!!

S#50. 종남경찰서 로비 (저녁)

밖으로 빠르게 걸어 나오는 영한과 영한팀.

영한   분명 서장이 트럭 운전자를 매수하거나 협박했을 거야.

상순   자수했다는 거 보면 돈 먹은 게 분명해요.

상순   어디부터 갈까요?

영한   일단 남정길이 병원부터 가자!

S#51. 병원 안 (N)

의사 차림의 성훈, 경호원들이 지키고 있는 정길의 병실 쪽을 힐 끔거리다가 용기 내 병실을 향해 걸어간다.

성훈   (병실 앞에 다다르고) 수고하십니다.

경호원1   (막아서고) 무슨 용무십니까?

성훈   (애써 태연히) 아니 의사가 환자 보러 왔지 무슨 용무겠습니까?

경호원1   (의심스럽고) 방금 주치의선생님께서 다녀가셨는데요.

성훈   (잽싸게 머리 굴리고) 아… 그분은 내과선생님이시고, 저는 외과.

경호원1   (어째 찜찜한) 확인해주실 수 있습니까?

성훈   (냅다 버럭) 이보세요! 지금 진찰 대기 중인 환자가 몇 명인데…! 저 그냥 갑니다? 남정길 환자분 잘못되면 그쪽 책임인 거예요.

경호원1   (놀라고) 예? 아닙니다, 선생님…! (문 벌컥 열고) 들어가시죠!

성훈   (다행이다, 들어가며 몰래 안도의 한숨 쉬고)

S#52.   병실 안 (N)

성훈, 서투른 손짓으로 정길의 상태를 확인하는 척하고 있고.
정길母, 걱정스러운 얼굴로 지켜본다.

정길母   잘 좀 봐주세요, 선생님. 우리 정길이 왜 아직 안 깨어날까요?
성훈   그러게 말입니다. (진술 들으려면) 꼬옥! 깨어나셔야 하는데. 의식
         이 돌아올 것 같은 증상은 없었습니까? 눈이나 손가락을 움직인
         다든지….

이때, 정길의 손가락이 까딱이며 이불을 톡 치고.
동시에 정길의 손을 쳐다보는 성훈과 정길母, '어…? 잘못 봤
나?' 싶은 순간,

정길   (힘겹게 스르르 눈을 뜨고) 어…머니….
정길母   (놀라고) 정길아!!
성훈   (놀라 뛰쳐나가며) 내과선생님 불러주세요, 내과선생님!!

S#53.   병원 앞 (N)

멀리서 병원 건물을 감시하고 있는 영한과 영한팀.

영한   남순경은 잘 감시하고 있는 거야?
상순   그러게요. 왜 신호가 없어? 걸린 거 아니야? (이때)
경환   저기 보십쇼! (보면)

희성이 차에서 내려 병원으로 들어간다.

상순   저건 또 어디 갔다 오는 거야?

호정   (보고) 어, 저기?!

부리나케 뛰어나오는 의사 차림의 성훈.

상순   야, 야 자빠져, 천천히 와!

성훈   나… 나… 남정길이 깨어났습니다!

영한   (올 것이 왔고) 안에 사모님 계시는 거지?

성훈   예, 아직은 혼자 계십니다.

호정   정희성 지금 들어가지 않았습니까?

영한   사모님이 계시면 허튼짓은 못 할 거야.

경환   사모님 뜨면 바로 죽이겠죠?

상순   그럼. 티 안 나게 바로 죽이겠지. 뒷정리는 서장이 알아서 할 거고.

영한   남순경은 일단 들어가 있고, 우린 사모님 나올 때까지 대기한다.

S#54. 병실 안 (N)

깨어났지만 온몸이 부서져 힘이 없는 정길.

정길母   부처님께서 널 돌보셨나 부다. 정말 다행이다…!

정길   심려 끼쳐 죄송해요, 어머니.

정길母   니가 사경을 헤맬 동안, 희성이가 널 지극정성으로 돌봤어.

정길   (놀라고) 희성이가요?

이때 문을 확- 열고 들어오는 희성, 정길을 보고!

희성	형!!
정길	(힘없이 바라보고)
희성	(곁으로 가) 정말 다행이다… 난 형이 못 깨어나면 어쩌나 하고…. (울컥) 다른 형들처럼 가버릴까 봐….
정길	걱정 많이 했구나… 고맙다.
희성	그래도… 형이라도 살아나서 너무 좋다.
정길母	(울컥하고)
희성	어머니, 이제 좀 들어가 쉬세요. 피곤해 보이세요.
정길母	아냐, 난 괜찮아.
희성	아니에요, 어머니. 그러다 병나세요. 정길이형 옆엔 제가 있을게요. (정길에게) 계속 못 주무셨어.
정길	그래요, 좀 쉬세요.
희성	형은 제가 잘 돌볼게요. 걱정 마세요, 어머니.

S#55. 병원 밖 (N)

병원 입구로 나오는 정길母, 차 옆에 기사가 대기하고 있고
문을 열어주자 탑승한다.
이를 바라보고 있는 영한과 영한팀.

경환	사모님 같은데요?
영한	시간 얼마 없어. 지금 바로 들어간다.
호정	낮보다 경호원들 쪽수가 엄청 늘었던데, 괜찮을까요?
상순	우리가 은제부터 쪽수를 따졌다고.

경환	100명 이하는 뭐 거기서 거깁니다. 가시죠.
호정	붙을 순 있는데, 시간이 걸릴 것 같아서 말입니다.
영한	(뭔가 생각하고, 번뜩) 그래 그거! 시간 끌면서 적당히만 맞춰! (웃고)

S#56. 병실 안 (N)

희성, 정길의 침대 곁에 앉아 있다. 희성이 의식 없는 자신을 돌봤다는 말에 경계가 확 풀렸던 정길이지만, 어쩐지 지금은 희성이 좀 불편하게 느껴지고.

희성	이젠 형이랑 나랑 둘만 테니스 쳐야겠네.
정길	(선뜻 그러자는 말이 안 나오고) ….
희성	목숨이라도 건진 게 어디야. 이것도 천운이다, 형.
정길	(찜찜하고) 천운… 그렇지…. 너도 그렇게 생각하는 거지?
희성	(다정한 눈으로) 당연하지.
정길	(머뭇) 기왕 이렇게 된 거 내가 죽길 바라진 않았어?
희성	(짐짓 화난 척) 형. 무슨 소리야? 내가 왜 형이 죽길 바라?
정길	(믿고 싶고) 그치… 니가 그럴 리가 없지.
희성	농담이라도 그런 말 하지 마. 내가 형 얼마나 걱정했는지 알아?
정길	(진심인지 헤아리려 희성의 눈 빤히 마주 보면)

S#57. 병실 복도 (N)

정길의 병실 앞에서 경계 중인 경호원들, 보면.

멀리서 성훈이 곤란한 얼굴로 걸어온다.
쫓아오며 질문하는 상순과 호정.

남순경	(경호원들 발견하고) 저기요! 이 기자님들 좀 내보내주십쇼. 자꾸 남정길 환자분 병실에 들여보내 달라고 성화예요!
상순	잠깐이면 된다니까, 딱 세 마디만 듣겠다니까요?
경호원들	(척 가로막고)
경호원1	(가로막으며) 돌아들 가세요!
상순	(밀고 들어가며) 그럼 두 마디! 기사 두 줄만 받을게요~.
호정	(가세하며) 한 번만 봐주십쇼! 전 오늘까지 특종 못 따면 회사 짤립니다.
경호원1	(막으며) 안 된다고 이 사람들아! 막아!
상순	(기를 쓰고 달려들고) 막긴 뭘 막아요! 우리가 무슨 오랑캐야!

상순과 호정, 경호원들의 실랑이가 이어지고.

S#58. 병원 옥상 (N)

경환, 병원 침대 이불보를 묶어 만든 줄을 옥상 밖으로 휘릭! 던진다.
손에 쥔 줄을 꽈악 말아쥐며 고정하는 경환.
옥상 난간에 올라서는 영한, 줄을 타고 옥상 밖으로 훅 내려가면!

S#59. 다시 정길의 병실 안 (N)

정길	(마주 본 희성의 눈빛이 진심 같고, 실소) 미안하다. 난 그냥… 내가 죽
	으면 니 비밀이 다 묻히는 거라고, 그렇게 생각할 줄 알고.
희성	(어이없다는 듯 픽 웃고) 형은 진짜….
정길	(본인도 어이없는지 웃다가, 상처 부위가 아파 살짝 찌푸리면)
희성	(일어나 이불 덮어주며, 다정하게) 도대체 날 어떻게 본 거야….

말 끝나기 무섭게, 베개를 확 빼서 정길의 얼굴을 짓누르는 희성.
정길, 숨이 막힌다! 힘없는 손으로 저항하려 하지만, 소용없고!

| 희성 | (꽈악 누르며) 어떻게 항상 내 마음을 꿰뚫어 보냐고. 재수 없게. |

S#60. 병실 밖 (N)

줄을 타고 거의 다 내려온 영한, 병실 쪽을 넘겨 보면.
베개로 정길의 얼굴을 짓누르는 희성을 발견한다! 이때 이불보
천이 지익 찢어지며 기울어져 한층 아래로 훅! 내려가버리는
영한!

| 영한 | (다급히 줄을 콱 잡고 오르며) 조형사, 당겨!! |
| 경환 | (놀라고) 예!! |

경환, 힘껏 줄을 당겨보면!
영한의 무게를 감당하지 못하는 천, 지이익- 점점 더 찢어지고!
창문 너머의 희성, 정길을 더 세차게 누른다!
당황한 영한의 얼굴에서!!

10회

최후의
증인

S#1. 병실 밖 (N)

줄을 타고 거의 다 내려온 영한, 병실 쪽을 넘겨 보면.
베개로 정길의 얼굴을 짓누르는 희성을 발견한다! 이때 이불보
천이 지익 찢어지며 기울어져 한층 아래로 훅! 내려가버리는
영한!

영한 (다급히 줄을 콱 잡고 오르며) 조경환, 당겨!!
경환 (놀라고) 예!!

경환, 힘껏 줄을 당겨보면!
영한의 무게를 감당하지 못하는 천, 지이익- 점점 더 찢어지고!
당황하는 영한의 표정!

S#2. 병실 안 (N)

계속 힘을 주어 정길을 질식시키는 희성.

S#3. 다시 병실 밖 (N)

당황한 영한, 침착하려 마음 다잡고 천이 찢어진 부위를 노려본다.
저 윗부분을 잡으면 더는 찢어지지 않겠다 싶은 영한,
찢긴 부위가 벌어지지 않게 조심스레 손을 뻗어보지만, 어림도
없이 멀고…
지이익-! 완전히 천이 찢어지려는 그 순간,

줄에 매달린 영한의 몸이 크게 들썩인다!
떨어지는 줄 알았던 영한, 식겁해 위를 올려다보면!
경환, 옥상 밖에 반쯤 매달려 찢어진 천 아랫부분을 꽉 잡고 있고!

경환   (간신히 버티며) 올라오세요, 형님!!

얼른 타고 오르는 영한의 손끝, 드디어 창문틀에 턱- 닿고!

S#4.   병실 안 (N)

희성   (짓누르며) 그러게, 사고 났을 때 가지… 사람 귀찮게…! (더 힘주고)

이때 와장창! 유리를 깨고 안으로 들어오는 영한,
놀란 희성의 얼굴에 냅다 주먹을 꽂는다.
쾅! 넘어지는 희성.
영한, 다급히 정길의 얼굴에 있던 베개를 던지고 상태를 살핀다.
다행히 옅게 숨이 붙어 있는 정길.
이때 희성이 일어나 도망치려 하고.
영한, 희성의 목덜미를 잡아 다시 한번 더 세게 죽탱이를 날린다!

S#5.   병원 복도 (N)

경호진과 상순, 호정이 엉망진창으로 실랑이하고 있고. 이때,

영한   (V.O) 그만!!

일동, 보면! 쌍코피 흘리는 희성을 수갑 채워 데려 나오는 영한.

영한   정희성은 살인 미수 현행범으로 체포한다. 니들은 가서 피해자
        돌봐.

상순/호정 (표정 확 밝아지고)

S#6.   희성의 집 서재 안 (N)

병필, 문 열고 들어서면. 도석이 응접 소파에 떡하니 앉아 있고.

도석   (미소로 일어서고) 오셨습니까?

병필   (걸어가 책상에 앉고) 주인 없는 집에 겁도 없이 들어와 버티고 있나?

도석   전에 말씀하셨잖습니까. 등 맞대고 싸운 전우는 언제든 환영이
        라고.

병필   시기가 좋지 않아. 이만 돌아가.

도석   (의미심장) 그 시기가 더 안 좋아지실 수도 있습니다.

병필   (무슨 말인가 싶어 보면)

도석   일본에서 장난감 들여온 거, 대령님이 주도하신 거 아닙니까?

병필   무슨 소린가?

도석   빠찡코, 회전 당구기라고 하나요? 지금 대학교수들이 그 장난감
        때문에 화가 많이 났던데요. 정부가 나서서 국민을 도박에 빠트
        린다고.

병필   (성가시고) 그딴 탁상공론이나 하는 놈들이 뭘 알아?

도석   그 탁상공론하는 놈들의 말을 각하께서 들으시니 문제 아닙니
        까. 이러다 각하 눈 밖에 나시면요?

병필   (심기 불편) 백서장, 지금 나랑 뭐 하자는 건가?

도석	(씩 웃고) 아니다. 이러나저러나 각하 눈 밖에 날 수밖에 없겠네요.

S#7.   병 원 밖 (N)

희성에게 수갑을 채워 연행하는 영한과 영한팀, 성훈.
사람들 놀라서 바라보고… 이 위로,

도석	(V.O) 종남사거리 교통사고 말입니다. 아드님 친구분들 돌아가신.

S#8.   다시 희성의 집 서재 안 (N)

도석	사고가 아니라 살인사건입니다. 당신 아들이 살인범이고.
병필	(예상은 했지만, 기가 찬다는 듯) 무슨 헛소리야?
도석	헛소리로 받아들이시면, 대가를 치르셔야 할 겁니다. (사진 한 장 내밀고)

병필, 사진 들고 보면… 순정의 시신이다!
여유 부리는 도석과 순정의 시신 사진을 노려보는 병필.

도석	또 다른 피해잖니다. (가중) 대령님 자제분 요청이라 제가 특별히 뒷정리해드린 거예요. 애지중지 키운 아들이 살인자라니 얼마나 상심이 크십니까.
병필	(애써 차분히 사진 내려놓고) 이딴 허무맹랑한 소릴 누가 믿는다고?
도석	(씩 웃고) 저야 불씨만 던지는 거죠. 그런데 '부패척결', '구악일소'를 앞세우는 혁명 정부의 자제분이 끔찍한 살인귀다? 그놈의

'민정이양' 부르짖는 빨갱이놈들이 신나서 그 불씨를 태워주지 않겠습니까? 아, 각하께서도 심기가 많이 불편하실 테구요.

병필   (태연한 척이 안 먹히자, 심히 갈등되고)

도석   (결정타) 어떻게 하실 겁니까. 아드님을 무죄로 만들어드릴까요, 아니면,

S#9. 희성의 집 앞 (N)

희성의 집 대문에서 나오는 도석.

도석   (V.O) 만천하에 공개하고 다 같이 죽을까요?

도석, '됐다!' 의기양양한 얼굴로 픽 웃는다.

S#10. 도석의 집 앞 (N)

집 앞에 서는 차. 난감한 표정으로 기다리고 있는 황반장.

도석   (내리며) 집까지 웬일이야?

황반장   그게… 정희성군이 체포됐습니다. 살인 미수로….

도석   허-! (어이없고, 화나고)

S#11. 수사반 안 (N)

팡- 문을 열고 들어오는 도석.

영한 앞에 수갑을 찬 채 앉아 있는 희성.

주위에는 영한팀과 유반장이 있고….

도석   뭐야 지금?

유반장 살인 미수 현행범입니다. 남정길군이 증언했구요.

희성   (유반장 보고 픽- 웃고)

도석   (말문 꽉 막히고)

영한   절차대로 하겠습니다.

도석   내가 정희성 취조한다.

상순   그게… 그렇게는 안 되겠는데요?

도석   뭐 이 새끼야?

상순   조상님들께서 말씀하셨죠? 고양이에게 생선을 맡기지 마라.

도석   (화 꾹 참고) 내가 취조하지 않으면 니들 다 큰일 나.

영한   그놈의 큰일 어떤 건지, 한번 당해볼라구요.

유반장 우리 1반, 더 큰일을 당해도 정희성은 잡아 처넣을 겁니다.

영한   여력이 된다면 서장님까지도요.

도석   이런 개새끼들…! 피를 토해봐야 정신을 차리려나?!

상순   볼수록 서장님 귀가 이쁘셔….

유반장 데리고 가!

호정, 희성을 일으켜 세워 데리고 간다.

희성   (구원을 바라며) 서장님… 서장님….

도석   (분노로 바라보다 돌아서 가고)

영한   얼마 안 남으셨습니다.

도석   (돌아보면)

영한	서장님 피 토하실 날요. (싸늘하게 미소 짓고)
도석	(다시 돌아서 가고)
영한	(바라보고)

이 위로 쾅! 유치장 문 닫히는 소리.

S#12.　종남경찰서 유치장 안 (D)

짜증과 분노가 뒤섞인 표정의 희성, 유치장 입구를 등진 채 앉아 있고.

S#13.　종남경찰서 수사반 안 (D)

유치장에 갇힌 희성의 등을 바라보는 영한팀과 유반장.

상순	저 봐라, 저. 살인 미수로 잡혀왔으면 반성하는 척이라도 해야지.
호정	무혐의로 밀고 가겠죠? 살해 시도를 목격한 것도 형님뿐이고.
영한	왜 나뿐이야, 남정길도 있지.
경환	그 자식이 순순히 진술할까요? 지가 한 몹쓸 짓도 까발려야 할 텐데.
영한	어떻게든 까발리게 만들어야지.
유반장	(착잡하고) 남순경은?
영한	혹시 몰라서 병실 앞에 세워뒀어요. 무슨 일 생기면 연락 올 겁니다.
유반장	그래. 정희성이는 우리가 지킬 테니까, 박형사, 김형사는 병원

가서 남정길 증언 받아와.

영/상   예.

S#14. 희성의 집 서재 안 (D)

보좌관이 들어와 꾸벅 인사한다. 책상에 앉아 이마 짚고 있는
병필.

병필   뭔가?

보좌관   희성도련님께서 종남서 유치장에 갇혀 계십니다.

병필   !! (고개 들고) 어쩌다?

보좌관   남정길군을 해하려고 하시다가….

병필   뭐야?! 그 많은 경호 중에 가로막는 놈이 한 놈도 없었어?!

보좌관   종남서놈들이 막아서 다행히 살인은 면했답니다.

병필   (주먹으로 책상 쾅! 내리치고)

보좌관   그리고… 남정길군도 깨어났습니다. 이대로 두면….

병필   (말문이 탁 막히고, 오히려 침착해져 의자에 등 기댄 뒤) 나가봐.

보좌관   예. (나가면)

전화기를 잠시 노려보는 병필, 수화기 집어 들고 전화 걸면.

S#15. 종남경찰서 서장실 안 (D)

책상 위 전화기가 시끄럽게 울리고.
고민이 깊은 도석, 전화기 소리를 무시한 채 곰곰이 생각한다.

'남정길을 죽인다면…. 그 뒤는?'

얼굴을 쓸어내리는데, 문득 책상에 놓인 신문 광고란이 보이면.

[블루 하와이] 느낌의 휴양지 배경의 영화 포스터(혹은 글자 광고).

'해외로 튄다, 라…. 더 큰돈이 필요하겠는데?' 싶고.

도석, 벽에 걸린 (혹은 서랍 안의) 종남구 지도를 뜯어/꺼내와 착 펼친다!

S#16. 병실 복도 (D)

정길의 병실을 향해 걸어가는 영한과 상순.

상순   아 미치겠네. 남정길이 엄만 어떻게 설득해요? 아들새끼가 강간
        범에 살인 방조라고 진술하게 냅두겠어요?

영한   (그게 걱정이고, 한숨 탁 쉬고 보면)

영한과 상순이 정길의 병실 앞에 도착하자,

경호원들과 순경 복장의 남순경, 척!! 경례한다.

경호원들까지 경례하자 움찔 당황하는 영한과 상순.

영한   (얼떨떨) 뭐야, 남순경이 서열 정리했어?

남순경   아닙니다. 박형사님 오시면 바로 들이시라는 사모님 명입니다.

영한   뭐?

이때 드르륵! 문 열고 나오는 정길母, 영한에게 꾸벅 허리 숙이고.

정길母   결례가 많았습니다, 형사님. 제 아들을 지켜주시려던 것도 모르

고… (분에 차) 정희성 그 살인자놈한테 속아서…!

영한 (상순과 눈길 주고받고, 능청스레) 예, 사모님. 이제라도 아셨으니 얼마나 다행입니까! 다만 아드님이 아직 안전하신 게 아니에요.

상순 맞습니다. 정희성 그 새낀 또 누굴 시켜서 아드님을 죽이러 올지 몰라요.

정길母 (번뜩) 예, 형사님! 제가 어떻게 하면 그 자식 사형시킬 수 있나요?

영한 (보면)

S#17. 정길의 병실 안 (D)

베개에 기대앉아 있는 정길과 답답한 듯 내려다보는 영한, 상순.

영한 어머니께서 아들 사랑이 지극하시네. 어머닐 봐서라도 진술해야지. 말해봐. 정희성이 김순정씨 죽인 거 맞아?

정길 (묵묵부답)

상순 (속 터지고) 야, 너 어제 우리가 안 살렸으면 지금 권형근이, 노윤학이 옆에 나란히 누웠어. 은인분들 모셔놓고 입 싹 다물고 있겠다 이거야?

정길 말하면 뭐가 달라져요? 그 새낀 또 아버지 뒷배 써서 풀려날 게 뻔한데.

영한 (인상 팍 쓰고) "뭐가 달라져요?"

정길 (슬쩍 눈치 보면)

영한 (호통) 야 이 자식아, 정희성 그 새낀 너 죽이려고 교통사고 꾸몄어!! 오늘도 봐. 니 목숨 끊는 그날까지 그 새낀 절대 포기 안 한다고! 근데 넌 가만 앉아서 그 새끼가 또 죽이러 올 때까지 기다리겠다고?

정길	(울컥하고)
영한	진술해. 다른 누굴 위해서가 아니라, 니가 살고 싶다면 진술이라 도 하라고.
정길	(분노로 꽉 쥔 주먹이 부들부들 떨리고, 툭 내뱉는) 우린… 분명히 말했 어요. 거기까지 하라고.
영한/상순	(집중하면)
정길	우린 그 새끼 장단에 맞춰준 것밖에 없어요!

S#18.　모처 안 (N): 정길의 회상 1

INS ▶ 여유롭게 웃고 있는 공자들.
(옷 입은 채로 강간당한) 반쯤 뜯겨 흐트러진 작업복 차림의 여공1,
바닥에 쓰러진 채 눈앞에 놓인 돈 봉투 보며 숨죽여 흐느끼고.

정길	(V.O) 목련각이 지겹다길래, 공장 애들 데리고 놀다 몇 푼 쥐서 내려보내면 깔끔하다길래, 그 새끼 말대로 했어요. 한 명도 아니 고 네 명한테 당한 걸 어디 가서 까발리겠냐고….

S#19.　모처 안 (N): 정길의 회상 2

순정, 9회 S#16-1 모습대로 죽어 있다.
바닥에 나뒹구는 빈 주사기.
패닉에 빠져 희성에게 화내는 정길, 형근, 윤학.
희성은 공자들을 진정시키며 설득하고.

정길	(V.O) 근데 그날은… 아편이 잘 안 들었어요. 여자가 반항을 하니까 정희성 그 새끼가 죽도록 패는 거예요! 적당히 하라고 말렸죠. 말렸는데 결국….

S#20. 모처 안 – 종남경찰서 서장실 안 (N): 정길의 회상

다급히 전화를 거는 정길/ 통화하는 도석, 들으며 흥미롭다는 표정 짓고.

정길	(V.O) 시신은 절벽에 가서 버렸어요. 쓸 만한 경찰도… 한 놈 부르고.

S#21. 다시 정길의 병실 안 (D)

상순	(역시!) 그 쓸 만한 놈이 백서장이었다?
정길	예. 깨끗이 정리해줄 테니까 걱정 말라고 했어요.
영한	그럼 교통사고 당일 셋이서 한 차를 탄 건?
정길	정희성이랑 노윤학이 싸웠어요. 그땐 노윤학이 시비 건 줄 알았는데….
영한	(모든 퍼즐이 맞춰지고) 그래서, 정희성이 화 풀어주라고 비싼 술을 줬고?
정길	(어떻게 알았냐는 듯 보면)
영한	(현장 술병 조각 사진 보여주고) 이 술 한 병에 신나서 한 차를 탔겠지. 니들 셋 다 트럭으로 뭉개버리려는 것도 모르고.
정길	(슬슬 겁나고) 이제 됐죠? 당장 가서 정희성 사형시켜요.

상순	(영한과 시선 교환하고) 그건 좀 어렵겠는데?
정길	(당황) 왜…. 뭐가 어려운데, 경찰이 살인자새끼 족치는 게!
상순	증거가 없잖아, 증거가. 니가 법정 가서 첨부터 끝까지 증언한다면 모를까.
정길	(황당) 미쳤습니까? 절대 안 돼요.
영한	(설득하려는) 남정길.
정길	(겁에 질려 버럭) 내가 법정 간다고 하면 정희성이 아니라 그 새끼 아빠가 날 죽이려 들 거라고!!
영한	(정길 보면, 설득 쉽지 않겠고)

S#22. 종남경찰서 수사반 안 (D)

영한과 상순, 병실에서의 상황을 유반장, 경환, 호정에게 공유하고.

경환	비겁한 새끼! 그럴 줄 알았습니다.
호정	(막막하고) 증언이 없으면 정희성, 백서장 둘 다 못 잡는 거 아닙니까?
영한	(유치장 힐끔 보고) 백서장 쪽은 별다른 움직임 없습니까?
유반장	조용해. 그게 수상하단 말이지. (하는데)

이때 들어서는 난실, 영한팀에게 급히 다가온다.

난실	(달려오며 수첩 꺼내고) 형사님!!
영한	봉순경, 어제오늘 어디 갔었어?
난실	(얼른 수첩 뒤지며) 제가 양자랑 복순언니랑 같이 실종자 주변 분

들을 설득해봤거든요. 같은 숙소 방을 쓴다든가, 같이 야학 다닌 분들이요!

상순   (?!) 뭐 좀 알아냈어?

난실   (찾았다, 건네고) 실종됐던 다른 네 분의 신상 및 소재지 주소예요. 그리고 오늘 네 분 다 저흴 만나주시겠대요!

영한   (보다가) !!

S#23. 종남서림 안 (D)

긴장한 표정의 여공1, 2, 3, 4, 영한팀과 마주 앉아 있고.
혜주, 멀리서 책 정리하고 있지만 영한팀 대화에 귀 기울인다.

영한   걸음하기 어려우셨을 텐데 용기 내주셔서 감사합니다.

여공1   (머뭇거리다가) 순정이가 죽었다고 들었는데… 사실인가요?

영한   (숙연) 맞습니다.

여공2   그럴 리가 없어요. 고향에 가 있는 거 아니에요? 확인해보셨어요?

호정   (사진 내밀고) 이런 모습으로 발견됐습니다.

여공들   (충격받고) !!!

경환   재판에서 당시 상황을 증언해주실 분이 간절합니다.

여공들   (겁나서 서로 눈치 보고)

상순   겁나시는 거 당연합니다. 그래도 그 파렴치한 놈들, 순정씨 이렇게 만든 살인자새끼, 싹 다 벌 받게 해야 되잖아요.

여공1   (굳은 채로) 아뇨. 저희가 바라는 건 그놈들 벌주는 게 아니라 그냥 아무 일도 없었던 것처럼 영원히 잊고 사는 거예요.

영한   (가만 보고) 잊으실 수 있겠습니까?

여공1   ….

영한	이대로라면 평생 가슴에 한이 맺히지 않겠어요?
여공1	(애써 단호하게) 저흰 봉순경님이 한 번만 만나달라셔서, 그럼 두 번 다신 연락 않으시겠대서 온 겁니다. 제발 저희를 내버려둬주세요.
영한	(공감하고) 알겠습니다. 불편한 부탁을 드려 죄송합니다.
여공1	예, 그럼.

여공들이 일어서는데, 이때 다가오는 혜주.

혜주	저 잠시만요.
일동	(보면)
혜주	(여공1에게 편지 내밀고) 순정씨어머니가 전해달라고 하셨어요. 가시기 전에 한 번만 읽어봐주시겠어요?

펼쳐보는 여공1, 순정母의 절절한 위로 편지 내용에 눈물이 차오른다.
손에 힘을 꽉 주고 덜덜 떨며 참아봐도 북받쳐 터지는 눈물.

혜주	순정씨어머니께서 여러분을 많이 걱정하셨어요. 여러분은 아무 잘못 없다고, 훌훌 털고 일어나서 건강하게 잘 살았으면 좋겠다구요. (오열하는 여공1을 안아주고) 그러니까 오늘 일은 마음에 담아두지 마세요.
영한	(안타깝게 바라보고)

S#24. 종남서 서장실 안 – 희성의 집 서재 안 (D)

통화 연결음 들리고.

도석, 수화기 잡은 채 상대가 연결되기를 기다린다.

책상에는 신문 광고란([블루 하와이] 느낌의 휴양지 배경의 영화 포스터)과 종남구 지도가 올려져 있다.

눈으로는 지도를 가만 내려다보는 도석.

이때 딸칵, 상대가 전화 받고.

도석　백도석입니다. 계획에 미세한 조정이 필요해서요.

/ 희성의 집 서재 안. 수화기 든 채 대답하는 병필. 통화씬 교차편집.

병필　왜 이제야 전화하나!!

도석　걱정 마십쇼. 간밤의 일은 제가 다 수습할 겁니다.

병필　(맘에 안 들지만, 일단 참고) 그 계획, 미세한 조정이라는 건?

도석　말씀드린 조건에 대해 생각이 바뀌었습니다. 1억 환. 그 정도면 흥미가 돋겠는데요.

병필　(기가 차고) 이봐, 백서장. 당장 그 거금을 어디서 끌어오나?

도석　앓는 소리 하실 땝니까? 남정길이 시체 보려면 관람료를 내셔야지. (지도 위 성당을 툭 짚고) 23시 종남성당에서 어떻습니까?

병필　(고민되고)

도석　딴 걱정은 마십쇼. 저 따뜻한 남쪽 나라 가서 바닷고기나 잡고 살랍니다. 대한민국 땅에 다시 발붙일 일 절대로 없을 겁니다.

병필　(일부러 여유로운 척) 그래도 1억 환은 무리야. 어차피 남정길이 그놈 법정까지 갈 모양새도 아니고. 이대로도 문제없어.

도석　글쎄요. 중앙정보부 남철우차장 생각은 좀 다를 텐데요.

병필　….!

도석　아들내미 죽이려던 희성도련님을 가만 놔두겠습니까? 남정길이가 당장은 증언하지 않는다고 하지만, 언제든 실장님과 희성 도련님을 협박할 수 있을 겁니다. 그런 칼자루를 직접 남의 손에 쥐여주실 겁니까?

병필　(분하지만, 하는 수 없고) …마련해보지. (뚝 끊고)

비릿한 미소 짓는 도석. 지도 위 종남성당, 클로즈업되고.

S#25.　종남서림 안 (N)

울음을 그친 여공들, 혜주가 내준 차를 다 마시고 진정한 모습이다.
안쓰럽게 지켜보는 영한팀과 혜주.

영한　시간이 늦었네요. 그만 가시죠. 터미널까지 데려다드리겠습니다.

머뭇거리는 여공들, 일어서지 않고 서로 눈빛만 주고받는다.
이때,

여공1　저희… 얘기할래요.

일동　(보면)

여공1　형사님들 하신 말씀, 다 맞아요. 저희 법정 가서 다 말씀드릴래요. 그치?

여공들　(끄덕이고)

일동　!!

영한　(조심스레) 진심이세요?

여공1　(끄덕) 그리고 한 가지 더 말씀드릴 게 있어요.

영한	뭔가요?
여공1	그 일을 당하고 고향에 내려갔다가… 며칠 전에 서울에 올라온 적이 있어요. 그때 일을 신고하고 싶어서. 그런데 종남경찰서 서장님이랑 형사 한 분이 저를 데려가더니 그랬어요. 경찰서 근처라도 가는 날에는…. (기억나 끔찍하고) 아무도 모르게 죽여버리겠다고요.
영한	(어깨 잡아주고) 누군지 압니다. 그놈들도 다 한패예요. 저희가 꼭 잡아올 테니까 저희만 믿고 기다려주세요.
여공1	(눈물 툭 흘리고) 감사해요, 형사님.
영한	(마음 다잡고)

S#26. 종남서 유치장 앞 (N)

유반장, 서서 희성을 빤히 내려다본다.
안 그래도 초조한 희성, 그런 유반장의 눈빛이 신경질 나고.

희성	저기, 그만 가주시죠.
유반장	(애 혼내듯) 야 이 후레자식아~ 그러게 왜 그랬어? 성질 좀 죽이고 살지.
희성	(참고) 가시라니까요.
유반장	(훈계하는) 인마, 집에 계신 어머니께서 지금 얼마나 걱정하고 계실 거야. 자식이 효도는 못 해도 너 배 아파 낳은 어머니 억장을 무너뜨리면 안 되는 거야. 어휴 이 후레자식. 어머니께 전화 한 통 못 드리고, (하는데)
희성	(죽일 듯 살벌하게 획 노려보고, 힘주어) 가시라고.
유반장	(깜짝) 알았어, 인마. (가며) 야 오형사!

오형사	(벌떡 일어서고) 예, 반장님!
유반장	나 변소 갔다 올 동안 이 자식 잘 지켜라.
오형사	아…. (황반장 눈치 한번 슥 보고, 오케이 눈짓 받자) 예!

유반장이 문을 쾅 닫고 수사반을 나간다.
슬그머니 돌아보는 희성, 이때다 싶어 얼른 일어나 창살을 붙잡는다.

희성	거기 오형사님?
오형사	예…? 저 말씀이십니까?
희성	어 당신. 나 전화 한 통만 씁시다.
황반장	가만~ 계세요. 금방 풀려나실 건데 뭘, (하는데)
희성	(품에서 지갑 꺼내 툭 던지고) 가지세요.
황반장	(급히 전화기 선 쫘악 풀어 가져가며) 야 오형사! 이것 좀 길게 뽑아 봐라!
오형사	(얼른 가서 돕고) 예!

S#27. 병원 복도 (N)

물 주전자를 들고 가는 남순경, 이때 뭔가를 보고 놀라 청그렁!
물 주전자를 떨어뜨린다!
얼른 달려가보면… 정길의 병실 앞, 피투성이가 되어 쓰러져 있는 경호원들!
병실 안은 텅 비었다!
'큰일 났다!!' 경악하는 남순경, 왔던 길로 급히 되돌아 달려가고!

S#28. 병원 후문 (N)

강형사, 휠체어에 태워진 정길이를 끌어내 차 뒷좌석에 태운다.
두리번거리며 밖으로 나오던 남순경, 강형사 보고 화들짝 놀라
숨고!
강형사, 빠르게 운전석에 올라타 출발한다.
발을 동동 구르는 남순경, 문가에 세워져 있던 자전거를 타고 쫓
아간다.

S#29. 종남서 수사반 안 (N)

수사반으로 들어오는 유반장, 유치장 쪽으로 다가오고.
황반장과 함께 자리를 지키는 오형사, 뭔가 잔뜩 불안해하며 땀
나는 손을 바지에 비빈다.

유반장	어이구 시원하다. 야 후레자식. 너도 참지 말고 요강 써. 어머니 걱정하신다.
희성	(아까부터 참았고) 그놈의 후레자식 소리 그만하시죠.
오형사	(유반장과 희성의 눈치를 번갈아 살피고)
유반장	후레자식을 후레자식이라 그러지 뭐라 그래? 니 어머니께서 인마, (하는데)
희성	(버럭) 그만하라고!! 내 걱정 말고 당신네 형사들이나 걱정하세요. 우리 아버지께서 백서장 만나서 다 해결하시기로 했다고!
유반장	(낚았다!) 그 둘이 만나기로 했대?!
오형사	(눈치 보다 대뜸) 거래를 하려는 것 같습니다!
희성	오형사…?!

유반장	(오형사가 웬일인가 싶고) 거래? 무슨 거래?
황반장	(당황해서 작게) 야, 너 왜 그래?!
오형사	(용기 쥐어 짜내고) 우, 우리가 아무리 썩었어도… 살인을 돕진 않습니다!
황반장	(그건 그렇다… 에라 모르겠고) 에이 씨, 남정길이 목숨 놓고 거래한 답니다!
희성	(배신감 치밀고) 야 이 새끼들아!!

이때 전화기 울리면, 얼른 받는 유반장.

| 유반장 | (급히) 예, 종남서 수사1반, (듣고) 어 남순경? (듣다가 놀라고) 뭐? |

S#30. 종남서림 안 (N)

영한팀과 혜주, 여공들, 모두 모여 있는데.
전화 울리고. 가서 받는 혜주.

혜주	여보세요? (놀라고) 예, 반장님. (영한에게 빨리 오라 손짓하고) 잠시 만요.
영한	(얼른 와서 받고) 반장님?
유반장	(FT) 강형사가 남정길이를 납치했다.
영한	!!
유반장	(FT) 남순경이 뒤쫓고 있으니까 당장 서로 복귀해!

S#31. 성당 안 (N)

INS ▶ 성당 외경.

강단 위, 성가대 가운 입은 아이들(10~16세) 열 명이 줄지어 서 있고. 지휘교사(여/20대 초반), 하나둘, 지휘하면. 아이들, 찬양을 시작한다.

이 위로 좌악 들어오는 차 바퀴 소리.

S#32. 성당 인근 (N)

힘 다 빠진 채 죽기 살기로 자전거 페달 밟던 남순경, 놀라 끽 세운다!

보면… 저 멀리 강형사의 차 후미등 불빛, 성당 정문을 향해 들어가고.

성당 십자가를 한번 휙 올려다보는 남순경,

진짜 곧 죽을 것 같지만…. 자전거 핸들을 콱 잡고, 달린다!

S#32-1. 성당 앞 (N)

강형사의 차가 들어와 멈춘다.

도석, 성당 근처에 있다 차 쪽으로 가, 차에 탄다.

S#32-2. 강형사의 차 안 (N)

차 뒷좌석에 타는 도석, 옆을 보면…

의식이 돌아온 정길, 숨죽여 기절한 척해보지만 겁먹고 눈꺼풀이 움찔한다.

도석, 품 안에서 칼을 꺼내 든다.

정길의 눈, 겁에 질려 파르르 떨리면.

도석   겁먹지 마. 빨리 끝낼게.

S#32-3. 종남서 수사반 안 - 성당 근처 전화 있는 모처 (N)

긴장감 가득한 영한팀과 유반장, 전화기만 노려보는 이때. 전화
울리고!

영한   (급히 받고) 남순경, 지금 어디야!!

/ 성당 인근 가게(혹은 부잣집 안방) 안.
남순경, 수화기 잡고 다급히 외치고.

남순경   종남성당입니다!! 그쪽으로 들어갔어요!

/ 영한, '성당이 거래 장소구나…!' 깨닫는 표정에서!

S#33.   병필의 차 안 (N)

INS ▶ 성당 인근(S#32의 반대편).
건물 사이에 병필의 차가 서 있고.
운전석에 보좌관, 상석에 병필이 앉아 있다.

병필, 건물 너머 성당 출입문 앞에 세워진 강형사의 차를 주시하는데….
이때 강형사의 차 뒷좌석 문이 열린다.

S#34. 성당 앞 (N)

차에서 내리는 도석, 얼굴과 칼 든 손 소매에 자잘하게 피가 튄 모습.
얼굴에 살짝 묻은 피를 한 손으로 싹 쓸어내리고 성당 안으로 들어간다.
운전석에서 내려 뒤따르는 강형사.

S#35. 병필의 차 안 (N)

병필, 손목시계 보면, 11시 정각.

병필　다녀오지.

보좌관　예. (돈 가방 집어 드는데)

이때, 부웅! 가까워지는 차 소리.

병필　(저지하고) 잠깐. (보면)

저 멀리 차 한 대가 들어서는 것 보이고.
차에서 급히 내리는 영한팀.

보좌관   꼬리가 잡힌 것 같습니다.

병필, 심기 불편한 얼굴로 주시하면.

S#36. 성당 앞 (N)

영한팀, 총 겨눈 상태로 도석의 차에 다가간다.

영한   (조용히 하라는, 차 안 살피자는 수신호)

차 안을 들여다보는 영한팀, 놀란다!
뒷좌석에 피투성이가 된 정길 시체가 보이고.

상순   죽었어요?
영한   (맥 재보고) 죽었어.
상순   개새끼…!

굳은 얼굴로 성당 문을 바라보는 영한.

S#37. 병필의 차 안 (N)

보좌관, 거울 너머로 표정 안 좋은 병필의 눈치를 살핀다.

보좌관   시간이 많이 지체됐는데… 어떻게 할까요?
병필   백서장 저 친구 칠칠치 못하구만. 돌아가지.

INS ▶ 성당 인근. 떠나는 병필의 차.

S#38. 성당 출입문 앞 (N)

━━━━━━━━━━━━━━━━━━━━━━━━━━━━━━━━━━

바짝 긴장한 영한팀, 출입문 뒤에 다닥다닥 붙어 있고.
영한, 소리 죽여 문을 찔끔 열고 들여다보면… 그 순간,
/ 강단 위. 찬양 연습에 한창인 지휘교사와 성가대 아이들.
강단 아래. 의자에 앉아 있는 백도석과 강형사의 등.
/ 영한, 놀라 급히 문을 닫는다!

상순	왜요, 형님?
영한	(돌겠고) 안에 사람이 있어. 여자랑 아이들.
경환	예?! 백도석이랑 강형사는요?
영한	같이 있어.
호정	(망했다!) 어떡합니까?
영한	(머리 짜내보고, 뭔가 단단히 각오한 듯 출입문 돌아보면)

S#39. 성당 안 (N)

━━━━━━━━━━━━━━━━━━━━━━━━━━━━━━━━━━

성가대 아이들의 노랫소리가 울려 퍼지고.
도석, 손목시계 보면, 11시 29분.
병필이 오지 않으리라는 확신이 든 도석, 으득- 이 악물고 일어
서는데.
뭔가 달라진 공기의 흐름을 눈치챈 도석, 천천히 돌아보면… 아
무도 없다.

강형사, 뭔가 싶어 같이 일어섰다가.

아무 일 없는 척 자연스레 다시 착석하는 도석.

강형사, 따라 앉고.

이때 도석, 귀신 같은 직감으로 천천히 허리 숙여 의자 아래를 내려다보면,

의자 밑으로 기어서 접근하던 영한과 눈이 딱! 마주친다.

지체 없이 총을 갈기는 도석과 영한, 강형사! 총격전이 벌어진다.

성가대 아이들, 놀라 비명 지르고. 당황하는 지휘교사.

앉은걸음으로 숨어 강당에 다가가던 상순, 경환, 호정,

벌떡 일어나 지휘교사와 아이들이 있는 강단을 향해 달려가고.

상순   엎드려요!!

지휘교사, 얼른 아이들을 엎드리게 하는 이때, 지휘교사의 발 옆 바닥에 탕!!

도석이 쏜 총알이 박힌다!

영한팀, 굳어서 쳐다보면.

도석   동작 그만!

도석의 총구가 강단 위 지휘교사를 겨누고 있다.

지휘교사의 배, 만삭이다!

영한의 눈이 휘청 흔들리고…! 떠오르는 기억.

INS ▶ 학도병 회상. 임신부에게 총 겨눈 도석.

굳어버린 영한, 도석을 겨눈 채 노려보고 있고.

도석   총 버려.

영한	(결심 후 총 버리고, 상순/경환/호정에게 눈짓하면)
상/경/호	(총 버리고)
도석	(비웃고, 총구를 영한에게 옮기는) 멍청한 건 여전하네. 저깟 임신부, 애새끼들이 뭐라고 목숨을 걸어? 저것들이 니 제사상이라도 봐줄 거 같아?
영한	(애써 태연하게) 일일이 설명해봤자 너 같은 놈은 이해 못 해.
도석	(심기 건드리고) 나 같은 놈? 나 같은 놈이 어떤 놈인데?
영한	(도발하는) 나보다 '더-' 멍청한 놈.
도석	(표정 확 썩고)
영한	(비웃는) 정병필을 믿었어? 여기서 만나면, 남정길이 목숨값이라도 주겠대?
도석	(욱 치밀고) 닥쳐….
영한	(비웃고) 너 눈탱이 제대로 맞은 거야. 정병필, 정희성네 집 사냥개로 구르고 뛰고 아양 떨다가 주인한테 삶아 먹힌 거라고…!
도석	(총구 확 들이밀고 다가가는) 닥쳐 이 새끼야!!

이때 상순과 경환, (진입 전 작전 지시한 대로) 천막의 고정줄을 싹 끊는다!
성당의 천장에 커다랗게 늘어져 있던 장식용 천막(혹은 집회 현수막), 펄럭-! 쏟아지며 도석과 강형사를 덮어버린다!

| 영한 | (도석에게 달려들며) 대피시켜!! |

강단으로 내달리는 호정, 지휘교사와 아이들을 대피시킨다.
상순은 영한 백업을 위해, 경환은 호정 백업을 위해 내달리고.
영한, 천막을 치우려는 도석을 럭비 태클 걸듯 들이받아 넘어뜨린다!

천막 아래서 총 잃어버린 채 당황한 도석을 밀어붙이는 영한!
이때 천막에서 빠져나온 강형사, 영한에게 달려드는데…!
잽싸게 덮쳐 주먹을 날리는 상순!
퍽 맞고 밀려난 강형사, 허리춤에서 칼을 꺼내 상순의 배를 푹
찌른다!
상순, 찔리기 직전에 손으로 칼날을 잡아 완충했으나 반쯤 찔렸고.

영한   김상순!!

이때 대피를 돕던 경환, 상순이 찔린 모습을 목격하고 놀라 달려
온다!
독기 찬 눈으로 강형사의 칼날과 손목을 꽉 잡고 안 놔주는 상순.
이때 괴성을 지르며 달려온 경환이 강형사에게 달려든다.
가속도 붙은 불곰 주먹에 퍼억!! 날아가는 강형사, 바닥을 나뒹
군다!
경환과 강형사의 싸움이 이어지고.
영한, 다친 상순에게 신경이 쏠리자 도석에게 밀리기 시작한다.
이때다 싶은 도석, 영한을 퍽 때려눕히고 성당 안쪽 통로로 내
빼고!
일어선 영한은 쓰러진 상순에게 달려가 상처 살핀다.

영한   (다행히 상처 크지 않고) 김상순, 괜찮아?!
상순   (아프다) 형님 은인으로 살기 힘드네…. 가서 잡아요, 빨리!
영한   (일어나 도석 쫓고)

S#40. 성당 준비실 안 (N)

열린 문으로 달려 들어오는 영한.

이때 문 뒤에서 도석이 밧줄로 콱! 목을 조르려 덮친다.

간발의 차로 피한 영한이 밧줄을 붙잡고 씨름하고…!

초조한 도석, 밧줄 놓고 주먹 날리면 영한이 탁상 위로 쾅! 엎어
진다.

탁상이 넘어지며 그 위에 준비된 성찬례(영성체) 식기들과 촛대,
화로, 십자가가 그려진 식탁보가 와장창! 떨어지고.

화로가 떨어진 바닥을 곁눈질로 힐끗 확인한 영한,

우선 가까이 떨어진 촛대를 집어 달려드는 도석에게 그대로 푹
꽂는다!

촛대를 타고 주룩- 흐른 피가 뚝뚝 떨어지고.

도석   (가소롭고) 거길 찌르면 안 되지.

도석, 목과 어깨 사이에 꽂힌 촛대를 뽑아 영한의 목을 콱! 찌른다.

촛대를 잡고 사력을 다해 막아내는 영한, 이때 머릿속을 스치는
잔상.

INS ▶ 학도병 시절의 회상. 지금과 같은 구도로, 그러나 손 뻗어
닿지 못할 거리에서 자신에게 총을 겨눈 도석을 올려다보는 영한.
영한의 손에서 힘이 빠진다.

뾰족한 촛대 끝이 목을 꾸욱 눌러 피가 흐르고.

도석   (비웃고) 너 같은 위선자새끼들이 실패하는 이유를 알려줄까? 같
         잖은 양심. 나 같은 놈은 눈 감고도 죽일 수 있었어야지!

영한   (노려보며) 닥쳐…!

도석   (꽈악 누르며, 승리 예감하고) 그만 가라. 어차피 넌 학도병 애새끼
         에서 못 벗어나!

영한	그럴 리가….
도석	(왠지 불길하고) …?
영한	당신이랑 내 사이가, 이렇게나 좁혀졌는데?

순간 영한이 화로 곁에 나뒹굴던 인두를 쥐고 도석의 목을 콰
악-! 지진다.
비명을 지르며 촛대를 놓고 떨어져 나가는 도석.
영한은 도석을 넘어뜨린 뒤 잽싸게 제압한다.
영한의 손이 식탁보에 그려진 십자가 위로 도석의 머리를 쾅!!
처박고!

영한	(수갑 꺼내 체포하며) 백도석. 너를 남정길 살해, 종남사거리 교통사고 사주, 김순정 살해 현장 증거 인멸 및 경찰서장 직무 유기 등의 혐의로 체포한다.
도석	(화상에 괴로워하며) 그냥 죽여, 이 새끼야… 죽여!!!
영한	아니. 난 너 어떻게든 살려서 재판대 위로 보내고 사형대 위로 올릴 거야. 너 같은 놈이 몇 십 명 몇 백 명 나타나도 똑같이 할 거고. (머리채 콱 쥐고 눈 맞추며) 너 같은 쓰레기새끼가 실패하는 이유가 뭔지 알아? (씩 웃는) 나 같은 위선자놈들이 세상에 널렸다는 거야.
도석	(분통 터져 악을 쓰고)

S#41. VISION

[1] 교도소 안 (D) (재판-수감까지 시간 경과, 3월 중순에서 말경)
교도소에 갇히는 강형사.

/ 다른 교도소 방에 갇히는 희성.

아나운서   (FT) 다음 뉴스입니다. 지난달 종남사거리 교통사고의 가해자가 다름 아닌 종남경찰서의 형사로 밝혀져 많은 이들이 충격에 휩싸였습니다.

[2] 사형장 안 (D)
사형장 안으로 끌려 들어오는 도석, 멈춰 서서 멍하니 사형대를 바라보고.

아나운서   (FT) 놀랍게도 해당 교통사고는 주도면밀히 계획된 살인사건으로 밝혀졌으며, 이를 공모한 당시 종남경찰서장 백모씨와 고관대작의 양자로 알려졌으나 파양되고만 정모군은 지난 24일 재판 결과 각각 정의로운 법의 심판을 받았습니다.

[3] 종남경찰서 수사반 안 (D)
수사1, 2반 형사들, 환호성을 지르며 기뻐하고 수고했다며 어깨 두드린다.
분위기 맞춰 웃어주던 영한이 가만히 옆을 내려다보면…
신문기사 속, 행사 자리에서 각하 옆에 떡하니 서서 대우받는 병필의 사진.
마음 불편한 영한, 얼굴에 웃음기가 사라지고.

S#42. 종남서림 안 (D)
―――――――――――――――――

가게 정리하는 혜주.

이때 영한, 함박웃음 짓고 아기옷, 이불, 신발 상자 가득 안고 들어오고.

영한	여보! 이거 좀 봐요!
혜주	(놀라고) 이게 다 뭐예요?
영한	(상자 하나 열고) 종남백화점 지가다가 우리 애기 생각나서… 예쁘죠?
혜주	(영한의 얼굴 가만 살펴보고) …당신 무슨 일 있죠?
영한	아뇨, 일은 무슨.
혜주	당신 꼭 걱정 있을 때마다 안 들키려고 선물 사오잖아요. 말해봐요. 이번엔 무슨 일이에요?
영한	이번 사건이요. 정병필을 어떻게든 법의 심판대에 세웠어야 했는데 거기까진 내 능력 밖이란 생각이 들어서요… 이런 내가 한심하기도 하고.

그런 영한을 가만 바라보는 혜주, 벌떡 일어나더니 영한을 잡고 이끈다.

혜주	이리 와요. 얼른! 이거 한번 입어봐요.

따로 챙겨둔 상자에서 옷가지를 꺼내 확 펼치는 혜주.
영한이 보면, 멋진 새 바바리코트다.

영한	이게… 뭐예요?
혜주	(거울 앞에 데려가 입혀주며) 자, 당신이 얼마나 멋진 사람인지 보라구요. 에인절하우스 애기들, 그리고 성칠이, 순정씨… 어유, 말하다 날 새겠네. 다 꼽지도 못할 만큼 많잖아요.

영한	(시무룩) 내가 구하지 못한 사람들이요?
혜주	(힘주어) 아뇨! 그 사람들이 억울한 죽음에서 그치지 않도록 당신이 범인을 잡아넣은 사건들이요.
영한	(울컥하고, 보면)
혜주	(코트 매무새 잡아주며) 당신이 이제껏 잡았던 범인들, 그리고 앞으로 잡게 될 범인만큼 이 세상의 범죄가 사라지는 거예요. 우리 애기도 그런 아빠를 자랑스러워할 거구요. 그러니까 이거 입고 항상 그 사실을 기억해줘요…. 그래 줄 거죠?
영한	(혜주 꽉 안고) 그럴게요. 꼭 그렇게 할게요.

미소가 번지는 영한, 기운과 의욕이 차오르는 얼굴에서.

| 영한 | (V.O) 자 다음! |

S#43. 종남서 수사반 안 (D)

의욕 넘치는 영한, 멋진 바바리코트 차림으로 서서 지휘하고.
유반장 자리 비어 있다.
신고 서류와 사건 파일 뒤지는 상순, 경환, 호정.

영한	이발소 폭행범이랑 광교동 2인조 강도는 잡았고. 더 신고 들어온 거 없어?
호정	예, 전부 종결입니다.
영한	미해결 사건도 없어? 아, 삼거리 소매치기놈들은?
경환	취조실에 있습니다. 쫌 전에 2반 가서 자수했대요.
영한	왜 우리한테 안 오구?

상순	(알 만하고) 왜겠어요, 얼마 전에 그 성당 무용담 때문이지.
경환	아 형님이 막 촛대로 찌르고 인두로 지진다는 소문이요?
호정	(프랭크보다 멋져!) 예! 악마도 때려잡는 종남서의 대천사 미카엘이랍니다!
영한	(픽 웃고) 농담 따먹을 시간 있으면 다른 반 가서 남는 사건이나 업어와.
상순	(유반장 빈자리 보고) 근데 우리 잘하고 있는 거 맞아요? (신문 톡톡 두드리며) 악마놈들 암만 때려잡아도 세상 돌아가는 꼴은 그대론데요.

영한, 상순이 가리킨 신문기사 보면, S#41-3의 병필의 기사 사진이고.

영한	(흔들림 없고) 누가 그대로래? 한 놈을 잡아넣으면, 그 한 놈 치 범죄가 줄어든 만큼 세상은 변하는 거야.
상순	그놈이 출소하면. 그럼 도돌이표 아니에요?

영한이 뭐라 답하려는 이때, 봉순경과 남순경, 소매치기1을 잡아 들어온다.

남순경	(흥분해서 들어서는) 형사님, 형사님!! 날치기 현행범입니다!
봉순경	(짜릿하고) 조서 쓰고 영장까지 오늘 안에 끝내겠습니다! 맡겨주십쇼!
영한	(보더니) 봉순경. 범인은 잡아넣는 게 끝이 아니야. 사람 만들어야 끝이지.
봉순경	(알쏭달쏭) 예? 사람을… 어떻게 만들죠?

이때 똑똑 문 두드리는 소리 들린다. 영한팀이 돌아보면.
수사반에 들어서는 출소남1, 2, 공손하게 두 손 모으더니….

출소남1, 2 (냅다 폴더인사 하고) 보고 싶었습니다, 형님!!

S#44. 종남서 내 휴게공간 (D)

각자 국밥이 놓인 테이블에 둘러앉은 영한팀과 출소남1, 2.

영한 자, 식기 전에 얼른들 먹어.

출소남1 (웃음 감추려 입꼬리 씰룩) 그전에 형님께 바칠 게 있습니다.

영한 뭔데?

출소남1 (출소남2와 눈빛 주고받고, 품에서 표창장 꺼내는) 저 상 받았습니다!
머리털 나고 처음입니다!

출소남2 (싱글벙글 신나서 독후감 상장 꺼내고) 저둡니다! 형님 덕에 글자도
배우고 이젠 책도 읽을 줄 압니다!

벅차하는 출소남1, 2. 보면, 교도소에서 받은 표창장과 독후감
상장이고.

영한 (흐뭇, 읽는) 이야, '친절한 마음씨와 밝은 미소로 재소자들의 모
범'이 되고,

출소남1 (험악한 얼굴 쫙 찢어 밝은 미소 짓고)

영한 (상장 보고 깜짝 놀라고) 독후감 써서 1등을 했어?

출소남2 (수줍고) 독후감 제목이요, '존경하는 나의 형님, 박형사님'입니다.

상순 (서운) 야, 우리는 왜 쏙 빼먹어?

경환	(서운) 그래, 인마. 다 같이 면회도 가고 편지도 써줬구만.
호정	(놀리는) 아직 존경까진 아닌가 보죠.
출소남2	(펄쩍 뛰고) 아닙니다! 저희가 누구 덕에 모범수도 되고 가석방도 됐는데요. 정말 감사합니다!
영한팀	(뿌듯하고)
영한	(픽 웃고) 감사하면 앞으로 서에서 볼 일 없게, 착실하게 살어.
출소남1	예! 저희 정말 성실하게 살 겁니다!
출소남2	내일부터 새벽에 나가서 구두 닦으려구요.
영한	엄한 데 가서 텃세당하지 말고 우리 종남서 앞에서 해.
출소남2	(어리둥절) 예…?
상순	종남서 형사들 구두는 다 니들이 닦으면 되겠네.
출소남1, 2	(감동이고) 감사합니다!! 감사합니다!!!

마음이 따끈해지는 상순, 경환, 호정, 영한을 바라보면….
'범인을 잡는 게 끝이 아닌, 사람 만든다'는 게 어떤 건지 대충 알겠고.
영한, 웃으며 출소남1, 2에게 국밥 먹으라고 수저 쥐어주며 재촉하는 모습.

S#45. 종남경찰서 복도 (해 질 녘)

수사반으로 돌아가는 영한팀.
복도 한쪽, 게시판 앞에 몰려 있는 형사들.

상순	뭔데 또 난리야?

영한팀, 뭔가 싶어 게시판 앞으로 가까이 가보면,
유반장의 서장 진급 공지가 붙어 있다!

경환   (믿을 수 없고) 어!! 이거 진짭니까?

호정   (격양되고) 그럼 이제 유반장님이 아니라 유서장님이네요?

상순   (흥분해서) 와- 씨! 이게 되네!

영한   (기쁘고) 우리 반장님 이제 고생 끝났네.

S#46. 종남경찰서 수사반 안 (해 질 녘)

들뜬 표정으로 수사반 안으로 들어오는 영한팀.
(치안국에서) 막 돌아와 재킷 벗던 유반장, 영한팀을 발견하고.

유반장   (평소와 다름없이 다가오며) 어 니들. 삼거리 소매치기는 잡았냐?

영한   (그런 태연함에 파하 웃고)

상순   (어이없고) 반장님은 지금 그게 중하세요?

경환   저희 지금 반장님 진급 공지 보고 오는 길입니다!

호정   (장난스럽게) 유서장님~!

상순   아 난 치안국 불려가셨다길래 또 혼나러 가신 줄 알았잖아요!

유반장   (괜히 별거 아니라는 듯) 봤구나? 그렇게 됐어.

영한   서장님 되셨다고 점잔 빼시는 거예요?

유반장   점잔은. 괜히 호들갑 떨까 봐 그러지.

영한   이럴 때 호들갑 안 떨면 언제 떱니까? (상/경/호에게) 반장님 진급
제대로 축하드려야지?

상순   암요. (경환, 호정에게) 야 잡아, 잡아.

영한팀, 손발 척척 맞춰서 유반장 들어 올려 헹가래를 친다.

영한팀	서장님! 축하드립니다!
유반장	그만그만, 어지럽다! 충분해!
영한팀	(아쉽게 내려놓고)
상순	그럼 우리 1반 반장님은 이제 누가 될라나?
유반장	(픽 웃고) 내가 몇 년 전부터 찜해둔 놈이 있지. 잘할 거야, 그놈은. 떡잎부터 달랐거든.
경환	(?!) 그게 누굽니까?
호정	설마 다른 서에서 전출 오시는 건 아니겠죠? 제가 낯을 좀 가리는데….
유반장	낯가릴 필요도 없지. (영한의 어깨 탁 잡고) 여기 있잖아, 니들 반장.
영한	(놀라고) 예?
유반장	경기도 소도둑 검거율 1위 출신에, 종남구 강력범 검거율 1위! 황천의 자랑이자 우리 종남서의 자랑, 박영한이!
상순	(환호성) 그렇지! 형님이 아니면 누가 우리 반장을 해?
호정	(이거다 싶고) 그쵸, 종남서 미친개랑 불곰은 아무나 못 다루죠!
경환	(감격하고) 반장님… 박반장님!
유반장	앞으로 잘 부탁한다, 수사1반 박반장.
영한	(놀랍지만 기분 좋고, 끄덕) 맡겨주세요.
상순	(영한 팔 잡으며 경환, 호정에게) 뭐 해? 얼른 우리 반장님 축하해드려야지!
경환/호정	(저마다 팔, 다리 잡으며) 예!
상/경/호	(영한 들어 올려 헹가래 치려는데, 이때)
난실	(다가오고) 형사님들! 고려금은방에 털이범이 나타났답니다!
영한	!!
경환	(어설프게 영한 붙든 채) 우리 형님 진급 축하해야 되는데….

영한	(얼른 똑바로 서며) 됐어! 축하는 천천히 하고, 우린 사건부터 해결
	한다. (유반장에게) 다녀오겠습니다.
유반장	다치지들 말고!
영한	(나가며) 가자!!
상/경/호	(신나서 기합 빡 주고 따라가고) 예!!

영한이 앞장서 가며 트렌치코트 깃을 **빳빳하게 착!** 당기고 문을
나선다.
상순, 경환, 호정, 다부진 표정으로 뒤따르고.
수사반을 나서는 영한팀, 카메라를 보는 영한의 빛나는 눈빛에서!

S#47. 어두운 골목길 (N): 현대

검은 화면. 그러나 이것은 누군가의 등이고,
여성 한 명을 잡고 있는 어느 사내의 뒷모습.
저 앞쪽에 희미하게 보이는 누군가.
사내를 향해 총을 겨누고 있는 준서.
사내는, 준서가 그토록 잡고 싶어 했던 연쇄살인마 정호철이다.
호철은 한 여성을 인질로 잡고 목에 칼을 대고 있다.
공포에 떠는 여인.

준서	(긴장 놓지 않고) 인질 풀어주고 끝내자. 도망다니기 고달프지 않냐?
호철	주댕이 까지 말고 꺼져. 이년 뒈지는 거 보기 싫으면.
준서	그분 잘못되면 동시에 너도 끝이야.
호철	끝은 씨… 이년 안 죽여도 나 무기징역일 거 아니야? 이왕 무기
	징역 받을 거, 아름다운 마무리 한번 해야지. (칼에 힘주면)

인질녀	(비명 지르고)
준서	(동요하지 않고) 내가 말한 끝은 그게 아니야. 너도 뒤진다고.
호철	지랄하네. 내가 짭새들 총 쏘는 꼴을 못 봤다. 니네 징계 땜에 다 쫄잖아?
준서	(더 신중하게 조준) 마지막 기회야. 그분 놔주고 무릎 꿇어, 이 새끼야.
호철	근데 이 어린놈의 새끼가 큰형뻘한테 계속 반말을 까네?
준서	너 같은 새낀, 백 살을 처먹어도 나한텐 애새끼다 왜?
호철	잘 들어. 이 여자, 너 때문에 가는 거, (할 찰나)

팡- 총소리와 함께 어깨에 총을 맞고 쓰러지는 호철.
여인, 비명 지르고!

준서	말 끊어서 미안하다. (얼른 인질에게 다가가고) 이제 괜찮아요, 안심하세요.

S#48. 어느 이발소 (N)

레트로한 분위기의 이발소 안.
TV에서는 사건 현장 인근을 배경으로 뉴스 속보가 흐른다.
앉아서 바라보는 영한. 이발사가 목에 하얀 보자기를 두르려 하지만, 영한은 잠시 있으라는 손짓. 영한은 속 타 하며 뉴스 속보를 본다.

기자	(FT) 방금 들어온 소식입니다. 연쇄살인마 정호철이 검거됐습니다.

영한	(주먹 쥐고) 그래! (짧은 한숨, 그러나 준서가 걱정이고)
기자	(FT) 정호철은 인질극을 벌였지만 경찰의 총격으로 쓰러졌고 인질은 무사하다고 합니다. 정호철은 중상을 입고 조금 전 병원으로 이송됐습니다.

화면에는 구급차에 실려가는 정호철의 모습 흐르고,
이 뒤로, 다른 경찰들과 얘기 나누는 준서의 모습이 보인다.
준서를 보고 안심하는 영한, 안경을 벗고 한 손으로 마른세수를
하고….

기자	(FT) 한편 범인을 충분히 회유하지 않고 총격을 가한 경찰의 방식은, 과잉 진압과 함께 총기의 무분별한 사용에 대한 논란이 일 것으로….
영한	(버럭) 그럼 뭐, 총을 짱돌처럼 던져서 잡나? 말도 안 되는 소릴….
이발사	(미소 지으며 영한의 목에 하얀 천 두르고)
영한	(아직 화 안 가시고) 으휴….

S#49. 어느 한식집 방 안 (D)

INS ▶ 어느 한식집 외경.

계인	(V.O) 아이구, 형님!

방 안으로 들어오는 영한. 이계인과 송경철이 반갑게 맞이한다.

영한	뭘 이렇게 비싼 데로 오라 그래?

경철	얼마 안 비싸요. 편히 앉아서 드시기나 하셔. (영한 부축해 앉히고)
계인	(경철 향해) 5·16 때 쌀 도둑놈, 이제 사람 돼서 돈 좀 벌었다네요.
경철	종남사거리 깡패놈은 뭐 사람 안 됐나? 으유 주먹쟁이 저거.
영한	(웃고)

잠시 시간 경과 ▶ 반주를 곁들여 식사하는 영한, 계인, 경철.

계인	아 맞다! 준서 표창 받았다면서요?
영한	(웃고)
경철	세상 악독한 놈을 잡았는디 당연히 받아야지. 하여튼 피가 어디 안 가~! 형님이랑 판박이여.
계인	준서는 아직 멀었어. 영한형님이 을마나 지독했는데. 아유…. (절레절레)
경철	하기사 나도 징글징글했다. 형님 얼굴만 보면 빤스에 막 지렸응께.
영한	(웃기만 하고)
계인	다른 거 필요 없고, 잘 드시고 건강만 하세요. 우리가 다~ 챙겨 드릴게.
영한	됐어. 니들 앞가림이나 해, 이 자식들아.
경철	근데 형님 뵈니까 상순형님, 경환형님, 호정형님 다 보고 싶네.
계인	훤칠한 남성훈형사님도, 고왔던 봉순경님도…. (감회에 젖고)
영한	(부하들 생각이 나 한잔 들이켜고)

S#50. 어느 한식집 앞 (D)

만취한 계인, 조금은 덜 취한 경철, 취하지 않은 영한이 헤어지기 직전.

계인	아직 해 떠 있네? 우리 집 가서 한잔 더 해요, 형님. 내가 닭 잡아 드릴게.
영한	아이구 됐어. 들어들 가.
경철	딱- 한잔만 더 해요, 형님.
영한	내일 어디 갈 데가 있어서 그래. 니들끼리 마셔.
계인	아니 뭐 어디 짝지라도 생기신 거예요?
영한	예끼. (계인을 아이처럼 쥐어박고) 나 간다.
계인	(갑자기 울음 터지고) 형니임….
경철	아이고 또 발동 걸렸네, 또.
계인	(영한 와락 안으며) 증말 감사합니다, 형님. 우리 같은 것들 사람 취급해주고… 사람 만들어줘서….
영한	(도닥여주고) 아유 이놈의 자식….
경철	(울컥) 나도 모르겠다. (와락 둘을 포개 안으며) 형님…!
영한	(웃으며 둘을 도닥일 뿐이고)

S#51.　어느 국도 (D)

국도를 달리는 택시 한 대.

S#52.　어느 경찰 묘지 주차장 (D)

주차장 안에 서는 택시 한 대.
멋진 정복 차림의 영한이 내린다.
한 손에는 국화꽃 한 다발이 있고….

S#53. 어느 경찰 묘지 안 (D)

천천히 묘역으로 향하는 길을 걷는 영한.

S#54. 영한팀의 묘역 (D)

어느 묘역 앞에 서는 영한. 보면! 모여 있는 묘들.
유대천, 김상순, 조경환, 서호정, 남성훈의 묘비명이 하나씩 보인다.
약속대로 함께 안장된 이들의 묘.
묘비 앞에 국화꽃 한 송이씩을 놓는 영한.

영한 오래간만이야. 보고 싶었다…. 잘들 노닥거리고 있지? (미소 짓고) 모여 있어서 재밌겠다.

감회에 젖어 묘들을 바라보는 영한, 지팡이를 한편에 놓고 꼿꼿이 선다.
이어 멋지게 경례하는 영한.

영한 잘 있어. 또 봐.

S#55. 어느 경찰 묘지 한편 (D)

영한, 멀리 전경이 내려다보이는 곳에 앉아 있다.
예전 생각들이 밀려오고… 미소 짓는 영한.

이 위로 수사반장 시그널 음악 흐르기 시작하고….

S#56. 하이라이트: 에필로그

음악 이어지며…
수사반장 1958의 영한, 상순, 경환, 호정, 성훈의 활약들이 보인다!
영한, 상순, 경환, 호정, 성훈의 모습 한 명씩 스톱 모션 되면,
과거 수사반장의 영한, 상순, 경환, 호정, 성훈의 모습이 나란히
붙는다.
영한팀의 과거와 현재 단체 사진이 나란히 함께 보이며…!

_끝.

6회

· 35씬 ·

형사가 된 학도병과 경찰서장이 된 백대위의 재회

영한과 도석은 재회하자마자 서로를 기억해냅니다. 그럴 수밖에 없던 비하인드 스토리를 말하자면, 전쟁 때 빠릿빠릿한 학생 병사로 큰 역할을 담당했던 영한은 도석의 눈에 띄었습니다. 하지만 양민을 죽이라는 도석의 명령까진 받아들이지 못했죠. 도석은 유용한 영한을 계속해서 자신의 도구로 쓰고 싶어 했으나, 당장으로서는 최대한 많은 양민을 죽여 공훈을 쌓기 위해 영한을 내칠 수밖에 없었습니다. 그로부터 오랜 시간이 흐른 뒤에도 영한은 도석의 눈빛에서 변하지 않은 야심을 알아봅니다. 군인으로서 상부의 명령에 복종했던 것이 아니라, 더 많이 죽인 공훈을 인정받으려고, 더 높은 권력을 손에 얻으려고 혈안이었던 그 눈빛과 똑같았던 것입니다. 영한은 필연적으로 도석을 경계하고 적대할 수밖에 없었습니다. 방송을 보며, 그런 두 사람의 관계를 연기하는 이제훈 배우님과 김민재 배우님의 눈빛에 압도당하는 기분이었습니다.

·62씬·

"박영한형사, 포박돼 있는 거 보니까 그새 나쁜 놈 된 거냐?"
"저 나쁜 놈 아닙니다. 악에 받친 착한 놈입니다."

세상에서 제일 무서운 사람은 '악에 받친 착한 사람'이라는 혜주의 대사를 인용하는 영한입니다. 살아 돌아온 유반장에게 벅찬 고마움과 미안함을 느끼며 자신의 정체성을 짓씹듯이, 굳게 다짐하듯이 고백하는 장면이에요. 정말로 박영한은 이제훈 배우님일 수밖에 없었다는 것을 다시금 깨달은 씬이기도 합니다.

7회

·71씬·

"이야~ 건물 그림자 엄청 길다."

"빌딩이 높아지면 그림자도 길어집니다." 원작 드라마에 나온 대사를 오마주했습니다. 세상이 변했다지만 권력자들은 갈수록 더 큰 도둑이 돼가고, 힘없는 사람은 더 크게 고통받는 현실. 그런 현실에 쓸쓸해하는 영한의 심정이 녹아 있는 대사입니다.

"나라가 우리한테 사기를 치면, 우리는 어디서 보상을 받아야 돼요?"

인생을 도둑맞은 소년의 물음에 상순은 대답하지 못합니다. 나라가 국민을 상대로 저지르는 범죄 앞에서 경찰의 공권력은 한없이 초라해짐을 보여주는 장면입니다.

9회

· 22씬 ·

"양심이란 건 말입니다. 그냥 선한 마음을 말하는 게 아닙니다. 때로 양심은… 수천, 수만 명의 증인과 같거든요."

목련각사장은 이 대사를 듣고 영한이 종남의 여타 형사들과 다르다는 사실을 깨닫습니다. 때때로 단어는 정의하는 사람에 따라 다르게 쓰입니다. 이 장면에서 목련각사장은 이제껏 자신이 '양심'이란 단어의 의미를 축소하며 자기 합리화 해왔다는 사실을 자각합니다. 이후 제대로 된 양심을 지닌 영한에게 진실을 증언해보기로, 그래서 영한이 말하는 양심의 위력을 시험해보기로 마음먹게 됩니다.

10회

· 40씬 ·

"아니. 난 너 어떻게든 살려서 재판대 위로 보내고 사형대 위로 올릴 거야. 너 같은 놈이 몇 십 명 몇 백 명 나타나도 똑같이 할 거고. 너 같은 쓰레기새끼가 실패하는 이유가 뭔지 알아? 나 같은 위선자놈들이 세상에 널렸다는 거야."

드라마 〈수사반장 1958〉의 주제를 담은 대사라고 생각합니다. 도석은 영한을 나약한 위선자라고 모욕하지만, 영한은 도석을 쓰러뜨리며 그 속을 제대로 뒤집어줍니다. 세상엔 당신 같은 범죄자보다 나 같은 경찰이 훨씬 많다고, 그래서 제아무리 강력한 범죄자라도 우리가 이길 수밖에 없다고 말입니다. 드라마를 기획하던 초반에는 세상에 악랄한 범죄가 너무 많음에 절망했습니다. 그러나 오랜 자료 조사와 고민 끝에, 그런 범죄자들보다 그들을 파헤치고 심판하고 처벌하는 이들이 훨씬 많고 강함을 깨달았습니다. 장차 반장이 될 영한이 같은 생각으로 용기와 신념을 지켜나가길, 시청자분들께도 동일한 희망이 전해지길 바라는 마음으로 대사를 썼던 기억이 납니다.

· 46씬 ·

새로운 수사반장 박영한

유반장은 종남서장이, 영한은 수사1반의 반장이 됩니다. 어디까지 보여줄 것인가 고민했습니다만, 변한 위치에 상관없이 그저 사건 해결을 위해 달려나가는 영한의 일관된 모습을 보여주고 싶었습니다. 기운차게 수사반을 나서는 영한, 상순, 경환, 호정의 얼굴을 영상으로 보며 뭉클한 감동이 쏟아졌고, 더는 이후의 모습을 볼 수 없음에 아쉬움도 느꼈습니다. 그동안 고생하신 감독님과 배우님, 스태프분들께 감사함이 밀려드는 장면이었습니다.

· 54씬 ·

오랜 동료를 만나러 온 노년의 영한

드라마의 마지막 촬영이자, 현장에 계신 모든 분들이 눈물을 참지 못한 씬이라고 전해 들었습니다. 함께 안장된 유대천, 김상순, 조경환, 서호정, 남성훈의 묘비명 앞에 국화꽃 한 송이씩을 놓는 최불암 선생님의 모습에, 동료들을 향한 절절한 그리움이 담긴 목소리에, 경례하고 돌아서는 고독한 뒷모습에 씬이 끝날 때까지 감탄했고 전율했고 눈물을 흘렸습니다. 최불암 선생님께서 처음과 끝을 함께해주셨기에 완성된 드라마임이 여실히 보이는 엔딩이며, 저뿐만 아니라 많은 시청자분들의 마음도 울렸을 엔딩이라고 생각합니다.

우시장

종남사거리

우사장

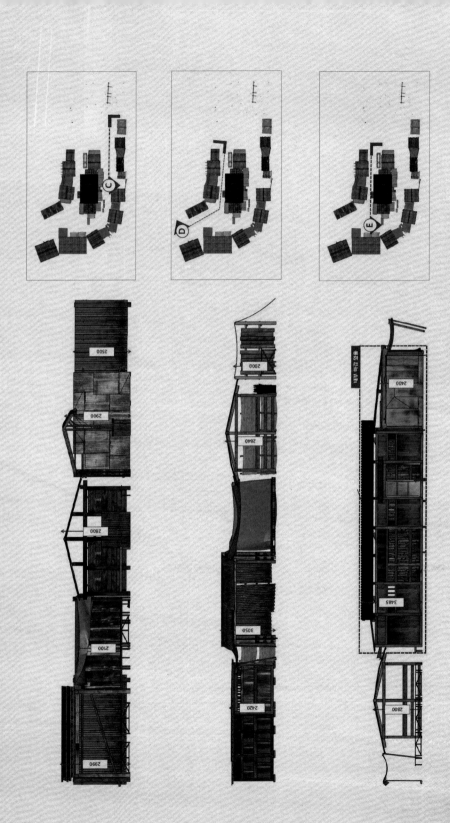

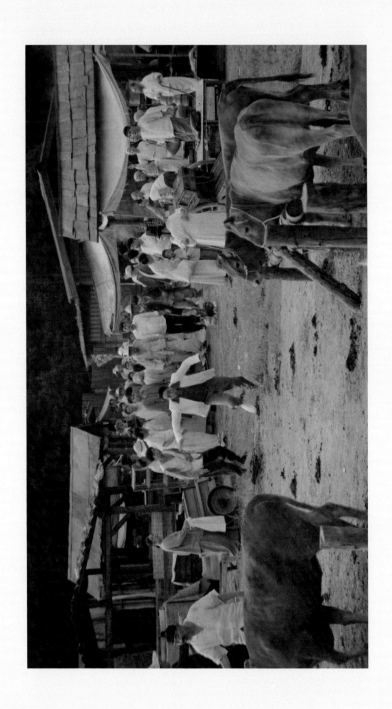

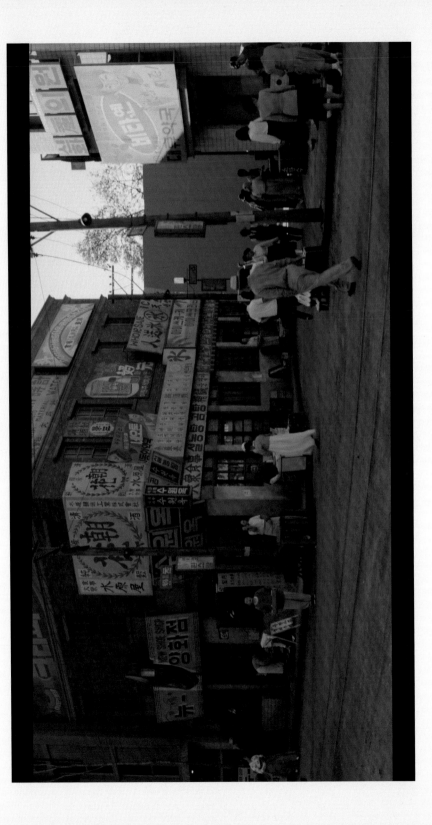

만든 사람들

이제훈 이동휘 최우성 윤현수 서은수
최덕문 정수빈 김민재 오용 조한준 남현우 송욱경 류연석 도우
특별출연 최불암

기획 장재훈 홍석우
제작 안은미
프로듀서 윤홍미 김지하 지환
제작총괄 방옥경 윤석동
크리에이터 박재범
극본 김영신
연출 김성훈

촬영 김형석 양희진 **조명** 김호성 **동시** [sound is...] 김준택 **Key Grip** 노한결 김태영
미술 [VERANDA] 소성현 **DI** [A2Z Ent./FRAME] 오정현 **Sound Supervisor** 유석원
CG [BARUNSON DIGITAL IDEA] **편집** 신민경 **음악** 김우근 **무술** [팀미라클] 장영주 권승구
특효 [디엔디라인] **조연출** 정윤지 박용호 김재연 이수완 정진철
촬영팀 최지홍 김기원 이홍재 신대현 김예지 동수한 김태권 김나린 최서하 **촬영C** 조정희
촬영지원 오진영 오진호 **조명팀** 김종훈 정태군 이준승 고경태 김준호 윤근희 이종휘 **발전차** 이인교
조명크레인 손용훈 **동시팀** 김경원 이우준 **GripA** 이용우 이도현 박예찬
GripB 고부경 김승진 양수철 **Dit** 남태규

아트디렉터 황대경 **미술팀장** 김나예 박소연 **미술팀** 표정민 한수민 최지혜 **미술지원** 김나윤 김인혜
세트 [딱다구리] **세트총괄** 김창식 **세트팀** 홍경주 유항공 김관철 임채열 김창민 **세트진행** 원성국
작화 [아트필] 이혁준 **세트제작** [도담터] **작화** [BLUE MONSTER] 최지현
작화팀 최지훈 김열린이 김훈기 정주현
소품 [프롬에이치, 반디나무] 조효근 신승훈 **소품실장** 한지선 **소품팀장** 이준혁 엄소연
소품팀 박해찬 최수민 정문경 신혜령 이진우 이장섭 **소품제작** [프롬에이치, 조페토] 김민정 조완모
소품운송 이기식 이종국 **소품B** [프롬에이치] 류단미 김도은 은소진

| MBC ART |

분장 이서현 김예은 정연진 최유리 **미용** 전찬미 김판섭 남혜리 **미술행정** 우설아
의상디자인 [스타일7] 양현서 이수연 **의상실장** 윤혜정 **의상팀장** 박선화 윤경하
의상팀 김아현 김예림 임지수 주소영

특수분장 [도트] 피대성 설하운 **특수분장 팀장** 이가영 박수민 **특수분장팀** 김성현 정윤서 이영진 박나림

무술지도 홍남희 **특수효과디렉터** 도광섭 도광일 **특수효과팀장** 권영근 김진민

특수효과팀 이경민 용현호 이승섭 정지윤 **캐스팅** [WAA] 김우종 김주남 **아역캐스팅** [퍼스트액터스]

외국인캐스팅 [지은컴퍼니] 노서윤 김송이 **보조출연** [한강예술] 김희성 김성복

B편집기사 이가람 허지운 **편집팀** 김수현 석지원 **종합편집** [A2Z Ent./FRAME] 정상혁

음악팀 이성주 서가의 이성이 정진목 황유경 **음악오퍼레이터** 고성필 **내부FD** 윤신혜

스토리보드 조성환 **티저&하이라이트** [PEAK] 박상권 우정연 우선호

Sound Design 배상국 김수남 **Sound Editor** 조해리 **Ambience** 김병구

Dialogue Editor 김용회 서가흔 **Foley Artist** 허정현 **Foley Recordist** 노의담

Motion Graphics Art Director 유나리 **Motion Graphics Visual Director** 유재호

Motion Graphics Designers 허석연 김민재 **Typographic Designer** 박창우 **컨셉아트** 최헌영

VFX [BARUNSON DIGITAL IDEA] 박성진 이경재 양오석 김파랑 이보람 허유림 양시은
염도선 손형록

MBC미디어사업 최윤희 **MBC홍보** 여유구 장은희 **MBC디지털콘텐츠편집** 신유정

외주홍보 [피알제이] 박진희 이미송 현예희 **스틸** [B_a studio] 서지형 용재만 강다정

메이킹 강동우 강경우 박건우 **iMBC웹기획/운영** 손지은 최소정 **iMBC웹디자인** 이경림

iMBCSNS 김민영 김하은 **iMBC메이킹** 김준엽 **iMBC실시간클립** 최아영 유이수 이주연

포스터 [꽃피는 봄이오면] **포스터사진** 이전호 **제작행정** 변중원 **MBC콘텐츠마케팅** 장해미 최지원

마케팅총괄 [에이블] 강태우

근현대사자문 송은영 이한빛 **경찰자문** 박병식 이은영 **의료자문** 김광현 김광훈 **음식자문** 김민지

영어자문 최세라 **북한말자문** 김소연 **한자, 일본어자문** 이주형 송미경 **보조작가** 고혜영

| 에이스미디어 |

스탭버스 박종환 **분장버스** 신동욱 **의상버스** 이지범 **카메라탑차** 이수영 **카메라봉고A** 이택중

카메라봉고B 이정호 **진행봉고** 이종훈

특수차량 [카해피] 김영동 임선근 **대본** [명성인쇄]

제작PD 남현우 **라인PD** 김수지 남원우 유익현 **회계부장** 김민지 **로케이션** 천재훈 김완 김준수 박정국

SCR 허종진 **FD** 이지희 김경모 정충성 박지연

MBCC&I출판기획 김정혜 **MBCC&I콘텐츠사업** 오태훈 문홍기

기획 MBC **mbc**

제작 바른손스튜디오 Barunson

스트리밍 디즈니+ Disney+

제작지원 백년화편 경기도/경기콘텐츠진흥원 장모님치킨 서오릉피자

협찬 담양추억의골목 옹기백화점 하나토기 블라인드에스 아띠채 산본문화조명

수사반장 1958 2

1판 1쇄 인쇄	2024년 9월 5일
1판 1쇄 발행	2024년 9월 26일
지은이	김영신
발행인	황민호
본부장	박정훈
책임편집	강경양
기획편집	신주식 이예린
마케팅	조안나 이유진 이나경
국제판권	이주은
제작	최택순
발행처	대원씨아이㈜
주소	서울특별시 용산구 한강대로15길 9-12
전화	(02)2071-2094
팩스	(02)749-2105
등록	제3-563호
등록일자	1992년 5월 11일
ISBN	979-11-7288-491-8 04810
	979-11-7288-489-5 (set)